漫時光

女將星

卷二

千山茶客——著

高寶書版集團

目錄
CONTENTS

第二十五章　少年

一連四五日，禾晏都沒去演武場練習。

她自己其實並未將腿上的傷放在心上，但那位涼州衛的醫女沈暮雪姑娘每日雷打不動的來給她送藥，還再三囑咐她不可劇烈活動。洪山也在一邊起鬨：「你就聽醫女的吧，你要是再折騰壞了，等到了爭旗的日子拿不著第一，進不了前鋒營，到時候可別哭。」

禾晏想著想著，遂作罷，也不急於這一日兩日。

不過這些日子，只要下了演武場，她的屋子基本都是滿滿當當，來看她的人絡繹不絕。常有人來探病，今日江蛟送幾個酸得發澀的李子過來，明日黃雄拿一串烤糊了的烤鵪子過來，最讓人無言的是王霸，他自己拉不下臉來，就讓他同屋的新兵送來半個啃過的乾饃，一看就是從旁人手中掠奪來的戰利品。他還真是把軍營當成自家山頭。

梁教頭來了兩次，兩次都看見被簇擁在人群中滿面春風的禾晏，瞧一瞧她桌上推積如山的吃的，酸溜溜地扔下一句：「喲，小日子過得不錯嘛。」又走了，禾晏也很無奈。

就這麼吵吵鬧鬧，等禾晏手肘上的傷結痂結得七七八八，腿也可以在地上蹦蹦跳跳的時候，已經過了七八日，離爭旗的日子越來越近了。

這一日，太陽未落山時，洪山他們便回來了。禾晏詫異，問道：「還不到下演武場的時候，你們怎麼就散了？」

「今日是七月十四，中元節，」小麥搶先回答，「總教頭讓我們早些下武場，吃過飯去河邊放水燈祭拜祖先。」

「這涼州衛還不錯，竟還給時間讓人祭拜祖先親人。」洪山感嘆。

禾晏一笑，心道這本就是軍營之中的傳統。她當年在撫越軍時，每年中元節，駐守地的地方官府還會命人設立道場，專門祭拜在戰爭中陣亡的軍士。如今涼州衛背山靠江，很方便放水燈。

「我和大哥要去替爹娘放水燈，」小麥說起死去的爹娘，倒不見傷感，只有一點淡淡的悵惘，大概爹娘走的太早，記憶已經很淡了，他問洪山：「山哥要去祭拜嗎？」

「去，我娘走得早，我去給我娘放一盞。」

幾人不約而同地看向禾晏：「阿禾哥去不去啊？」

這裡頭，禾晏的身分大概是最神祕的，她不愛同小麥他們說起家中的事，洪山也只知道禾晏是家道中落走投無路才來投軍的，但看她之前在演武場上飛揚自信的模樣，又覺得禾晏並非普通人家出來的孩子。

「我？我也去。」禾晏垂眸，聲音低下去，「我也有要祭拜的人。」

小麥他們察覺出氣氛不對，不敢追問，當即將話頭岔開，說起輕鬆些的事情了。

等用過晚飯，太陽澈底落山，月光從遮蔽的烏雲中漫出來時，涼州衛的新兵們幾乎都出來了。

水燈是要自己折的，紙堆在演武場的幾個大簸筐裡。禾晏也去拿了一張，她不太擅長做這些手工的事，還是小麥看見，三五下替她折成一朵蓮燈的形狀，又將短白蠟燭滴在蓮燈中心，遞給禾晏：「做好了！」

「多謝。」禾晏贊道：「你手真巧。」

小麥不好意思地笑了笑：「以前中元節的時候，和大哥折了好多花燈拿去賣，折習慣了。如果紙再大些，我能折個更漂亮更大的！」

石頭敲了下他的頭，不贊同地道：「這可不是你顯擺的時候。」

小麥吐了吐舌頭，拿著手裡的水燈往五鹿河邊跑：「我先去放燈啦，阿禾哥你們快點！」

立秋過後，涼州的天氣到了夜裡，越發涼爽，早上的時候下過一場雨，涼氣未散，山上的密林生出清涼霜露，月明星稀，將江水照得瑩白。

江邊早已擠滿了來祭拜祖先的人，燭火晃動，如萬點銀花照遍大江，映出跳動的火苗。火紅蓮花載著祭拜之人的思念飄向遠方，在水天相接的地方變成一個璀璨的光點，漸漸消失了。

「在這裡就行了，阿禾哥……」小麥轉過身，一愣，「阿禾哥呢？」

洪山和石頭面面相覷，「不知道啊，剛剛還在這兒。」

江邊最靠裡的一處地方，禾晏坐在石頭上，這裡不是最開闊的地方，因此沒幾個人在這裡放燈。禾晏默默看著手裡的蓮燈，心中酸澀難以言喻。

忽然間就想起賀宛如將她溺死在水中的前一刻，對她道：「您懷孕了。」

那一刻，她其實是欣喜多過茫然的。

只是這欣喜還沒持續片刻，便同她、她未出世的孩子，一同沉沒在許家的池塘裡了。

禾晏一直覺得，她上輩子，從沒對不起誰，對禾家、對禾如非、對許之恒，能做到的她都做到了，可唯一愧疚的，無非是她腹中的骨肉。她給予了他生命，還未帶他來到世上，便又因為自己的原因，扼殺了這個可能。或許是她做武將時，死在她手下的人太多，造就無數殺孽，上天才會如此懲罰她。可懲罰自己是應當，何必懲罰在無辜稚兒身上？她甚至不知道生在她腹中的，是位小姑娘，還是小男孩，便就此夭折。

禾晏掏出火摺子，火摺子的火星濺了一點在蠟燭上，瞬間便將燭火點燃。水燈在她手中緩緩綻開，火光映在她的眼中，成一團小小的火苗，似乎有眼淚要掉下來，飛快地被模糊了。

「對不起，」她低聲地、難過地道：「你我母子，今生沒有緣分，若有來世，你定要投生到一個好人家，一生喜樂無憂，千萬莫要再遇到我。」

「我也……」她把水燈放進江水中，「會替你報仇的。」

江水潺潺，溫柔地裹著那盞小小水燈往前去了，禾晏盯著它，一直飄搖到同無數光點匯在一處，再也分不出誰是誰，才收回目光，揉了揉眼睛。

「禾大哥，沒想到你在這裡！」一個興奮的聲音在她身後響起，「好巧，你也來放水燈啊！」

禾晏轉過身，就見一個唇紅齒白的少年懷中抱著一把燈，高高興興地朝她走來，正是程鯉素。

他衣裳整潔簇新，走到禾晏身邊時，小心翼翼的提起袍角，生怕被江水濺到，將懷中抱著的一大把水燈分給禾晏一把。

禾晏問：「……這是你要放的水燈？」

「是啊！」

「怎麼這麼多？」禾晏無言以對。

「我本來沒這麼多可以放的，我們程家的祖先我也不認識。不過我想我舅舅今日不會來，我就代替他放一下吧，這是我舅祖母的、這是我舅祖父的、這是我……」

他一一數來，倒是不見半分憂傷之色，興高采烈的讓人誤以為他放的是元宵花燈，而不是中元水燈。

「等等，」禾晏打斷他的話，「你幹嘛代替你舅舅放？他自己不能來嗎？」

「這麼多人，他才不會來。」程鯉素嘆了口氣，一副操碎了心的模樣，搖頭道：「我來就我來吧，誰叫他是我舅舅呢。」

禾晏看得有些好笑，方才因往事出現的痛苦倒是被沖淡不少。程鯉素這孩子雖然腦子好像比尋常人少兩根筋，對於放水燈此事，還是十分認真的。他一盞一盞的點燃手中水燈，鄭重其事的將它們放入江水之中，還萬分緊張地祈禱不要被風吹滅，也不要被浪打翻，所幸都很順利，水燈漸漸飄向了遠方。

程鯉素放完最後一盞燈，鬆了口氣，從懷中掏出一方粗布墊在石頭上，這才坐了上去。

「涼州衛晚上還挺涼快的，」他嘟囔道：「前些日子可熱到我了，我長這麼大，還從未過過這樣的炎暑。」

禾晏心中失笑，程鯉素過去在朔京，程家夏日必然有消暑的冰塊，日日待在府中，太陽曬不著，當然不如涼州衛難熬。她道：「既然如此，你何必跟你舅舅一道來涼州吃苦？」

「沒辦法，」程鯉素兩手一攤，「我若不跟我舅舅出來，就要定親了。」

禾晏一愣：「什麼？」

「告訴你一個祕密，我是逃婚出來的。」程鯉素撇嘴，「我還小，哪能定親呢？況且我又不喜歡她，就跑了。」

禾晏：「……」這孩子還真是直來直往，不過更令禾晏意外的是，肖玨居然會答應帶上程鯉素，他就不怕程家人對他生出不滿，畢竟私自拐走人家的小少爺，還幫著小少爺逃婚，縱然是親戚，只怕心中也會生出嫌隙。

「你和肖都督的感情，倒很好。」禾晏斟酌著詞句道。

「還可以吧，」程鯉素得意極了：「都是我主動纏著他的。」

禾晏感到匪夷所思，「你舅舅性子這麼糟糕，你居然還能主動湊過去？」了不起了不起，誰說程鯉素是「廢物公子」的，這等忍辱負重，可不是人人都能做到的。

「我舅舅很厲害的，小時候若不是他，說不準還沒現在的我。」

許是今夜月色很好，程鯉素說起往事，竟興致勃勃。

程鯉素的母親程夫人，其實同肖玨的母親年紀相差不了幾歲。因此肖玨出生時，程夫人早已出嫁了，而程鯉素同肖珏雖然差著輩分，其實年紀相差亦不是很大。

程家和肖家走動雖不算頻繁，但也絕對不冷淡，不過小時候的程鯉素，其實沒怎麼見過肖珏，大多時候，他見到大舅舅肖璟的時間比較多。肖仲武有兩個兒子，肖大公子肖璟幼時身體羸弱，不宜練武，等後來養好身子後，已經過了習武的最佳年紀。而肖夫人也並不希望肖璟從戎，肖璟便走了文官的路子。

等肖珏生下來後，肖仲武便格外關注這一個兒子。

肖珏並沒有辜負肖仲武的期望，幼年時便展露過人天資。肖仲武將肖珏帶到山裡，由四位高士親自教導。至於是在什麼山，何人高士，程鯉素不甚清楚。總歸一年到頭可能只見得到一次，有時候一次都見不到。

肖珏十四歲後，下山回到朔京，進入賢昌館，同朔京的勳貴子弟一同習文武科。那一年程鯉素九歲，同好友在中秋節出去遊玩的時候被拐子擄走。他這個年紀，按理說拐子都嫌太大了，可他生得實在秀氣精緻，跟年畫上的銀娃娃似的，拐子就拐了他出城去，程鯉素叫天天不應叫地地不靈，躲在馬車中瑟瑟發抖。

他醒了就哭，含淚吃點東西又睡，睡睡醒醒也不知過了多久，馬車外傳來廝殺的聲音，程鯉素被顛簸得鼻青臉腫，呼天搶地的時候，車停了下來。

他忙不迭地掀開馬車簾子爬了出去，就看見倒了一地的死人，皆是一劍封喉。擄走他的拐子不只一人，統共幾十人，被擄走的小孩子被捆著塞在馬車中，此刻有的跌落出來，有的還在馬車裡，一群人嚎哭不止。一片混亂中，程鯉素顫巍巍地往外爬，便碰到一絲雪白的袍角。

他抬起頭往上看，見一銀冠白袍的俊美少年立於身前，手持長劍，劍如霜雪，正滴滴答答的往下淌血。血色豔麗，竟不及這少年唇色嫣紅，他神情平靜，視線落在他身上。

這當是很凶的一幅畫，可程鯉素莫名竟覺出幾分安心，他抖抖索索的去抱少年的腿，學著自己母親同人講話時的腔調狗腿地諂媚，「敢、敢問大俠姓甚名誰，家住何方，我乃右司直郎府上小少爺，你救了我，我們府上必然重重有賞。」

那少年嘴角抽了抽，居高臨下地俯視著他，一雙清眸毫無漣漪，冷淡道：「我是你舅舅。」

「我那時才知道，他就是我那個老是見不到的小舅舅。」程鯉素托腮看著月亮，「我當時就想，這個小舅舅，真是好厲害啊。」

肖玨救了他，也救了那些被拐子拐走的幼兒。程鯉素覺得有這麼一個舅舅，與有榮焉，便想要黏著他。可肖玨並不太喜歡這個小外甥，把他送回程家後，便再也沒有來看過他一次。程鯉素給他下帖子請他來府上做客，肖玨一次也沒來過。況且肖玨很忙，程鯉素見到肖玨的時候，其實寥寥無幾。

禾晏想到程鯉素描述的那個畫面，莫名想笑。想來肖玨有這麼一個外甥，也實在無奈。

「那你們後來，是如何親近起來的？」禾晏問。

如果只是一場救命之恩，如程鯉素所說，並未對他們的關係造成多大改善，那必然後來又發生了什麼事，這對舅甥如今才能一起來到涼州衛。

「其實我們程家，包括我娘，還有認識肖家的親朋好友，都不太喜歡舅舅。」程鯉素道：「他們更喜歡大舅舅。」

肖家兩位公子都生的大魏萬裡挑一，肖大公子肖璟亦是生了一副好容貌，公子如玉，謙虛清朗，單從性情方面來說，同肖璟相處定然更舒適，可也不至於不喜歡肖玨。

「為什麼？」禾晏就問：「肖都督不是救了你的性命，就算對救命恩人，你娘也斷然不會不喜歡他吧。」

「話是如此，但舅舅和我們親戚見面的時間，實在是太少了，大家對他也不瞭解。」

肖玨十四歲之前極少在朔京，十四歲之後，又進了賢昌館，別說是親戚朋友，就連肖夫人都同這個兒子不怎麼親近。程鯉素知道有好幾次，肖夫人同自己母親說話，言談間都是犯愁，不知如何與這個小兒子相處。

既不如何瞭解，自然看人便帶了諸多偏見。肖玨本就懶淡不愛與人交往，和他溫朗如玉的哥哥一比，對比更加鮮明。不過正如禾晏所說，這還算不上不喜歡，真正的不喜歡，當是從肖仲武死在鳴水一戰之後。

肖仲武的死來的突然，對肖家來說是莫大的打擊。肖夫人從未經歷過風雨摧折，一生以夫為天，肖仲武死後，肖夫人趁人不備，自己懸梁自盡，跟隨夫君而去，只留下兩個兒子。

肖家的兩位公子肖璟和肖玨，肖璟悲慟欲絕，而肖玨，一滴眼淚都沒流。將軍夫婦下葬過後，肖玨做的第一件事就是上金鑾殿陳情，要將南府兵的兵權握在掌心。

肖夫人的頭七都沒過，他就帶著南府兵去平南蠻之亂。當日肖仲武就是死在南蠻之戰中，有人說他是為父報仇，也有人說他是急功近利。無論是對於父親的身隕，還是母親的殉情，肖玨都沒有表現出過分的難過。於是冷漠無情，心硬如鐵這個標誌，就此印在他身上。

京城中少了金尊玉貴的肖二公子，旁人只能從戰場上傳回來的隻言片語得知肖玨的近況。傳言他少年殺將，死在他劍下的人不計其數，更為人嚴苛，絲毫不近人情。

「你有沒有聽過趙諾？」程鯉素問。

禾晏隱隱覺得這個名字很熟悉，卻不知到底在哪裡聽過，就搖頭道：「不知。」

「趙諾乃當今戶部尚書的嫡長子，曾任荊州節度使。」程鯉素說到此處，神情黯然下去，「事實上，程家、以及肖家親朋對舅舅的誤解一事，便是因此人而起。」

當年肖玨帶著南府兵去往荊州，世人雖知肖二公子文武雙絕，可到底年少，當不起重任。趙諾乃荊州節度使，好色貪財，不學無術。肖玨初至荊州，便不將肖玨放在眼裡。時常輕慢玩笑，十分無禮。這也罷了，荊州一戰中，肖玨帶兵上戰場，趙諾在後方貪生怕死，錯誤指揮，延誤戰機，使得眾多兵士無辜陣亡。肖玨見他如此張狂，便令人將他捆綁起來拿下。

趙諾父親乃兵部尚書，他自己又在荊州待了多年，自然有無數人說情，來人不乏高官貴族，威逼利誘，不過是欺肖玨年少，在此舉目無親。

「他可是荊州節度使，他爹乃戶部尚書，朝中多少人與趙家交好，你得罪了他，日後寸步難行！」

肖玨不為所動，只輕蔑一笑道：「不過尚書便如此倡狂，就算他官拜宰相，本帥也照斬不誤。」

三日後，肖玨帶兵包圍了趙諾的府邸，將趙諾推到陣亡士兵的碑堂下斬首。

「趙家其實與肖家，與程家還是沾點親帶點故，」程鯉素回憶道：「那個趙諾，按理說，和我們當是有些親戚關係的。我娘當時還親自寫信去求舅舅網開一面，做事留一線。」

「不過舅舅沒聽就是了。」他笑了笑，有點無奈，又有點驕傲的樣子。

「肖都督如此行事，不怕有人在陛下面前挑撥嗎？」禾晏想了想，「陛下也會心生不滿的吧。」

「不愧是我大哥，問的問題同我一樣。」程鯉素開懷道：「我也覺得我舅舅此舉太輕率了些。」

後來很久以後，那少年已經收起風流佻達，變得內斂而沉穩，變成高高在上的右軍都督，程鯉素問：「舅舅，你就不怕陛下因此對你生出隔閡？」

青年正在看書，聞言只是哂然一笑，淡道：「他不敢。」

皇帝不敢，而不是，臣子不怕。

事實上的確如此，縱然朝堂之上權臣說盡他的壞話，戶部尚書上金鑾殿一封一封摺子請求治罪，最後也不了了之。實在是因為，肖玨帶著南府兵，勢如破竹，將南蠻打得節節敗退。

正值用人之際，一個已經死了的節度使，一個萬裡挑一的將才，宣文帝又不是瞎子，自然知道該如何選擇。

只是，文宣帝不敢治肖玨的罪，不代表朔京城裡不傳出流言蜚語。戶部尚書趙通和肖玨的梁子就此結下，與趙通交好的人家自然見不得肖玨好。而本來和肖家關係不錯的人家，也不約而同的疏遠了肖玨。

一來是他性情冷漠嚴苛，對著自家親戚都能下令斬首，不留情面。二來是他為人張狂，連陛下都不放在眼中，日後難免得罪旁人，指不定哪一日就連累了周圍親朋。

程家和肖家因著是比較近的親戚關係，倒不至於就此斷了往來，只是，比起肖玨，他們更喜歡和肖璟交往。

「我娘讓我莫要和小舅舅走得太近，」程鯉素道：「說他不念親情。」

禾晏想了想：「肖都督不是那樣的人吧。」

「我知道啊。」程鯉素笑道：「我一直都知道。」

肖家兩位公子，大公子清風朗月，謙遜溫和，相處起來令人如沐春風。更友善熱心，光風霽月得不行，人人都愛。二公子容貌才氣出色絕倫，不過大概是為了公平一點，性子便不怎麼討喜了。

何況經過怒斬趙諾一事後，肖玨「玉面都督，少年殺將」的名聲傳出去，旁人便更不敢仰視。這其中固然有趙通的推波助瀾，但肖玨本身，也留下了不少讓人傳言的話柄，譬如說當年父母下葬時一滴眼淚都沒流，忙著上金鑾殿陳情爭兵權，連頭七都沒過就走了，扔下肖大公子一人收拾這堆爛攤子。

每次親戚們逢年過節聚在一起，他也不愛和人說話，只匆匆見個面就走。

程鯉素還記得，那是一個夏日，大舅母白容微在府中招待程家來的親戚，做夏宴，肖家如今人丁稀少，難得有這般熱鬧的時候。

程鯉素也跟著一起去了，那時候肖玨已經被封封雲將軍，得了賞賜，剛過十八歲生辰不久，回到朔京。

女眷們都在堂屋裡一起吃點心喝茶，男子們則同肖璟在一處談論時政。程鯉素四處瞧了瞧，沒看到肖玨的身影。

他小時候格外頑皮，神憎鬼厭，與他年紀相仿的少年們都不愛同他玩。程鯉素便自己找樂子，他跑到肖家的後院裡，看見祠堂門口有隻花臉橘貓，他追著貓跑，一路跑到祠堂裡頭的屏風後。

正值夏日，天氣說變就變，到了傍晚，烏雲壓上城頭，雷聲陣陣，陡然間大雨傾盆而至。他懷裡抱著橘色花貓，想要出去，忽然間，聽見腳步聲，有人進來了。

程鯉素偷偷從屏風後探出頭，就看見他那位神龍見首不見尾的小舅舅走了進來。年輕男人穿著鴉青雲緞圓領袍，頭戴金冠，姿容秀儀，如琳琅珠玉。他少年時愛穿白袍，風流明麗，如今大了卻只愛穿深色衣裳，越發顯得人冷淡捉摸不透。

肖玨走進祠堂，從旁撿起三炷香點燃，慢慢的上香。

程鯉素瞪大眼睛。

大概是外面人對肖玨的傳言什麼都有，程鯉素就聽過，肖玨從不去給父母上香，本就是個無情之人。可如今看來，傳言並不儘然。

他動作很慢，然而很仔細，先是細細地撣去香爐旁的灰塵，用布帛擦拭乾淨，再點燃香，插進香爐，青煙從香爐裡嫋嫋升起，在半空中便散開。而他並沒有離開，也沒有說話，就這麼垂眸站著，不知道在想什麼。

夏日天悶熱潮濕，水氣從外頭蒸進來，黏黏膩膩，雷聲更大了，青年斂眸，神情平靜，外面暴雨唰唰的沖洗屋簷，屋子裡卻安靜的不可思議。程鯉素不明白發生了什麼，卻莫名覺得氣氛奇怪，他大氣也不敢出，抱著那隻花貓，坐在屏風後，同他這位冷淡的小舅舅，一直坐了半個時辰有餘。

過了很久，雨停了，肖珏離開了祠堂。

從他進祠堂開始，到他離開，統共只上了三炷香，什麼話都沒說，什麼事都沒做，就只是靜靜的待著。但就是這三炷香，讓程鯉素察覺到這位舅舅凜冽的外表下，截然不同的柔和。

他並不是旁人口中的無情之人。

世上有許多人，真心總是藏在冷淡外表之下，但並非沒有，只是不善表達，輕描淡寫一筆帶過罷了。

旁人總說程鯉素如今還跟個孩童一般，天真不知事，但孩童眼中，其實最能分辨善惡，他並不覺得這個小舅舅如自己母親所言那般刻薄，他喜歡這個舅舅，更甚於肖大公子。

「我舅舅很厲害，」程鯉素認真看著她的眼睛開口，「如果你和他在一起的時間久了，你也會喜歡他的。」

禾晏失笑，忍不住揉了揉他的頭，「我知道啊，我早就知道了。」

千里之外的朔京，今日的春來江，亦是星火萬點。

水燈映得水上水下都燈火一片，分不清人間天上，今日亦是下起濛濛細雨，是以水燈上頭，還做了個小小的紙罩，省的被雨水澆滅。

肖府的祠堂裡，有人正在上香。

自從肖仲武夫婦去世後，將軍府裡的下人少了許多，本就只有兩位公子，肖玨還長年累月不在府上，說到底便只有肖璟夫婦，用不著這麼多伺候的人。平日裡是清淨，只是偶爾瞧著，到底是有幾分冷清。

肖璟身著玉色長袍，他本就如青竹一般挺拔溫潤，同他身邊的白容微站在一處，誰都要贊一聲神仙眷侶。薰香嫋嫋，外頭秋雨綿綿，涼風起，他將自己身上的披風脫下，罩在白容微身上，溫聲道：「天氣冷，小心著涼。」

「我不冷。」白容微朝他笑了一笑，擔憂道：「不知涼州那邊的天氣如何。」

「今夜是中元節，」肖璟看著院子裡的細雨，道：「若是懷瑾在府上，便好了。」

「他不會來祠堂的，」白容微搖頭，「他不進祠堂。」

「他會進的。」肖璟回答的很肯定。

白容微訝然地看向他，「可是我從未見過他……」

「今日下雨了，有雷聲，」肖璟笑了笑，「他會進的。」

「如璧，我不明白。」白容微不解。

「懷瑾很小的時候，就被父親帶去山中，被高士教導。」肖璟拉著她的手，輕聲道：「一年到頭，我們也難得見他幾次。他性子又傲，母親不喜他舞刀弄棍，其實懷瑾和母親的關係，一直都不算好。」

肖夫人乃太后姪女，當年是太后賜婚了這一樁姻緣，肖仲武生的英俊威武，肖夫人也很喜歡他。可是成親後，兩人之間的矛盾漸漸顯露出來。肖夫人是長養在屋中的嬌花，受不得半點委屈，肖仲武到底是武將，不如世家公子細心周到，雖從未納過妻妾，但有時少不得讓肖夫人心中不滿。

他們二人爭吵最厲害的那幾年，也當是因為肖玨的事。

肖夫人是不希望兩個兒子從武的，戰場上刀箭無眼，她自己不喜殺生血腥，信佛柔善。當初肖璟因為身體原因，錯過了習武的最佳時機，是不得已為之。而肖玨，自小就被肖仲武當做未來的接班人。

肖夫人不願兒子走上肖仲武的老路，但從來對肖夫人百依百順的肖仲武，第一次沒有聽妻子的勸阻。

兒子同母親分隔的時間太久了，縱然有血緣親情，到底生疏了一些。況且肖玨小時候便不如肖璟乖巧溫順，偶爾還會展露出桀驁的一面，面對這個冷淡傲氣的兒子，肖夫人有些不知如何與他相處。

肖夫人同肖玨示好，肖玨的表現也是淡淡的。肖夫人喜歡品茶論詩，肖玨卻喜練劍騎馬，雖然肖玨詩文也很好，不過最後陪著肖夫人的，卻是肖璟。

「我娘私下裡告訴我，她其實有些怕懷瑾。」肖璟說到此處，似乎有些好笑，「她後來索性不刻意去找懷瑾說話，兩人相處，總是十分客氣。」

「懷瑾其實很可憐。」肖璟的笑容難過起來。

「我爹性情冷硬，待懷瑾並無半分寬容，我後來才知道，他在山上受了不少苦。他不說，我們都以為他過得很不錯，換了是我，我大概撐不了多久就逃走了。」他自嘲地笑起來。

白容微安撫地拍了拍他的手，「胡說，你也能做得很好。」

肖璟想起肖玨剛從山上下來那年，他問這個弟弟，「山上如何？」

少年伸了個懶腰，輕描淡寫的一笑，「還不錯。」

「還不錯」三個字，藏盡了他吃過的苦頭，留給外頭的，只是一個意氣風發的肖二公子。

「旁人說嚴父慈母，我爹待他嚴厲，我娘沒常在他身邊，後來總算回來了，卻又因懼怕他而過分客氣。我娘以為他喜歡吃甜食，便常給他做桂花糖，懷瑾每次都吃個乾淨，連我都被騙了。後來他身邊的親隨說，懷瑾原來是從不吃糖的。」

「因為這是娘能表達的愛他的方式，所以他便吃了，縱然不喜歡，縱然沒人問過他，他究竟喜歡吃什麼。」

白容微嘆息一聲，沒有說話。

「我雖是他的大哥，卻好像從未幫到他什麼。旁人總說他無情無義，不如我如何，卻不知，我今日之所以可以做光風霽月的肖大公子，正是因為他替我承擔了許多。這個道理我懂，他也懂。」他苦笑起來，「我如今，倒是非常後悔當年父親沒能讓我從武，若是我沒有做文官，或許今日扛起肖家重擔的，就是我了。懷瑾也不必為外人誤解。」

「我們都知懷瑾一片苦心。」白容微輕聲道：「爹娘也會知道的。」

肖璟看向祠堂上的牌位，他道：「幼時懷瑾和母親不甚親近，三天兩頭往外跑，其實他是把母親放在心上的。」

「我娘生性膽小，容易受驚，最怕打雷。每次打雷的時候，懷瑾若是在府上，便會找個理由去娘房間裡坐坐。娘每次看見懷瑾，想著和懷瑾如何相處，便將打雷一事忘了。等雨停了，懷瑾再離開。」

「我起初不明白，有一次打雷下雨，我同他在外面，他卻突然說有要事在身必須回府。待回了府，卻又說想吃桂花糖，母親忙著為他下廚，我突然明白過來，懷瑾這傢伙，不過是怕母親因雷聲受驚，故意尋個藉口回來罷了。」

白容微聽到此處，也跟著笑起來，搖頭道：「懷瑾真是……」

「可惜母親到死，都不知道懷瑾對她的心意。」肖璟澀然道：「若是知道，或許今日不會是這個結果。」

白容微用力握住他的手：「母親在天之靈會明白的。」

「母親生前他陪著母親，死後亦是。只要他在府上，但凡打雷下雨，他都會來祠堂陪著母親。」肖璟微微一笑，「這是祕密，我沒有告訴別人，我想懷瑾他，也不願別人知道。」

肖玨太驕傲了，他做這些事如綿綿春雨，潤物細無聲，不苛求是什麼結果。可到頭來，認真一想，便覺得他是被虧欠得最多的人。

「所以你才說，若是今日他在朔京，他也會來祠堂陪著母親的。」白容微恍然。

「他就是這樣一個人。」肖璟笑道。

香爐裡的煙浮到半空，慢慢的散開了，了無痕跡。過去的人已成為過去，那些未出口的關懷和陪伴，從此再也沒有解釋的機會。

「如璧，你要知道，」白容微拉過肖璟的手，溫柔道：「懷瑾做這些事，就是為了保住肖家。如今懷瑾遠在涼州，徐相一黨仍視肖家如眼中釘，你更要打起精神，不可讓懷瑾的努力白費。」

肖璟微微一怔，隨即笑了，他道：「我自然知道。」

「我知道你心疼懷瑾，」白容微放柔了聲音，「但我也心疼你。懷瑾承擔的多，你又何嘗不是？徐相明裡暗裡打壓肖家，遍尋你的錯處，你在朝中步步謹慎，又豈能輕鬆？」

「妳不用擔心，」肖璟笑道：「最難的時候已經過去了。」

白容微怔然片刻，也跟著笑起來，「你說得對。」

雨淅淅瀝瀝的下個不停，朔京的院子淋濕了一片土地，千里之外的涼州，亦有人倚窗出神。他青絲垂在肩頭，如綢緞光滑冰涼，神情亦是淡淡，遠處傳來蕭聲，不知是誰在吹故鄉的小調。他聽著聽著，便輕輕的笑了。

這笑容帶著些自嘲，又有些寂寥，片刻後，他將窗掩上，隔絕了窗外的夜色。

屋裡的燈火緩慢跳動，映出他如星的瞳仁，桌上擺著的一長條木盤，裡頭零零散散堆著些米粒，米粒不同地，便插著用紅色角布做成的小旗。

沈瀚、梁平等一眾教頭都在屋裡，圍在桌前，盯著肖玨的動作。

「都督，這些就是插旗的地方？是不是太多了？」

「不多。」青年身姿如玉，手持棋子，點著最上頭的一面紅旗，「七日後，白月山上爭旗。」

第二十六章 爭旗

七日時間，足夠禾晏腿上的傷痊癒，雖然手上的傷還沒好全，只要不拉弓弩練槍什麼的，倒也不妨礙平日裡做事。

也就在這七日的等待裡，爭旗的那一日，終是來了。

梁平在爭旗的頭一晚來看過禾晏，問禾晏身子如何，禾晏只怕不讓自己參與爭旗，忙不迭地道：「很好，極好，非常好。梁教頭要不要與我過兩招？」

梁平想到之前同禾晏比騎射一事，臉上掛不住，當即輕咳一聲：「不必了，你沒事就行，明日跟著一道上山吧。」

待他走後，禾晏差點沒歡呼出聲。

洪山笑道：「這下你可算得償所願了。」

「不知道爭旗到底是什麼樣子，」小麥看著禾晏懇求，「阿禾哥下山後，可要一字一句的跟我們講講。」

「你哥不也上山去嗎？幹嘛只問阿禾？」洪山道。

「我哥才不會說。」小麥撇了撇嘴。

涼州衛數萬新兵，當然不能人人上山爭旗，況且是為前鋒營選人，只挑平日演武場表現特別優異的。小麥和洪山都只能算資質平平，並不在爭旗一列。他們這間屋子裡的人，只有石頭與禾晏被選中上山。

「你手上的傷還沒全好。」洪山替禾晏擔心，「到時候千萬別硬拼，打不過就跑，知道嗎？全涼州衛都知道你厲害，也不在乎爭那一次輸贏。」

「這樣阿禾哥也太吃虧了吧，」小麥心中不平，「若不是阿禾哥受傷，第一定然是阿禾哥。」

「沒事。」禾晏寬慰道：「我就算受了傷，第一也定然是我。」

屋中的其他人聽罷，皆大笑起來。

「又來了！我們禾大擂主又要在山上擺擂臺了，有沒有人要賭乾餅的？」

「賭個屁，上次輸的還沒還上呢！」

一片吵吵嚷嚷中，倒是讓禾晏的心稍微放鬆了一點。事實上，她也許久沒有「爭旗」了，而上一次爭旗的回憶並不是太好，她也不是表現最亮眼的一個，這一次是什麼結果，誰也不知道。

只是比起爭旗的結果，最重要的還是在爭旗過程中的表現。要進九旗營，並不只看這一次的結果，想來白月山頭，所有的教頭都藏在暗處，將每個人的表現盡收眼底。表現最厲害的那人，也許就有機會進入九旗營。

所以說，與其說這是一場競爭，不如說是一場戲演，而觀眾從頭到尾只有一個人，就是那位肖二公子。她得打起十二萬分的精神，將每一步走的漂亮而周到，才能贏得肖玨的青睞。

她應該能行。

衛所外，沈瀚對肖玨拱手：「都督，都準備好了。」

綠耳在旁邊踢踏兩下，肖玨撫了撫牠的頭，道：「出發吧。」

沈瀚點頭，忽然記起什麼：「程公子那邊……」

「我已派人在暗處保護他，不必擔心。」他看向白月山的方向，「時辰差不多了，讓他們即刻啟程。」

沈瀚應道：「是。」

禾晏來到演武場，沒看見梁平，倒是看見了杜茂，杜茂手裡拿著一本冊子，點了禾晏和石頭的名字，二人上前，發現江蛟、黃雄和王霸也站在一邊。

「爭旗五人為一組，你們同組。」杜茂道：「一炷香後，你們從此地步行出發，往白月山上去，不可越山，山裡各處插有紅色彩旗。日落之前，你們須回此地。」頓了頓，他又道：「此次爭旗共有三十組新兵上山，以回到此地後手中紅旗為數，奪旗最多組為勝。」

「兵器架上有兵器，趕緊挑一把趁手的，弓弩不可用。白月山上爭旗，不可傷及同袍，點到即止。切勿傷及性命，千萬顧忌同袍之誼。」

幾人一同點頭。

江蛟選了他擅長的長槍，黃雄則是帶著他的金背大刀，王霸雖擅弓弩，此戰卻不可用弓弩，便選了一把鳳頭斧，瞧著也瀟灑，石頭拿了一把鐵頭棍，眾人看向禾晏，都以為禾晏要拿那把鴛鴦刀，誰知她卻拿了架上一把九節鞭。

「你……」石頭有些遲疑。他們都曉得禾晏刀術好、弓弩好、槍術好，卻不知她用鞭如何。鞭子到底不如刀劍看著威風。

「等到了山上你就知道了。」禾晏一笑，「我們走吧。」

幾人便各自帶著兵器，朝白月山急奔而去。

杜茂在他們身後朗聲笑道：「我就在此等候你們的好消息了，去吧，兒郎們！」

林中鳥被驚得四處亂飛，人沒入樹林中，眨眼就不見了。馬大梅和梁平從遠處走來，各自牽著馬，對梁平道：「時候差不多了，我們也出發吧。」

三十組人，一百多位新兵在白月山裡，如魚入大海，什麼都看不見。剛踏進林子，王霸突然出聲道：「等等！」

幾人停住，看向他：「什麼？」

「在我們之前已經有人先進山了，萬一此刻他們埋伏在林中，我們踩中陷阱怎麼辦？」

「放心吧，」禾晏笑道：「爭旗才剛開始，大家都忙著去奪旗了，我們眼下手中一面旗幟也無，埋伏我們有什麼用。我猜此刻大家都往……山南白石旁邊走。」

「為何是山南白石？」江蛟問。

「石頭，給他們看看地圖。」禾晏看向石頭。

石頭從懷中掏出一卷紙徐徐展開，但見紙上囫圇畫著幾個紅點，都只有大致的方位。每一組爭旗人會有一張地圖，地圖上有旗幟的位置，但只有大致方位，地圖畫的很潦草，甚至連標誌的樹木河流都沒有，只有東南西北四個方向。

「你們看，一共二十面旗幟。」禾晏指著最下面的紅點，「距離山腳最近的這面，應當是山腰部分，新兵們進山，自然會先搜羅距離最近的旗幟，想要收入囊中。山南白石旁有一條小溪，周圍開闊，並無樹木遮蓋，這一面旗，應當是最好找的。所以想必比我們先進山的兄弟們，大多都去找這面旗了。」

「你怎麼知道是山南白石？」黃雄狐疑，「這上面只有一個點。」

「我也只是猜測，不過不用擔心，之前巡山的時候，我記過路，所以就算有所偏差，找一找就找到了。」

「你之前巡山那次不是被狼追了嗎？」王霸忍不住道：「你還記得路？」

「嗯，被狼追的時候順便看了下路，而且回來的時候又記了一遍，很熟。」禾晏笑咪咪看著他，「你要相信你的老大，絕對沒問題。」

王霸聞言，忍怒轉過頭，不看禾晏了。

禾晏失笑，戰場上記住地勢各條道路是必要的，她曾在前鋒營待過，最重要的一條就是在一開始摸清敵情和周遭環境，以便判斷布置。

「那咱們現在還等什麼？直接去山南白石邊搶旗唄！」黃雄將大刀扛在背上，「怎麼走啊？」

禾晏：「……」這是個不識路的。

「我們不往這個方向走。」禾晏道。

「為什麼？」黃雄蹙眉。

「此刻那裡肯定有很多人都在搶同一面旗，想要搶到，對手實在太多，很不划算。」禾晏搖頭，「就別去湊那個熱鬧了。我們往這個方向走。」她指著地圖上和方才相反的方向，那裡也有個紅點。

「此處有密林，路很陡，容易迷路。我想了想，除非是路記得很清楚的人，否則很難找到這面旗。所以它應當不容易被人拿走，我們直接過去，先拿下這面旗。」

「一共只有二十面旗，我想我們只要拿到一半以上，就能得勝。所以一開始，我們就找這些隱蔽的，但沒什麼人注意的旗幟，省些力氣。畢竟爭旗這回事，要用的不一定是手上力氣，而是這裡。」她指了指自己的腦袋。

這是變著法兒的誇自己聰明嗎？幾人有些無語。黃雄問：「你真記得路？」

「千真萬確。」禾晏眨了眨眼，道：「我過路不忘哦。」

少年穿著赤色勁裝，雖是瘦小羸弱，一雙眼睛卻格外狡黠靈動，從林間縫隙透過的日光照在他身上，顯得他整個人都在發光。

「行行行，那走吧。」王霸最先開口，「趕緊走，再晚點都被別人搶光了，爭個鳥啊！」

石頭和禾晏是一夥的，自然不會說什麼，江蛟年輕，況且之前比槍一事對禾晏心生佩服，也沒什麼異議。幾人都同意，年紀最大的黃雄也沒說什麼，最重要的是，他根本就是個路盲，若沒有人帶路，能在裡頭轉上三天三夜。

於是這五人，竟不約而同的以禾晏為首了。

他們五人一同往山上走去，因著沒有騎馬，山路崎嶇，一開始眾人還擔心禾晏會跟不上，但見她後來身姿輕盈，一路神情輕鬆，不見勉強，才漸漸放下心來，知道禾晏的體力，登至山頂應當是沒什麼問題。

而禾晏果然也如她所說，彷彿將白月山的路走了無數回似的，各種小道牢記於心。她避開每一條可能和別的組相撞的大道，專走小道，路是難走了些，距離卻近許多，況且每一條看似無路的灌木叢，被她扒開一通走，竟又走出一條道。

「你們哪，凡事要多想幾步，」禾晏嘆道：「路一定要是直的嗎？曲的不可以嗎？人就一定要走在地上嗎？學壁虎往牆上爬不可以嗎？規矩是死的人是活的，用點心，很多事根本沒那麼複雜。」

眾人：「……」

黃雄悶聲道：「我今年四十六。」

禾晏邊走邊應：「嗯。」

「你今年才十六。」

言外之意，一個十六的臭小子憑什麼教訓長輩？長輩吃過的鹽比你吃過的米還多！

禾晏道：「可你還是不識路。」

這話黃雄沒法接，這是什麼人啊，完全刀槍不入油鹽不進嘛。

他們說著說著，翻過一個土丘，便看到藏在灌木叢中的一桿小旗，孤零零地立在地上。

「找到了！」江蛟眼睛一亮，三兩步上前將旗幟握在掌心，「真的有！」

「還真被找到了。」王霸嘟囔了一句，見那少年靠在樹上，悠然道：「我早說了，我過路不忘。」

藏在灌木叢遠處的監員見狀，往外走了兩步，低聲議論：「怎麼回事？怎麼這麼快就被找到了？」

按理說這一處的旗幟藏得深，路又不好走，眼下大多數人應該去爭山南白石那一面旗幟才對。不過以這個時辰，他們這組人是一開始就直奔這裡而來，而且路上還沒遇到阻礙，他們……是提前知道了放旗的地方嗎？

「別管了，趕緊回信。」監員迅速在紙條上寫了幾字，封入鴿子腿上的銅管中。

衛所房間裡，棋盤上黑白子錯落，有人在對弈。

一隻鴿子飛到青年肩頭，咕咕叫了兩聲，後者將銅管從牠腿上取下，抽出紙條看完。沈瀚疑惑地看去。

肖玨將紙條遞給他，沈瀚接過來一看，片刻後震驚道：「竟然這麼快就找到了？」

「意料之中。」肖玨勾唇笑了笑，眸色越發清透，他道：「以此刻的時間算，他一早就直奔此地而去。」

白月山上二十處旗幟，最近的一面在山南白石旁，雖然早就有人發現，但因為來搶奪此旗的人實在太多，到現在都沒分出勝負。反而讓禾晏手中的這支成了第一面被找到的旗，因為根本沒人來搶。

「他記得路？」沈瀚狐疑。即便有巡山，但一個人不可能將路記得如此熟，而且新兵並不知巡山的意義在此，所以不會刻意記路。能記個大致已經了不起。

「未必，也許，」肖珏道：「他只是提早知道今日的爭旗。」提早知道，在巡山的時候就會刻意記下，或者再往深裡想，白月山的地圖，禾晏一開始就拿到了。所以看到旗幟標示，便會知道位置。

沈瀚蹙起眉頭，「如此說來，他確有疑點。接下來怎麼辦？」

「繼續，」青年淡淡一笑，不緊不慢地執棋落子，「還未結束，勝負未知，下到最後才知結局，不急。」

禾晏找到這一面旗幟以後，便帶著其餘四人繼續往山上走。她的路似乎與別人的路更近一些，偶有避不過去的要同其他組的新兵撞上的，還不等對方發現，禾晏就讓眾人趴在草叢裡或是灌木叢後，不與他們正面相逢。

王霸有些不滿，他做山匪匪首做慣了，何時這般畏首畏尾過，只道：「咱們又不怕他們，躲什麼躲？我看都別躲了，直接上去搶吧！」

「眼下還早。」禾晏同他耐心解釋，「遇上的其他新兵未必有旗幟，我們手上卻有。一旦發生衝突，贏了未必有戰利品，輸了卻連手中的旗幟都丟了，豈不是很不划算？」

見王霸還是滿心不情願，她又展開手中的地圖給王霸看：「我看過了，如剛才那樣，藏在密林深處的旗幟總共有三面。我們已經拿到了一面，還剩其他兩面。從這條路走過去，應當可以順利找到，最後一面靠近山頂。」

「我們先拿到這三面，等拿到這三面後，也就走到山頂了。」她道：「等到了山頂，再從長計議之後的事。」

這話勉強說服了王霸，他道：「這是你說的，還有兩面，若是沒有，」他揮了揮拳頭，「要你好看！」

禾晏絲毫無懼，笑咪咪的將他的拳頭拿開：「小弟不可以對老大這樣無禮。」她看了看遠處：「走吧。」

日頭大了些。

密林深處雖然不及山下炎熱，因山路崎嶇，眾人出了一身大汗。山上鳥獸蟲蟻眾多，路上還遇到幾條蛇。令人意外的是，禾晏對付這些意外情況游刃有餘，比起王霸，她才像是一山之主，若非知道禾晏是從朔京來的新兵，只怕旁人都要誤會她是白月山上土生土長的獵戶。

她也沒有說謊，帶的路雖然坎坷了些，但竟然讓她暢通無阻的找到了另外兩面旗幟。最後一面旗幟被江蛟收入囊中，黃雄看了看前面，有些不確定地道：「前面就是山頂了。」

禾晏點頭：「不錯。」她往山下看了看，「我們抄近路，一路上看，也沒遇到其他比我們腳程快的組。想來到山頂的，我們應當是第一個了。」

別的新兵忙著爭奪旗幟，他們這一路上避開了其他人，只去找旗，十分便利的同時，也省了不少時間。

王霸在樹下坐下來，擰開腰間水壺仰頭喝了一大口水，道：「一路上除了打死兩條蛇，什麼都沒幹，白拿兩把斧子。我說我們這是來找東西，不是來搶東西的吧？」

就這麼避開旁人找東西，偷偷摸摸，挺憋屈的。黃雄和江蛟雖然沒說，看神情也是很贊同王霸說的話。

石頭開口道：「得勝就行，不必拘泥於方式。」

「還是石頭兄聰明，」禾晏笑道：「想要比試的話，何不直接去演武場挑戰。爭旗考驗的可不是個人身手。」

她拍了拍手，看著眾人又笑了，「不過，我可從沒說過我們要一直藏在這裡。」禾晏道：「都準備一下吧。」

「準備什麼？」江蛟不解。

禾晏微微一笑：「打劫。」

「打劫？」江蛟結巴了一下，「什、什麼打劫？」

「我們先到此地，天時地利人和，這都不打劫豈不是辜負了天意？」她叫王霸：「王兄，這回幹的可是你的老本行了，還記不記得規矩？」

王霸有些惱怒，又有些自得，只道：「我當然知道！」

「那就先去踩盤子吧。」

「踩盤子是什麼意思？」江蛟一頭霧水。

「這個我知道，」黃雄替他解釋：「綠林黑話，事先探風勘察旁周。」

王霸「哼」了一聲，對禾晏道：「你還知道行話啊。」

「我就知道這一句。」禾晏道：「諸位沒有異議的話，就由我來安排一下如何？」

眾人都瞧著她。

「此處地勢高，我們來的早，想來等別的組來此地時，定然已經乏累，精神鬆懈。我們只需埋伏在這裡，搶走他們的旗幟就行。我們一共五人，需一人上樹勘察情況，其餘人埋伏周圍。這個人就是我，」禾晏指了指自己，「我在樹上。」

「待人前來時，王兄在前，將他們的人引入咱們圈中。江蛟兄弟和石頭，你們一人持長棍，一人持長槍，分布左右。黃叔在陣後壓陣，如此可將他們圍在中間。此時我再從樹上下來，我的九節鞭可趁機將他們的旗幟捲走。」

眾人恍然大悟，難怪禾晏要選九節鞭。真打起來一片混亂，未必有的機會近身，可鞭子只要隔著遠遠的一捲，便能將旗幟給捲過來。

「為什麼我要當誘餌？」王霸不滿：「我能壓陣。」

「因為你最厲害，」禾晏面不改色的瞎謅，「若是換我們其他人拿著旗幟去引人過來，旁人定會懷疑，你就不一樣了，你在新兵中本就厲害，搶到旗幟合情合理，由你拿著，最好不過。」

江蛟有點想笑，最後忍住了。石頭和黃雄默默地低下頭去，唯有王霸一人深以為然，對禾晏安排的那點不滿，頓時煙消雲散。

「但這樣安排果真能行？」江蛟有些懷疑，「若是他們身手在我們之上怎麼辦？」

「放心，我們已先到此地，比他們歇息時間長，精力足。況且這樣左右包抄，攻守兼備，他們只會自亂陣腳。再者我們的目的並非同他們打架，而是爭旗。」

「兵書云：凡先處戰地而待敵者佚，後處戰地而趨戰者勞，故善戰者致人而不致於人。」這裡頭五人，唯有江蛟和禾晏是念過書的。其他幾人還沒反應，江蛟卻是看向禾晏，神情複雜地問道：「你讀過兵書？」

「略懂。」禾晏答道。

黃雄看了看江蛟，又看了看禾晏，嘆了口氣，「我記得你曾說自己讀過什麼《手臂錄》，眼下又說讀過兵書，你如此能耐，總有一日能馳名萬里，同我們不在一處。」

「不敢當。」禾晏笑道。

「反正富貴了別忘了我們就成。」王霸小聲道了一句，大概覺得丟臉，又補充道：「不過看你也不太像能富貴的樣子。」

禾晏聳了聳肩，道：「那現在大家就各自找個位置藏起來吧，我先上樹，你們吃點東西休息一下，江兄把旗子拿一面給王兄，等會兒聽我哨音。我以鷓鴣哨聲為信，哨聲一至，王兄便拿旗幟去引人過來。」

眾人沒有異議，四處散開，各自找了地方藏好。禾晏則找了一棵高大的樟樹，仰頭爬了上去。

她爬樹的動作倒是靈活，王霸見狀，小聲嘀咕了一句：「跟四腳蛇似的。」

禾晏一口氣爬到樹頂，找了最枝繁葉茂的一處坐了下來，此刻風來，吹得人滿面清涼，說不出的舒適。這位置又高，能將附近一覽無餘，見暫時還沒別的新兵上來，她便從懷中掏出一小塊乾餅，啃了兩口，又喝了點水。

等把這一小塊餅吃完，又靠著樹枝躺了幾分鐘，便見附近往下一點的小路上，傳來窸窸窣窣的動靜。有一組新兵上來了。

禾晏登時坐直身子，藏在樹葉中也沒動彈，嘴裡輕輕地發出鷓鴣哨聲，連吹三下。她的哨聲同鷓鴣聲一般無二，若非提前打過招呼，江蛟一行人也分辨不出來。

藏在暗處的黃雄對王霸使了個眼色，王霸將水壺掛好，手裡拿著那面旗幟站起身來，往外走。

也不知是不是他慣來做這種打劫的營生做習慣了，裝模作樣起來，竟讓人看不出一點端倪。王霸每走兩步還要左右看看，彷彿一個剛到此處正在探路的人。

他這走著走著，便同那上山來的這組新兵撞了個正著。

「你……」那新兵還沒來得及說話，王霸便捂著腰往回跑。他不捂還好，一捂，便讓人看到他腰間那面紅色的旗幟。

新兵一愣，緊接著激動起來，對身後人道：「他落單了，他有紅旗，弟兄們，搶啊！」

那一群人聞言，立刻窮追不捨，王霸似是一人落單，並不戀戰，只邊跑邊罵：「呸，別跟著你爺爺！再跟小心剁了你！」

這群人視王霸手中的紅旗為囊中物，便大笑追來，道：「那你來剁啊！這位兄弟，繳旗不殺！」

「我繳你奶奶！再追我就不客氣了！」王霸警告道。

「到底是誰對誰不客氣啊？」那群人一面笑著，一面追來，待跑到一處密林時，王霸突然停下來。

「怎麼，跑不動了？」為首的新兵笑了，學著匪首的模樣，「此山是我開，此樹是我栽，要從此地過，留下買路財！」

王霸本來還想逞逞威風，聞言直接被氣笑了，他抽出腰間兩把巨斧，轉身喝道：「野雞悶頭鑽，哪能上天王山。搶到你爺爺我頭上，我看你是豬油蒙了心，招子不昏！」

他這一連串山匪中語，誰也聽不明白。對方不欲與他在此多纏，舉劍刺來，直向著他腰間的旗幟。

正在這時，身後突然傳來響動，左右兩側的草叢中，突然現出兩名年輕男子，一人持長槍，一人持鐵棍，正是江蛟和石頭。又聽得一聲巨響，手持金背大刀的光頭壯漢已然躍至身前。

方才還是五對一，王霸被追得屁滾尿流，如今情勢急轉而下，活像甕中捉鼈。四面八方皆是伏兵，不過是四個人，卻弄出了十面埋伏的盛況。

那幾人愣了片刻，笑意漸消，道：「是埋伏！他們使詐！」

這一路上來，要麼是真刀真槍直接開搶的，要麼是埋伏在暗處直接衝出來一場惡戰的。如這般跟唱大戲一樣，還有個餌在前邊做戲，實在是頭一回。為首的新兵一咬牙：「怕什麼？人數相當，怕了他們不成，跟他們拼了！」

一扭頭，幾人便一起衝入了混戰之中。

說實話，這幾人雖然各有所長，倒也不至於說是萬裡挑一的地步，畢竟今日上山的所有新兵，都是涼州衛出類拔萃的人才。可怪就怪在，江蛟幾人，一交手便占了上風。一來是他們上來的時間長，早就在此休息吃過東西，養精蓄銳了許久，而另一支新兵剛剛經過跋涉，都沒來得及坐下喝口水就陷入混戰，自然處於被動。二來麼，就是他們這布置的位置，很有些門道。

江蛟和石頭分在左右兩側，使得從頭到尾這幾人都被圍在中間。黃雄的大刀虎虎生威，倒和王霸的巨斧配合的天衣無縫，兩長兩短，攻守兼備，竟然讓這支新兵找不出對方的一點錯處，反而被頻頻壓於下風。

江蛟一槍挑開對方的劍，將對方的兵器打落，有一個新兵就道：「不行，搶不到旗，咱們還是快撤吧！」

「怎麼撤？」為首的新兵沒好氣地道：「你給我找個空隙出來試試！」

他好幾次想突圍了，愣是找不到缺口。倒是如此消耗下去，他們自己人先撐不住了。

「不對啊，」一名新兵避開黃雄的大刀，轉頭問：「他們怎麼只有四個人，還有一個人呢？」

對啊，打了半天，不過是五對四，還少一人，但因他們被壓制得太狠，竟沒注意到，這會兒經人提醒，立刻明白過來。新兵頭領就道：「有詐！注意保護旗幟！」

話音剛落，就聽到王霸大吼一聲：「禾晏，你看戲呢！還不出來！」

但見那枝繁葉茂的樟樹裡響起少年輕快的聲音：「來了！」

密林裡陡然現出一個赤色身影，少年言笑晏晏，如燕子掠過，姿態輕盈，看在對方眼中卻如臨大敵，最邊上的一個男子還沒來得及將包袱藏起來，猛然間一條長影朝自己面門撲來，他嚇了一跳，下意識地鬆開手，長影如蛇，蜿蜒靈活，捲著包袱遠去，少年收回九節鞭，坐於樹上，笑盈盈的將手一抖，包袱皮飄落，她手裡拿著一支旗幟，笑道：「多謝！」一扭頭便消失在叢林裡，留下一聲：「東西到手，撤囉！」

剩下的江蛟幾人如收到命令一般，方才還激戰正酣，如今全然不戀戰，收起長槍就跑，這幾人本就被爬山累得半死，一番激戰後精疲力竭，哪裡趕得上，不過追了幾百步便不得力，眼睜睜的看著那群人跑遠了，再也沒了身影。

「這是什麼土匪……」有人累癱在地，咬牙切齒的大罵：「真是無法無天！」

「沒辦法，賊不走空嘛。」另一頭，禾晏正讓江蛟把手中的紅旗收起來，打了個響指道：「走。」

「去哪兒？」王霸問。

「打劫下一家。」

鴿子在窗戶上來回踱著步，有人掌心裡灑了些米粒，鴿子便落到他掌心，乖乖任由人從腿上取下銅管。

肖玨看完紙條，遞給沈瀚，搖頭一笑。

紙條上的字倒是很簡單，只說了一件事，禾晏在山上四處設下埋伏，幹起打劫的營生，搶了好幾支新兵隊伍的旗幟。

爭旗爭旗，重在一個「爭」字，但爭得這樣偷偷摸摸，又光明正大的，實在是絕無僅有。他們從開始就只想著旗子，全然不想和別的新兵發生爭執，便是後來設下埋伏，也是以旗幟為重。沒有旗幟的，搶都不搶，任由旁人走過。有旗幟的，就趁火打劫，劫完就跑。

到頭來，損耗最小，得旗最多。

「他還挺會討巧的。」半晌，沈瀚才憋出這句話。

「不僅會討巧，也會用兵。」肖玨道。

「用兵？」

「以近待遠，以逸待勞，以飽待饑。」他彎了彎嘴角，慢悠悠道：「涼州衛的新兵，都被他耍成了傻子。」

沈瀚無言，這少年，真讓人不知道說什麼好。他突然想起一事：「說起來這五人，竟都以他為首，且沒有異議。」

其實爭旗一事，除了同別的新兵爭，每一支隊伍裡亦有爭執。每個人的習慣和戰法不同，未必會和諧，有的小隊甚至會爭奪指揮權，以至於到最後一無所獲。懂得配合和懂得安排，也能看出新兵的能力。從這一點上說，禾晏已然具備了調兵遣將的能力。

這五人裡，除了石頭外，其他人都和禾晏曾有過矛盾爭執，眼下卻沒有一個人因此同禾晏糾扯。

這也是這少年的過人之處。

「這幾人都不錯，」沈瀚想了想：「江蛟他們同其他新兵交手，都略勝一籌。到現在為止，尚無敗績。都督看，這幾人可否夠格進前鋒營？」

肖玨輕笑一聲，不置可否，「不是他們能力強，是因為禾晏布陣。一個布了陣的小隊，一群散兵，本就不可同日而語。」

「都督是說……」沈瀚似有所悟。

「左右張開如鶴翼，大將壓陣中後，你沒看出來麼，」肖玨道：「他用五個人，布了鶴翼陣。」

大約是這消息來得太過悚然，沈瀚一時沒有出聲。一個新兵若是會布陣，那幾乎可以說明，這個人有問題了。沈瀚遲疑了一下：「或許……是巧合？」

「是不是巧合，接下來就知道了。」肖玨道：「飛奴。」

黑衣侍衛悄無聲息地出現他身後：「公子。」

「傳信給白月山上其他校尉，」他捧起桌上茶盞，淺淺啜飲一口，「下山路上，布陣。」

「都督！」沈瀚急了：「這樣會讓其他新兵下不了山的！」

「放心，」年輕男子放下手中的茶盞，轉而撿起棋盒裡的黑子落下，剎那間峰迴路轉，他道：「會有人破陣的。」

兵，搶到手中的。

白月山上，挨著石崖下，幾個人藏在草叢裡，正在數東西。

「一、二、三……六！我們一共拿了六面旗！」江蛟有些高興。

「還不到一半兒，」王霸給他潑冷水，「高興個什麼勁兒。」

「六面已經很不錯了，」黃雄開口，「況且有三面還是搶來的。」

這六面旗，三面是禾晏他們抄小路自己尋到的，三面是在山頂附近埋伏已經有旗的新兵，搶到手中的。

「還是不夠，再去搶點。」王霸把斧子別好，「一半以上就算贏了。」

禾晏搖頭：「現在搶不到了。」

石頭皺眉問：「為何？」

「眼下其他新兵陸陸續續上山了，之前被搶的那些新兵，定然到處跟人說被我們搶旗的事。想來我們此刻在這些人嘴裡，已經臭名昭著。那些有旗的新兵只會對我們多加提防，況且我們不停的搶了三處，眼下體力已經不如方才。」

「誰說的？」王霸示意旁人看他有力的胳膊，「我渾身上下都是力氣，完全不累！我還能再搶幾家！」

禾晏道：「哦？那若是幾家聯手呢？」

王霸愣了一下。

禾晏攤手道：「我們手裡，眼下有六面旗，相當於活靶子。我想山頂上的那些新兵，聰明的大概早已想到聯手，聯手搶到我們手中的旗幟瓜分。雙拳難敵四手，咱們五個人，對上十個人，二十個人，三十個人……或者一百個人，你覺得，還有爭搶的必要嗎？」

眾人啞口無言。

「那你說，怎麼辦吧。」半晌，王霸才不耐煩地開口。

「世上之事，再如何討巧，有第一個就有第二個，我們剛剛已經為他們展示了如何趁火打劫。想來接下來的那些新兵，也會如法炮製。我們不必與那些新兵一一比較，只要與剩下的新兵裡，最強的那一支比就可以了。」

江蛟眼睛一亮：「你的意思是，等他們鷸蚌相爭，咱們漁翁得利？」

讓剩下的新兵們在山上，任誰東風壓倒西風，西風壓倒東風都無妨，總有一支隊伍勝出，他們要做的，就是打劫這支勝出的隊伍，搶走他們的旗幟，這樣一來，應當能有一半的旗了。

「所以……」黃雄探詢地看向禾晏。

「下山去。」

「現在下山？」江蛟有些躊躇。

「眼下下山，時間還早，又能搶占先機。藏在下山的必經之路上，無論搶沒搶到旗幟的新兵，總要從我們眼前路過。探聽得最厲害的那支隊伍，就是我們的羊牯。」

「你說的倒簡單，」王霸忍不住爭辯道：「對方可不是羊牯，既然能得這麼多旗幟，定然也是狠角色。咱們未必能勝。」

「你說的很有道理。」禾晏點頭，「所以山下那一場，必然不會輕鬆。但也沒關係，我們必定能贏。」

「為何？」

少年笑的意氣揚揚：「因為有我。」

一行人往山下走去。

這少年好似從來不知何為謙虛，雖自信卻不驕狂，時刻成竹在胸。不過卻也有讓眾人信服的能力，至少到現在為止，他還算說到做到。

六面旗幟都被江蛟好好地收在懷中，待走了些時辰，已然離山頂很遠，大概快到山腰時，禾晏停下腳步，只道：「先在這裡休息下吧。」

眾人便原地坐下，禾晏卻又爬上樹，四處看了看。王霸問：「你幹嘛？」

「踩下盤子。」禾晏答道。

「打劫都這麼熟了，還踩什麼盤子。」王霸哼笑一聲，「你故意裝的吧。」

禾晏在周圍觀察了一圈，這才下樹，跟著在石頭上坐下來，道：「這應當是最後一站，我們既然用的是巧計，就得一擊成功，否則六面旗幟，未必能得第一。」

「他們真的會從這裡過？」江蛟轉身看了身後一眼，密林深深，一個人影也看不見，「山路這麼多，山上這麼大，倘若他們走其他山路怎麼辦？」

「白月山也就大路和小路可走，」禾晏笑了笑，「身懷旗幟的人，總是要小心謹慎一些。若走大路，難免招眼，生怕別的新兵前來搶奪。是以他們一定不會走大路，而小路中，這一條是到達衛所最近的路，也是最好找的路。要知道，不是人人都能過路不忘，所以，他們很大可能會走這條路過。」

黃雄還挺愛聽禾晏講話，就問：「這是不是你說的那個，那個兵法？」

「這個叫論勢，」禾晏隨手撿了根樹枝，在地上畫畫給他們看：「旨非擇地以待敵，而在以簡馭繁，以不變應變，以小變應大變，以不動應動，以小動應大動。」

王霸問：「那咱們什麼都不動？不是你說的嗎？咱們的手法不早就暴露了，別人不定會上當。」

「你想對方既然奪了不少旗幟，必然連勝多場，士氣大漲，真要對上我們，未必會輸。」話雖如此，禾晏臉上倒沒有半分焦慮，「所以我們先下山養精蓄銳啊。順便找個好地方埋伏，不過我想，到最後，可能還是要兩方最厲害的人奪旗。」

「不過這也是自然的，奪旗到最後，最優秀的人之間，總要分出個勝負。」

這話大家沒法接，唯有王霸斜睨她一眼，涼涼道：「你怎麼就是最優秀的人了？」

「我自封的。」禾晏答得誠懇。

王霸：「……」

「總之，大家先在此吃喝休息，完了還是照我們方才安排的埋伏。我已在此地看過，前方路地勢險要，道路狹窄，易守難攻，對我們有利無害。能借勢，待我搶了旗後，便不要戀戰，隨我速速離開。以下山為界，離開白月山，旗幟就誰也搶不走了。」

「明白！」黃雄一口氣灌了大半壺水下肚，「我已經迫不及待了！」

「旗幟給我。」禾晏道。

江蛟把旗幟交給她，禾晏揣在身上，只道：「想來最後出現的那支新兵隊伍，旗幟也會在頭領手中。介時我必然要與他惡戰，你們只管纏住其他人，別讓其他人靠近就行。」

「你一個人真能行？」王霸問：「這有六面旗，要不分散一點，也不至於都被人搶走。」

「你也太小看你老大了。」禾晏輕輕一躍，落於枝頭，笑了起來：「至少在涼州衛，我的東西，誰也搶不走。」

王小晗正帶著他們的隊伍往山下走。

他的衣服已經破得連上半身都遮不全了，好在褲頭還是完好的。手中的刀被砍了個缺口，臉上也挨了一拳，眼圈黑黢黢的。他身後的同伴沒有比他好到哪裡去，個個都是鼻青臉腫，衣衫襤褸。不知道的見了，大概以為他們是城外來的難民。

王小晗感到很絕望。

涼州衛所的新兵爭旗，一開始他們都是志得意滿，熱血沸騰。真正上了山，才知道根本不是那麼回事。

要在崎嶇的山路裡找到被藏得亂七八糟的旗幟，要提防山裡出現的蛇蟲野獸，還有獵人放的陷阱捕獸夾。要同別的新兵爭奪，倘若遇上手段溫和的還好，若是遇上手段凶殘一點的，便直接被打得皮開肉綻。

雖然上山前教頭說好不會傷及性命，但爭奪打鬥，不可能完好無損，他們確實沒有危及性命，不過這被打的，王小晗委屈地想，他長這麼大，還是第一次被打得這麼慘！

而且旗幟都被搶跑了，罷了，搶了就搶了，王小晗也看出來了，他們這支隊伍是比不上別人的。能安全下山就好，前鋒營誰愛進誰進吧，去他娘的前鋒營，去他娘的爭旗！

他正想著，一腳踏入枯枝叢中，有什麼東西打在他額頭上，倒也不疼，嚇了他一大跳，他抬眼一看，便見著眼前的橡樹上，正坐著個赤衣少年，手裡抓著一把橡子，正作勢瞄準他的額頭。見王小晗看過來，那少年便一笑，與他打招呼，「嘿！」

少年眉眼清秀，神情靈動，本該是一幅好畫面，王小晗卻覺得如一盆冷水從頭澆到腳，心都涼透了。他顫抖著聲音，只來得及發出一聲悲慘的呼號：「……是禾晏，快跑啊——」

同伴們聞言，撒腿就跑，王小晗也轉身想跑，可他才一動，便覺得自己膝蓋上飛來什麼東西，緊接著，雙腿一麻，再也動彈不得。再看他的幾個同伴，皆是如此。

禾晏從樹上飛身掠下，手裡還捧著那把橡子，方才就是用橡子打中他們的穴道。這還多虧王小晗一行人本就受了傷，且下山路陡，走到此處已是精疲力竭，才會這般輕易地被禾晏制住。

禾晏走到王小晗面前，王小晗不等她開口，自己大叫道：「我們沒有旗，一面都沒有了！」

王霸幾人此刻也從暗中走出來，將他們搜了一搜，對禾晏搖頭道：「沒有。」

「既然沒有旗，你看見我跑什麼？」禾晏好奇地問。

「……我怕你打我。」王小晗艱難地道。

「誰告訴你我們打人？」禾晏更奇怪了，又看著他的眼睛，「這位兄弟，你們受的傷好像不輕啊，山上的爭旗已經這麼激烈了嗎？」

他們從頭到尾都避開了特別激烈的爭執，也不知道是什麼情形，此刻看王小晗一行人的淒慘模樣，皆是慶幸沒有正面同新兵們交手。

誰也不樂意被打成一眼黑。

「我、我們聽說你們搶了很多旗幟，」王小晗吞吞吐吐地道：「且手段陰詭，為人凶殘……」

王霸不樂意了：「這誰他姥姥的胡說八道呢？我們要是凶殘能在這？誰到處敗壞我們名聲？」

王小晗沒敢說外頭人說的比這過分多了，直把禾晏他們說成是烏合之眾，狗黨狐群。

「你剛剛從山上下來是嗎？」禾晏問。

王小晗點頭。

「一面旗幟都沒有，怎麼就下山了？」

王小晗破罐子破摔道：「反正也搶不到，還不如早點回去洗澡歇息了。」

「我且問你，」禾晏笑咪咪地看著他，「除我們以外，如今山上手中旗幟最多的是誰？」

「是……雷侯。」

「雷侯？」黃雄蹙眉，「有聽過這個名字嗎？」

江蛟搖頭：「沒有。」

石頭和王霸也表示沒聽過。涼州衛數萬新兵，出色的人到底是會被談論起的。這個雷候既然搶了許多人的旗，當是十分優秀，不過在此之前，眾人都不曾聽過此人名字。

「他很厲害？」禾晏問王小晗。

「很厲害，他手裡有十幾面旗了。我想除你們手中的，都在他那了。」王小晗道。

十幾面，禾晏挑眉，看來這個雷候並不是運氣使然。她問：「他是如何搶旗的，設下陷阱麼？」

「不，不是，」王小晗回答：「他就是看見誰有旗，直接同對方打，把對方打敗了，便把旗搶走。他的同伴都與我們差不多，但這個人實在太厲害了，一個人能抵擋其他數人。」

禾晏一怔，如此說來，這個人不是一般的厲害。她問：「你的傷就是被他打的？」

王小晗屈辱地點了點頭。

禾晏嘖嘖搖頭。

王小晗問：「怎麼了？」

「他打你，你怎麼不知道打他？」

「我打不過！」王小晗氣道：「我要是有你這樣的身手，早就同他打了！」

「那也不是，身手不行，就動動腦子。」禾晏拍了拍他的肩，替他們解開穴道，「你送了我們這麼多消息，無以為報，放心吧，他打你這仇，我替你報了。兄弟們，」她轉身招呼江蛟他們：「別愣著，收拾收拾幹活了。」

「你真要和他打？」王小晗小心翼翼地問，大約是同禾晏說幾句話的功夫，覺得禾晏沒有傳說中的那麼凶殘。王小晗放心了些，好心地勸解道：「你們手中既然已經有了旗幟，還是先下山吧。雷候真的很能打，你若是打不過，就真的一面旗幟都沒有了。現在下山，還能得個第二。」

「第二？」禾晏搖了搖頭，「第二可就未必進前鋒營了。你放心，」禾晏道：「管他什麼猴，到了我的地盤，就只能乖乖當蟲。」

她笑得張狂，一時間，王小晗也無話可說了。

王小晗幾個人在被禾晏問了幾句話後，自行下山了。大約怕禾晏和雷候打起來將他們一併連累，跑得極快，幾下就沒了蹤影。

江蛟轉頭看向禾晏：「聽他所說，那個雷候身手很厲害。」

「放心，」禾晏道：「我更厲害。」

她如此自信，倒令眾人不知道能說什麼了。禾晏估摸著時間，應當再過不了多久雷候他們就會下山，便催促著大家趕緊藏起來，莫要耽誤時日。

才藏好，大概過了一盞茶的功夫。有人的腳步聲逼近了。

這行人一共五人，其餘四人在後，一人在前，在前的應當是這五人的首領，年紀大約二十來歲，是個年輕男子，生的高大瘦削，相貌堂堂，目光如炬。他走到密林前，突然停下腳步，一手止住身後同伴的動作，道了一聲：「且慢！」

「雷大哥？」同伴問道。

「前面密林，隱隱有殺氣起，恐怕有伏兵在此埋伏。」

雷候。

「埋伏？」同伴覺得很新奇，「怎會有人敢埋伏我們？」

他們一行人，憑藉著雷候一人，將山上旁的新兵手中旗幟全都搶到手裡。旁人別說是埋伏，看見了都得繞道走，他們下山的時候十分張揚，幾乎毫無遮掩，因為根本無人能打得過雷候。

「我們手中只有十四面旗幟。」雷候道：「剩下六面沒有著落。」

「剩下的不是在禾晏手中麼？」

「不錯。」雷候看著前面的密林，「所以在此地設伏的，多半就是禾晏。」

幾人面面相覷，半晌，有人問：「那我們該怎麼辦？」

禾晏此人，涼州衛沒有人不知道，也算是個萬裡挑一的人才，雖然雷候也很厲害，可這兩人交上手的話，結果是什麼，還真不好說。

「來得好，」雷候突然笑了，道：「他在此地，恰好就將他的旗幟全都奪過來，一面也不留給旁人。」

這話說的自信滿滿，令人熱血沸騰，同伴們紛紛道了一聲好，雷候又道：「你們去對付其他人，禾晏交給我。」

他不知道，很巧，禾晏也是這般想的。

雷候往前走了幾步，此路狹窄，兩邊都是茂密叢林，他沒有再上前，只是大聲朝著前方道：「在下雷候，出來吧，禾晏，我知道你在這裡。」

樹上陡然響起少年的輕笑，雷候抬頭往上看，少年半個身子靠著樹枝，一手撐著腦袋，似在小憩，她目光遺憾，道：「兄臺眼神實在太好，藏都藏不住。」

「你藏得很好。」雷候也笑了，「只是你的同伴們，殺氣太盛了。」

禾晏無奈地想，那能怎麼辦呢？一個山匪，一個綠林好漢，一個武館少主，還有一個朔京土生土長的獵戶，都是血雨腥風裡過來的，難道還能平心靜氣跟廟裡的和尚一樣不成？

「叫你的人出來吧，」雷候道：「我們來堂堂正正的爭旗。」

他把「堂堂正正」四個字咬得很重。

大概是在山頂的時候已經聽說了禾晏他們的「豐功偉績」，熱愛渾水摸魚，才要強調不可用陰謀詭計。

「他們喜歡捉迷藏，」禾晏只笑道：「讓你的人自己去找吧。」

雷候的笑容轉冷，看著禾晏片刻，突然間，一道冷光直逼禾晏而去，禾晏側身避開，與那冷光擦肩而過，但見那道冷光又飛回雷候手中，竟是一柄長劍。

這人，原是用劍的。

「兄臺實在太心急了，」禾晏微微一笑，揚手抽出腰間的九節鞭，鞭子在空中碰撞，發出清脆的響聲。少年自枝頭躍下，「如此，我來跟你打！」

她朝雷候衝去。

雷候迎了上來，身後雷候的同伴們亦是想要幫忙，可才一動身，便見從四方八方，草叢裡、石頭後、樹幹旁邊、狐狸洞裡鑽出幾人，大概是禾晏的同伴。他們掌握先機，雷候的人猝不及防之下，只得吃下這麼一個悶虧。

皆是被揍了幾下。

他們上山到現在，一路所向披靡，何時被人揍過，一時間震驚多過憤怒。

王霸揮舞著斧子衝進人群：「你爺爺我早就想出來大幹一場了，來，戰個痛快！」

禾晏笑道：「悠著點啊王兄，要是結束得太快，就沒得打了。」

「你還有心思說笑？」雷候感到匪夷所思，大概又對禾晏這般交手時候不專注感到氣憤，下手絲毫不見手軟，劍鋒直朝禾晏前胸刺去。

禾晏微微蹙眉，看著雷候的神情漸漸冷淡。

新兵上山爭旗，目的只是爭旗，而不是打鬥。是以教頭也會百般提醒，不可傷及性命。可剛才同雷候一交手，她就知道，此人實在是沒有顧忌。

難怪王小晗被打得那麼慘，這麼早就心灰意冷。想來山上同雷候交過手的，王小晗還不是最慘的那個。方才要是換了個人，只怕已經被刺傷了。

他可真是一點都不手軟。

見到禾晏神情變化，雷候眼中閃過一絲輕蔑，他道：「你如果此刻認輸，我便不打了。」

「怎會？」少年笑咪咪道：「我還想要你懷裡剩下的旗呢。」

雷候臉色一變，所有的旗幟的確都在他懷裡。一來是因為本來這些旗幟都是他搶來的，放在他這裡，同伴也沒有異議。二來是，放在他這裡，旁人都不敢搶。

沒想到被禾晏一眼看穿了。

他冷笑一聲，眼疾手快，劍尖指向禾晏，就要挑開禾晏的前衣襟，去奪禾晏的旗幟。禾晏一揚手，九節鞭的尾巴「啪」的一聲甩開雷候的劍尖。禾晏腳尖輕點，退後幾步。

她低頭看了自己的衣裳一眼，還好還好，沒有被挑開。心中掠過一絲不悅，這要是放在朔京，雷候這個舉動，足夠讓姑娘將他送進官衙大門了。當街非禮良家女子，是流氓所為。

「雷兄這樣，實在太無禮了。」她挑眉道：「我有點生氣。」

第二十七章　破陣

「我有點生氣。」

這句話一出來，王霸幾人不約而同朝禾晏看去。石頭和禾晏待的時間最長，知道禾晏一直都是個好脾氣的人。縱然之前王霸來搶她肉饃，她也只是自己護食，沒有這般認真的說過生氣一事。眼下這隻不知道哪裡來的猴，竟然將禾晏弄得生氣了。

雷候笑了一聲，「禾兄，刀劍無眼，莫要遷怒。」

「那得要你傷得了我才行。」禾晏一笑，身子向後一翻，已經到了雷候身後，九節鞭如長蛇，輕巧掄過，雷候躲開，那鞭子卻如同長了眼，沒被他甩開，反而擦過他的臉頰，霎時間，雷候的臉上便多了一條紅印。

因是鞭尾劃過，沒有流血，即便如此，雷候的臉色也很難看了。

「雷兄，刀劍無眼，」禾晏朝他勾了勾手指，「莫要遷怒。」

雷候一言不發，手持長劍撲來。他動作嫺熟，殺氣暴漲，同演武場訓練切磋的新兵全然不同。劍尖所指之處，不是禾晏的喉嚨就是禾晏的心房，十分毒辣。

相比之下，少年的動作就要溫柔得多。他本就生的瘦小纖弱，然而騰挪間卻絲毫不見疲乏，彷彿有無窮精力。且掃且纏，將雷候的劍尖制得無法上前一寸。

禾晏並不想要傷雷候性命，奈何雷候卻不是這般想的。她心中思量幾番，看來除非把雷候澈底打倒，否則但凡雷候剩一口氣，都能不死心追著她搶走旗幟。

不過，同雷候交手這番，也讓禾晏生出一種異樣的感覺，這異樣的感覺說不清道不明，總歸，讓她覺得好似有什麼東西被忽略了，渾身不自在。

正想著，刀劍光從斜刺裡傳來，禾晏一驚，後仰撤去，手上的袖子霎時間被劃了個口子，風漏了進來。

雷候盯著她，目光炯炯道：「這個時候，好像不應該分心吧！」

「我只是在想，怎麼才能讓你安靜下來，」禾晏道：「雷兄，沒有人告訴你，你有點煩嗎？」

這麼明目張膽挑釁的話語，配著她笑盈盈的神情，實在能將普通人氣炸。雷候當即臉色一沉，舉劍刺來。禾晏微微一笑，長鞭拋出，鞭花繞在身側，如長蛇在四周翻飛，竟讓劍尖不得進一寸。

她還在笑，邊笑邊道：「其實你們不知道，我鞭子用的也不錯。」

剎那間，鞭花縱橫交錯，橫掃前滾，時快時慢，令人眼花繚亂。

少年的聲音帶著爽朗笑意，彷彿並非劍拔弩張的爭旗，而是演武場上同伴隨心的較量，她就在這翩飛的鞭花步法中開口。

「這個叫裡外拐肘。」

「這個叫左右騙馬。」

「這個，白蛇吐信。」

「掃地龍！」

她動作越來越快，越來越快，王霸他們早已停下手中的動作，朝她看來，似被她的氣勢所驚。

原先在演武場上，已然覺得她十分厲害，然而眼下看來，卻知她之前是收著的。

雷侯咬牙，面色越發難看。

他並未將禾晏放在眼中，一個新兵再如何厲害，不會面面俱到。禾晏的刀弓槍法出色，不代表他就能打敗自己。然而眼下這少年用鞭招式信手拈來，彷彿早已用了千百回。這也罷了，一樣兵器用得好，不能說他就能在對戰中得勝。

可禾晏，實在太過狡猾，她不過與自己交了幾次手，就能觀察出他身上的薄弱點，專朝弱點進攻。這麼短的時間，而他卻無法找到禾晏的弱點，無從下手，雷侯感到心驚。

少年的笑意越發擴大，一鞭套一鞭，一鞭連一鞭。雷侯覺得眼前的長鞭像是呼呼而轉的車輪，又像是堅硬凶狠的鋼棍，如蟲如龍，變化無窮，他不由得有些眼花。

就在這眼花之間，但見那長鞭又朝自己面門而來，雷侯下意識的拿劍去擋，下一刻，鞭子調皮地打了個彎兒，直探向他前胸。

雷侯心中暗道不好，可是已經晚了，鞭子像長了眼睛，直接捲起他懷裡的十幾把旗幟，收了回去。

雷候想要用劍阻住長鞭，可長鞭可收可放，哪裡會被他的劍所纏，滑不溜丟，落到禾晏手中。

「這個叫金絲纏葫蘆。」禾晏掂了掂手中的旗幟，笑道：「多謝雷兄，還替我捆好了。」

雷候自負，自覺白月山上今日爭旗的新兵，沒有一個能打得過他。因此連旗幟都放得極為囂張，直接用繩子捆好，一起放進懷中。此刻卻被禾晏盡數拿走，心中不由得有一絲後悔，若是保險些，分開放的話，不至於一下子什麼都沒了。

眼下見全都被禾晏收走，雷候再也繃不住陰沉臉色，二話不說，就朝禾晏撲來。

禾晏退開幾步，笑盈盈道：「到了我手裡，就是我的東西，我的東西，誰也不能搶。」

「若我偏要搶呢？」雷候殺氣騰騰，劍如流星。

「其實我不喜歡打架，」禾晏嘆息一聲，「你偏要搶，那我只好揍你了。」

兩道身影霎時間碰撞在一起。

王霸他們與雷候的同伴，早已打累了。況且旗幟不在手中，打起來也沒什麼意思。早已坐在樹下，作壁上觀。心頭亦是清楚得很，這是禾晏同雷候的較量，誰贏誰就能帶走旗幟。

「你能看出來他倆誰厲害點不？」雷候的同伴問。

江蛟搖頭：「看不出。」

「這還用問，肯定是禾晏！」王霸回答的理所當然。

「哦？兄弟何出此言？」

「不知道，感覺吧。」

「……」

「……吃松子嗎？」黃雄還遞一顆松子給對方。

「多謝多謝，唔，真香！」

一小把松子還沒吃完，聽到「咚」的一聲。

眾人一同往前看去，兩道身影已經分開了。雷候面色不動，少年笑盈盈的手握長鞭。地上躺著一柄劍。

「你輸了。」禾晏道。

雷候臉色難看，沒說話，片刻後，他沉沉道：「你使詐。」

「兵不厭詐。」禾晏撿起地上的長劍還給他，認真道：「你的腿被我打傷了，在此原地休息半個時辰再動吧，否則你的腿會留下後遺症，日後練功再也進不得分毫。」

雷候把臉撇開，接過劍，不想看她。

「沒事的，」禾晏拍了拍他的肩，語重心長道：「勝敗兵家事不期，包羞忍辱是男兒。只是一場爭旗而已，你已經很出色了，可惜遇到了我。」

她指了指自己：「我最厲害。」

這話王霸他們聽禾晏說過無數次，一開始都不屑，到如今，已然聽得麻木了。況且，她說的也沒錯。

禾晏招呼江蛟：「走吧。」又對雷候的同伴們道：「你們就在此歇息歇息，順便保護好雷兄。」

那人不解地看著她。

「你們在山上揍了那麼多新兵，一會兒新兵下山，瞧見雷兄此刻不好動彈，難免不會聯手揍回來。」

「所以我說，」她義正辭嚴道：「勿以惡小而為之。」

雷候一行人被甩在身後，江蛟他們隨著禾晏一道下山去了。

「他方才說你使詐，」黃雄忍不住問：「你如何使詐？」

「其實也不是使詐，不過是故意賣他幾個破綻。」禾晏聳了聳肩，「他想要我的命，而我只想要他不能走，追不上我。他誤解了我的意思，所以……」

「那個猴也不是很厲害，」王霸不置可否，「說的那麼厲害，這麼快就敗了，好弱！」

「這你就錯了，」禾晏搖頭失笑，「他是真的很厲害。涼州衛的新兵裡，若沒有我，他當是第一人。」

禾晏與此人交過手，她不知這人從前是做什麼的，看他年紀不過二十來歲，但想來練武，至少也是十年以上。且功力深厚，手法嫺熟，若說有什麼不好，便是殺氣太重。雖然沒傷及性命，但是以他的打法，很可能重傷同伴。

正因為他身手太好，所以他奪旗的辦法才如此簡單粗暴。只是奪旗這回事，從來都不是擺一個擂臺，誰能打到最後誰就是贏家。雖然雷候很厲害，但在山頂上一直和別的新兵交手，馬不停蹄的上山下山，終究還是消耗他不少體力，動起手來，時間短還好，時間長了，破綻很明顯。

而禾晏今日上山下山，都是五個人一起行動，王霸他們也在認認真真的出力，禾晏除了安排布置以外，真正交手卻沒幾次。是以她自己精力充沛，有十分的力氣去看雷候此人的弱點。

「他果真不會跟來了嗎？」江蛟還有些懷疑，頻頻往後望去，「我看我們還是走快些，免得他等下跟上來。」

「放心，」禾晏道：「除非他日後不想要繼續練武了，否則不會跟來的。但你說的也有道理，我們最好早點下山。」

衛所的屋子裡，一盤棋還沒有下完。

沈瀚心裡裝著事，根本沒什麼心思下棋。對面的青年卻好似一點也不著急，亦不關心爭旗的結果，閒散的飲茶對弈，平靜得令人髮指。

黑衣侍衛從門外進來，走到肖玨身側，輕聲道：「禾晏撞到雷候，同雷候交手，雷候不敵，此刻二十面旗幟，全部歸於禾晏手中。」

他沒有避開沈瀚，因此這話也被沈瀚聽到，登時倒吸一口涼氣。

那雷候，從上山開始爭第一面旗時就被他們留意到了。這個年輕人之前不顯山不露水，若不是這次爭旗，還不知道涼州衛裡有這麼個能打的。此人還是杜茂杜教頭家中親戚舉薦的人，原先看無甚特別，眼下卻知道是有真本事。

這人上山開始爭旗，與人交手，尚無敗績。又同禾晏那種藏在暗處的埋伏性情不同，只懂得直來直去，不懂得掩飾。不過好在身手極佳，打敗了無數人，一口氣拿走了十四面旗幟，比禾晏還多一倍。

原先對於雷候與禾晏的碰面，沈瀚十分期待。很想看這兩人真的交手，誰會勝出。沈瀚以為禾晏慣來習慣討巧，這樣直接上手的，恐怕不敵雷候。畢竟雷候身手的確厲害。

不曾想，雷候還是敗在禾晏手中。

「禾晏一行人已經往山下走，」飛奴繼續道：「再走半個時辰，可進入陣法。」

沈瀚看向肖玨。

一開始他以為，對一個新兵，大抵不必用陣法。現在沈瀚的心中只有一個念頭，這少年無所不會，無所不能，只怕這陣法，也困不住他。

肖玨一臉平靜，垂下眼睛，將沈瀚的白子撿走。

沈瀚低聲問道：「都督……他會贏吧？」

肖玨勾了勾唇角：「或許。」

太陽有漸漸西沉的勢頭了。

日光從白日裡燦爛的金，變成了暖烘烘的紅，從枝葉的縫隙中透出來，彷彿大塊紅霞，柔和明麗，像姑娘穿著的紅紗。

叢林深處傳來野鳥的啼叫，大約是因為二十面旗幟已然在手，勝券在握，一行人心情很好。彷彿不是來上山爭旗，而是出來踏青遊玩，此刻正準備歸家。

王霸道：「不知道這回回去，除了可能進前鋒營外，會不會賞點什麼？」

「應當有。」禾晏隨口問：「你想要什麼？」

「酒！當然是好酒！到這裡來都沒怎麼喝酒，饞死我了。」王霸抱怨道：「若是能有酒喝，我當比現在更有力氣！」

「那是酒，又不是藥膳。」禾晏有些好笑。

「能送點好兵器吧。」江蛟道：「我投軍時，不曾帶家中兵器。演武場的長槍用著不太順手。如果能賞一把好長槍，就好了。」

黃雄摸了摸脖子上的佛珠，只道：「我只想吃頓熱騰騰的牛肉。大碗喝酒大塊吃肉，這才是過日子！」

石頭沉思了許久，才道：「帶小麥上山一趟，他一直想獵兔子。」

四個人裡，三個人的願望都跟吃喝有關，禾晏也不知道該不該稱讚一聲他們無欲無求。江蛟問：「你呢？你想要點什麼賞賜？」

「我？沒什麼想的。」禾晏道：「能進前鋒營的話我就很開心了。」

「你還真是心心念念建功立業。」王霸酸溜溜地道。

「那是自然，我這麼厲害，不建功立業豈不可惜？我還盼著能得到都督賞識，做他身前的護衛什麼的。」禾晏想，若是如此，日日與肖玨相對，總能打聽到禾家的消息。

「你就想吧，」王霸翻了個白眼，「你要是成了我叫你一聲爹。」

禾晏：「……」

正說著，黃雄停了下來，道：「咱們是不是一直在此地打轉，我怎麼覺得我們好像來過這裡？」

「拉倒吧，」王霸張口道：「你識路麼？」

「我也覺得我們好像剛剛來過這裡。」江蛟也道。

禾晏沒說話，石頭從懷裡掏出一根草繩，走到一棵樹前，伸手繫了上去，道：「山路複雜，樹木長得相似看錯也尋常，再走走看。」

幾人便又往下走去，待走了一盞茶功夫，看見眼前出現一棵樹，樹上正繫著方才石頭繫上去的草繩。

這回，眾人都安靜了。

片刻，王霸才開口，聲音含著一絲不易察覺的顫抖，他道：「咱們是不是碰到鬼打牆了？」

他還越說越來勁了，絮絮叨叨地道：「我聽我們山頭一個師爺就說過，他從前夜裡走山路，走到一處地方，怎麼走都在原地兜圈，實在沒法子，就只能原地坐下，和衣而睡。到了第二天早上，呵，你們猜怎麼了？」

他故意賣了個關子，不過沒人接他的話，王霸便悻悻地講：「他醒來一看，發現自己在一塊墳地裡！」

禾晏扶額：「王兄，現在好像不是說鬼故事的時候。」

「怕什麼？」黃雄甕聲甕氣地道：「我有佛珠，妖魔鬼怪都近不了身。倒是你，」他轉而看向禾晏，「你是不是把路記錯了？」

「不會。」禾晏道。

「那怎麼會突然迷路？」江蛟也感到不解。白月山雖然大，但也不至於迷路，上來的時候都好好地，下山的時候怎麼會走不出來。

「我們確實在往山下走沒錯，」禾晏道：「但也確實在此地打轉。」她心中掠過一個念頭，走到那棵綁著草繩的樹前，四處眺望了一下。

這是一處野地，樹不及山頂那般茂密，地上雜草叢生，有幾塊散落的石頭掉的到處都是。石頭？

禾晏心中一動，再往前走幾步，見一石堆。她彎腰細細去看，幾塊巨石胡亂堆在一起，沒有形狀，看起來像是山上獵戶用來休憩時隨意搬弄來的。

「你盯著這堆石頭看什麼？」王霸問：「上面有字？」

禾晏直起身子，道：「上面沒字，不過，這就是我們走不出去的原因。」

「什麼？」江蛟幾人也圍過來，皆看著那塊石頭，怎麼也看不出花樣。石頭便皺眉問：「這是何意？」

「奇門遁甲，生、傷、休、杜、景、死、驚、開八門。有人在這裡布陣，」禾晏道：「我們進了陣法，所以在原地打轉。」

她這話分開大家都聽得懂，連起來就讓人不懂了。眾人看著她，連問都不知道從何問起。

禾晏也很奇怪，四處沒有看到王小晗的影子，說明王小晗他們已經下山去了。他們不可能會破陣，代表之前還沒有，那怎麼現在就有了？

誰在這裡專門為她布的陣？沈瀚？還是肖玨？

半晌，王霸終於忍不住開口：「你說的什麼陣……是什麼東西？」

「行軍列陣，將領當學會用兵布陣，兵陣本就是跟著奇門遁甲而化改。」禾晏道：「只是說來話長，不過眼下這個陣……」

「怎麼？」石頭問。

「並非兵陣，只是普通的八卦陣而已。」禾晏答道。

她確實不明白，這裡怎麼會突然多了道陣法。上山的時候可沒有這東西，王小晗他們也沒遇上，看來是獨獨為他們，或者說是為她準備的，可到底是為什麼？

「那你……能走得出去嗎？」江蛟盯著她的臉色，問道。

「當然。」

這下，黃雄也詫異了，「你連這個都會？」

禾晏微微一笑：「略懂而已。」

她的「略懂」，一般都是「很懂」。眾人無話可說。禾晏知道，山上定然隨處有監員藏在暗處觀察他們的情況，此刻她的言行想必也被暗處的眼睛盯著的。絕不可透出自己「不行」。

或許肖玨特意為自己布陣就是為了考驗她的水準？畢竟從沒見過「爭旗」到最後，還要破陣的。看來想要進九旗營果真不是件簡單的事，倘若九旗營裡的人人都會破陣，那九旗營還真是不簡單。肖玨有這麼一支鐵騎，難怪戰無不勝。

她這麼想著，便道：「你們跟著我，我如何走，你們就如何走，千萬別踏錯一步。」禾晏難得這般嚴肅，江蛟他們登時也不敢大意，便跟著禾晏的腳步，慢慢往山下走。

黃雄邊走邊道：「禾老弟，你這手又是跟誰學的？」

禾晏笑道：「師從高人。」

「我想也是，」黃雄點了點頭：「你的師父，一定是個絕世高手，要不你怎麼什麼都會？」

禾晏低頭笑了笑，沒有回答。事實上，飛鴻將軍在戰場上驍勇善戰，並不是什麼稀罕事。世上從來不缺不畏死的英雄，她雖然身手不錯，卻到不了天下第一的地步，更勿用提以一人之力戰群雄。飛鴻將軍最擅長的，應當是排兵布陣。

她的師父，的確是個絕世高手，但她作為一個女子，體力方面、體格方面，到底天生及不上男子。人要懂得揚長避短，若學會排兵布陣，調兵遣將，比她一人去戰場上廝殺能耐的多。她的師父最擅長奇門遁甲，她便學來同兵法相結合，終於成就一代名將飛鴻。

將領當學會練兵布陣，但九旗營的人為何也要學這個？禾晏百思不得其解，找不到頭緒，便只能先作罷，往山下走去。其實她也可以直接在此破陣，將陣法毀去，但禾晏不敢確定這陣法究竟是不是為她準備，萬一是為別人準備的，她這般自作多情的毀去了，後來的人怎麼辦？

所以她便帶著江蛟他們循著生門出去了。

這陣法於她不過易如反掌，駕輕就熟，落在暗中觀察的監員眼裡，可就是了不得的大事。馬大梅和梁平此刻正藏在暗處，見禾晏一行人遠去，二人張了張嘴，對視一眼，彼此都看出了對方眼中的驚異。

「他……他就這麼走了？」梁平結巴了一下。

「視若無物……」馬大梅道。

禾晏甚至沒有停下來思考，也沒有想想如何破陣。只是看了一眼，就知道怎麼走出去。他們新兵裡竟然出了這麼一個人物，到現在為止，似乎沒有什麼可攔住他的。

這本來該是件好事，英雄少年，超群絕倫，換了誰帳下有這麼一位好漢，都要覺得是幾輩子攢來的運氣。只是，如今情勢複雜，上回看沈總教頭的意思，卻不知是福是禍了。

叢林茂密，半個太陽已經沉下山頭，禾晏一行人也走出了陣法。她停下來，回頭看去，那些用石頭和枯枝搭成的陣法已經模糊得看不大清楚了。

「咱們這是走出來？」王霸問。

「不錯。」

王霸高興起來：「他姥姥的，這回可沒什麼攔我們的了吧？我估摸著再走小半個時辰，應該就下山了。」

江蛟也有些高興，「總算快結束了。」他看禾晏仍然張望身後，就問：「有什麼不對？」

「沒有。」禾晏搖了搖頭，她還是覺得這個陣法來的莫名其妙，之前雷候同她交手時，也有些許異樣的地方。這些不適像是細小石子掉進了靴子，磕人的慌，讓她心裡難以生出喜悅，只覺得自己忽略了什麼，有些不安。

「天快黑了，咱們還是早些下山吧。」黃雄道。

禾晏收回思緒，只道：「走吧。」

太陽沒過白月山，墜入五鹿河，半個身子沉入江河中，水面被夕陽浸的如血色燦爛，泛著粼粼波光，彷彿女子的妝匣被打開，珠玉灑了整整一面。

屋子裡一壺茶，已然涼透。

正是傍晚，風細簾青，秋色遠近。對弈的二人，一人神情難掩焦灼，一人平靜無波。

有人自門外走進，道：「第一支隊伍下山了。」

沈瀚朝飛奴看去，等著飛奴說出人的名字。

「是禾晏。」

三個字，沈瀚身子微微後仰，整個人鬆弛下來。

這個結果，意料之外，又在情理之中。他早就猜到是這個結果，但又有些懷疑，如今總算證實了，一時間有些茫然。

黑子落定，面前的青年抬起頭來，淡道：「你輸了。」

沈瀚：「……都督棋藝高超，我自愧不如。」這半日，他就沒贏過一次。

不知道肖玨如何有心情這般下棋的。

「都督，他們下山了，是否要現在論功行賞……」

「不必，」肖玨勾了勾唇，「杜茂看著辦，五日後是中秋，中秋夜行賞。」

「前鋒營的事，是不是就讓禾晏進了？」沈瀚遲疑地問。禾晏已然奪得第一，自然該進前鋒營。可他身分令人懷疑，眼下敵友未清，這樣貿然答應，是不是有些不好？

「不，」青年站起身，看向窗外的桂樹，桂樹開了花，香氣撲鼻，同他在一處，襯得君子如玉，良夜風情，他道：「讓雷候進前鋒營。」

過陣之後，從山上下來，到達衛所，也不過半個時辰。

演武場外晃著幾盞火把，一切平靜如往昔，沒有守在門口的教頭，不見心裡想的那般熱烈慶祝的畫面，幾人面面相覷。

「我還以為有慶功宴，」王霸有點不滿：「怎麼什麼都沒有？」

正說著，演武場裡有人看到他們，往這頭走過來，等走到跟前才看清楚，這人是杜茂。

杜茂不如早上送他們時那般激動了，神情很平靜，看見他們就問：「旗呢？」

禾晏從懷中掏出那一大把旗幟，她的懷裡被這東西弄得鼓鼓囊囊的，陡然遞給旁人，輕鬆了不少。

杜茂數了數，「二十面？」

「不錯。」江蛟有些激動，忍不住開口道：「我們應當是第一吧？」

「是第一。」杜茂點了點頭，將旗幟收好，對幾人道：「先回去洗個澡歇息，明日上午可多休息一個時辰再來演武場，今日辛苦了。」

仍舊是沒有要論功行賞的意思，王霸問：「就這樣？」

杜茂看向他：「那還要怎樣？」

這話王霸沒法接，莫名有些委屈起來。杜茂道：「我先回去跟總教頭覆命，別在這待著了，一身汗，洗洗吃點東西吧。」說罷，便也不顧他們幾人，轉身走了。

委實無情。

看著杜茂的背影，幾人只覺得夜風都涼了幾分。王霸見杜茂走遠了，才敢指著他的背影問：「不是，他這是何意？就把我們撂這不管了？總得給個交代吧！合著咱們辛苦了整整一日，就是白忙活！」

黃雄和江蛟也有些失望，倒是石頭說話了，他道：「許是不在今日論功，畢竟還有新兵沒下山。」

「不錯。」禾晏亦是這樣認為，「不知最後一支新兵下山是什麼時候，況且教頭商量彩頭，也要商量一陣子，不是立刻就能想得出來的。」

王霸看她一眼，酸溜溜道：「你當然不在乎，你的彩頭——進前鋒營肯定十拿九穩，自然能這麼說。」

「等我進了前鋒營，就去弄兩壇好酒給你。」禾晏拍著他的肩膀，鄭重其事地道。

王霸把她的手甩開，哼哼了兩聲：「管你怎麼說，爺爺我要回去了！」

他們幾人本就不住一個屋，在演武場分道揚鑣。禾晏與石頭回到屋裡時，原本安靜的屋子霎時間熱鬧起來。

小麥第一個衝上來，撲到石頭面前：「哥！怎麼樣怎麼樣？得了幾面旗？排得了第幾？」石頭罕見地露出一絲笑意，道：「全部。」

屋子裡怔然了一刻，陡然間歡呼起來。禾晏差點被抬起來丟到天上，聽得洪山誇張的大喊：「全部？你們也太拼命了！阿禾，你可以呀，這次又是第一，我看再過不了多久，你就不住這屋裡了。聽說前鋒營裡的兵吃的睡得都比我們這好，哎，妒忌死我了！」

「石頭，禾大哥，你快跟我們講講，你們是怎麼奪旗的？」

「就是，山上那麼多新兵，有沒有打一架？打得痛快不痛快？」

「都拿了二十面旗，那能不打架麼？我看你們好像沒怎麼掛彩啊，其他人都這麼不能打的嗎？」

吵吵嚷嚷得不行，禾晏只得道：「諸位兄弟，容我們先吃點東西，喝點水，慢慢跟你們說，莫急莫急。」

這一說，竟說到了夜深。

又聽得外頭那些新兵陸陸續續的下山了，一個都沒少。禾晏心中才鬆了口氣，待到深夜無人時，得了空偷偷跑到河邊無人的地方沐浴。

漫長的夏季終是過去了，河水漸漸透出涼意，身子沒進去，禾晏忍不住打了個冷顫。她心中有些擔憂，如今夏秋日還好，到了冬日，她不好和新兵們一道去淨房沖涼，這河水不知道會冰涼成什麼模樣。涼倒是其次，只是待到那時，又該用個什麼藉口，來解釋不用熱水偏要去河裡洗涼水澡這件事呢？

旁人會覺得她腦子有病吧！

所以說，還是得儘快進九旗營才行。肖珏既不缺銀子，又是少爺出身，想來不會虧待他的心腹，總歸比現在方便一點兒。

身子漸漸適應了涼意，禾晏往身上撲了點水，拿小麥給她的胰子抹了抹。

新兵已經全部下山了，不曾聽到有人落下的消息，這也說明，下山路上的那個陣法，應當是在禾晏他們走後就被撤掉了。陣法果真是為自己準備的，禾晏心想，肖珏還真的是想她進九旗營，刻意考驗她的資質。既如此，她通過後，想來肖珏對她應當算滿意，進九旗營的事十拿九穩。日後還需多表現表現，這樣肖珏對她越是滿意，就越能成為他心腹，最好是左右手，離不開的那種。

就是今日那個雷候，同他交手，禾晏總覺得有什麼地方不對勁，她想來想去也想不出究竟是什麼地方不對，此刻亦是如此。便只能搖著腦袋，想著乾脆過幾日找個什麼理由再和此人切磋，或許能搞清楚癥結所在。

但此人下手毫不留情，還得防著才是。

禾晏將沫子沖乾淨，拿布擦拭乾淨身體，才穿上衣服往屋回走。自從上次在五鹿河邊撞到肖珏以後，禾晏每次沐浴，都要走得很遠很遠，免得再撞上他。想來想去，她這個新兵，過得也真是很謹慎了。

第二日，所有前一日上山的新兵們都在帳中多休息一個時辰。程鯉素來找禾晏了。

程小少爺給禾晏帶來兩個圓溜溜的石榴，盤腿坐在她的榻上道：「我昨日到了晚上才知道你們去爭旗了，我舅舅將我在屋裡鎖了一天，我抄了一天書。我要是知道，就去看你們了。」

他湊近禾晏，「我聽說大哥你得了二十面旗幟，這回是涼州新兵裡的第一。」

禾晏笑咪咪地扳開程鯉素帶來的石榴，石榴又大又圓，裡頭已經熟透了，扳開來，粒粒如紅晶，看著就令人口舌生津。禾晏撿了幾粒吃，一邊回答：「不過是運氣好，僥倖而已。」

「大哥你什麼都好，就是太謙虛了！」程鯉素正色道：「這怎麼能叫運氣好呢？你本就厲害！」

「那我這樣厲害，」禾晏有心想從他嘴裡套個話，就看著他笑問：「你說能進九旗營嗎？」

「那是……」當然兩個字，被程鯉素硬生生咽下肚子。

本來麼，這是順其自然的事，再正常不過了，可程鯉素還記得前不久，肖玨從他嘴裡套出話時，對禾晏的態度，可不像是欣賞。

「我覺得，大哥你已經向所有人都證明了一件事，你是涼州衛第一，毋庸置疑。」程鯉素小心的斟酌著語句，「但凡普通人，都會選你進九旗營的。」

他話已經暗示的很明白了，「但凡普通人」，肖玨可不是個普通人，所以結果是什麼，誰也說不好。

禾晏並未察覺程鯉素話中的陷阱，大約也是對自己太自信了。畢竟這回爭旗，她已將所有旗幟收入囊中，這已經足夠說明她有多厲害了。況且在整個爭旗過程中，禾晏仔細回想一番，亦覺得自己表現十分出色。既會用人，也會設伏，既會取巧，同雷候對戰的時候也沒輸。就連肖玨最後附加的那個陣法都輕描淡寫的破了，禾晏覺得，就算在肖玨現在的九旗營裡，自己也排的上數一數二。

如此良才，肖玨怎麼會放過。

她心裡極美，是以也就沒看出來，她表現得越是高興，程鯉素就顯得越是心虛。

「不過，你可知道論功行賞是在什麼時候？」禾晏問，「昨日沒有，今日沒有的話，應該也在近幾日。你同你舅舅形影不離，總該知道一二。」

程鯉素鬆了口氣，這個問題他能答得上，就道：「不是快中秋了麼，八月十五那一日夜裡，軍營裡論功行賞。」

禾晏微微怔住：「中秋？」

「是啊，」程鯉素嘆了口氣，「時日過得真快，我感覺自己來涼州沒多久呢，就到中秋了。」

禾晏看著他，這個向來神采奕奕的小少年臉上難得顯出幾分憂色，禾晏問：「你是想回家了？」

那憂色迅速變淡，淡得讓人懷疑它剛才究竟是否出現過，程鯉素一甩袖子，聲音憤憤：「怎麼可能？是涼州的風景不好，還是舅舅長得難看？我為何要想家？我在這裡簡直太快活了！我才不要回去定親！」

禾晏：「……」

孩子在這個年紀，大約總是嚮往自由些。

程鯉素轉向她，問：「大哥，你呢？你想回去了？」

少年垂下眸，側身而過的陰影讓人難以看清他的神情，她的聲音也是含笑的，帶著一絲微不可見的惘然，道：「還好，我不太想家。」

接下來幾日，一切如常，關於爭旗的談論，只是在新兵私下裡熱鬧，眾人談論著這次的頭名究竟會得到什麼樣的嘉獎。教頭們倒是十分平靜，且口風很緊，一點透露都沒有。越發激的人抓心撓肝。

秋月一日比一日圓滿，轉眼間，四日過，中秋到了。

第二十八章　醉態

秋雁斜飛過長空，桂樹飄香，夏暑的炎意終於褪去，剩下深秋的霜露微涼。

一大早，禾晏起來，小麥就遞給她一個梨：「我在演武場旁邊樹林裡摘的，已經洗過了，嘗嘗看。」

禾晏方梳洗過，接過來咬了一口，差點沒酸掉牙，見她酸得瞇起了眼睛，小麥不好意思地撓了撓頭：「野林裡的還不是很熟，等過陣子應該更甜。不過如今秋日，山林的野果多，我們每日操練完可以去偷偷摘幾個。這種酸梨用糖醃一下，做冰糖雪梨吃，很好吃！」

這孩子成日裡就想著吃，禾晏道：「這裡又沒有糖。」

小麥愣了一下，才反應過來，有些失望道：「也是。」

「也不一定，」一旁睨著他們說話的洪山插嘴道：「今日不是要論功麼，阿禾你和石頭上次爭旗得了第一，今天指不定給你的賞賜裡就有糖。說不定還有別的好吃的，還要甚冰糖雪梨！」

提到這個，小麥陡然間激動起來，道：「不錯，阿禾哥，今夜就要論功了，你想好要什麼了嗎？」

「並非我想要什麼就能給什麼，」禾晏笑道：「衛所不是京城，物資短缺。」

「嗨，他就想進前鋒營。」洪山也啃了一口梨，含糊道：「就這要求，肯定能滿足。」

禾晏笑笑，這幾日，雖然她表現得很平靜，到底是有些激動的。一旦進入九旗營，代表和肖玨的距離又近了一步，也更能光明正大的著手禾家一事。想來今夜就能達成願望，到目前為止，她的從軍之路，還是挺順利的。

畢竟飛鴻將軍，到哪裡都應該被人搶著要的，禾晏心中稍有得色。

白日裡還是同尋常一般，仍舊到演武場訓練。只是到了晚上眾人在演武場外靠近山腳的空地上一起賞月。涼州不比京城，自然不會像從前富貴人家一般要麼在自家院子裡，要麼在酒樓畫舫裡設宴，邀請諸位同僚好友，擺滿佳餚。涼州賞月，無非就是點起篝火，新兵們圍坐一團，難得吃點好東西，或許會有黃酒。同伴們吹噓吹噓，閒話家常，一起喝酒吃肉，看看月亮，也就過了。

下午下了演武場，禾晏回屋背著人重新換了件乾淨衣裳。涼州衛裡的新兵春夏秋冬都有勁裝，春秋兩季的衣裳可以通穿，共有兩件，一件紅色一件黑色，樣式簡單也耐髒。禾晏換了件紅的，先去找程鯉素。

程鯉素上午已經來過演武場，讓禾晏傍晚的時候去他屋子裡找他。禾晏估摸著程鯉素是要送她吃的，果然，等見了程鯉素，小少年就把一個紅木籃子遞給她。

籃子做的十分精緻，上頭還雕著嫦娥奔月的圖案，打開來看，便是整整齊齊的月團糕點，香氣撲鼻，做的好看，也很好吃的模樣。

「禾大哥，這個送給你，」程鯉素小聲道：「涼州衛發的月團太粗糙了，我把別人送我的這個給你。」

禾晏道：「多謝。」她其實對糕餅什麼的，並不特別感興趣，不過這籃月團要是給小麥，這孩子大概會高興得跳起來。

「你從前沒吃過這種吧？」程鯉素眼裡閃過一絲同情，又有些得意，「這個不算頂好的，朔京城醉玉樓的糕餅才是天下獨絕。日後我們一道回京，我請你去醉玉樓吃飯，偷偷告訴你，」程鯉素獻寶似地道：「我舅舅也喜歡醉玉樓的飯菜。」

禾晏以為，程鯉素同禾雲生一樣，對於肖玨，是無條件無頭腦的崇拜孺慕。彷彿得了肖玨首肯的，必然不會差到哪裡。

但好吧，實話實說，肖玨確實不錯。

等謝過了程鯉素的秋禮，天色漸黑，禾晏提著這籃點心出了門。此刻山腳下的野地裡，已經燃起了篝火。篝火明亮，許多新兵已經到了，席地而坐在篝火附近。據說每個新兵能領到肉餅和橘子。篝火附近還架起了木枝，上頭串著兔子和魚，一看就是從白月山上獵來的。

看來今日有肉吃了。

禾晏心情極好，連籃子都甩得一前一後，烤野味的香氣縈繞在附近，讓人覺得腹中頓覺饑腸轆轆。她還看到每個篝火附近旁邊，有一個挺大的酒罈子，酒應當不算好酒，味道有些刺鼻，不過這種時候，只有烈酒灌下肚才算舒服。

她來的算晚了些，先去尋小麥他們，路過其他新兵的時候，那些新兵都朝她看來，神情有些奇怪。

大約是在想猜測她今日能得些什麼好東西。

禾晏高高興興的往前走，走到靠近山腳內一處時，看到了小麥他們。小麥他們圍在一處篝火中，禾晏遠遠地同他招手打了個招呼，喚道：「小麥！」

少年聽到聲音，側頭看過來，卻不如往常一般熱情地回應她，似是有些遲疑。禾晏走近了看，居然看到除了洪山與石頭外，江蛟、王霸和黃雄也來了。這三人圍在一起，禾晏將手中的點心籃放下，跟著盤腿坐下來，將籃子蓋打開，笑咪咪道：「看我給你們帶什麼好東西了？不必太感謝。」

她撿起一個精緻的月團，遞給小麥，這孩子慣來嘴饞，她道：「給！」

小麥愣了一下，慢慢地伸手接過來，囁嚅了一下嘴唇，想說什麼又沒說。禾晏對其他人道：「想吃的自己拿。」

無人應她的話。

禾晏抬起頭，眾人都直勾勾盯著他，看著她的目光有些奇怪。連大大咧咧的洪山也異樣的沉默。禾晏疑惑地問：「怎麼了？你們怎麼這副見了鬼的樣子，是出什麼事了？」

洪山別過頭，江蛟眼裡閃過一絲同情之色，他說：「禾晏，你別難過。」

「我難過什麼？」禾晏一頭霧水。

氣氛又是令人窒息的沉默，禾晏看向黃雄，黃雄移開目光，摩挲著自己胸前的佛珠，一派世事與我無關的模樣。倒是王霸忍不住了，開口道：「……那個，你就算沒進前鋒營，也不要太傷心，事在人為。」

禾晏鬆了口氣，道：「我以為是什麼事，怎麼可能沒進前鋒營，我……」她的話語倏而止住，再看向眾人，眾人面含不忍，她動了動嘴唇，聽見自己的聲音，像是漂浮在空中似的，「真沒進？」

「你不在的時候，沈總教頭去那邊了，雷候進了前鋒營，沒……沒有提到你。」小麥小心翼翼的斟酌著詞句道。

「是不是漏掉了？」禾晏心裡還存著一絲僥倖，「許是因為我剛剛沒來。」

「我替你問過總教頭了，」石頭輕聲道：「這次爭旗，咱們都沒進前鋒營。其他人裡，除別人外，那個雷候僥倖進了。」

禾晏沉默下來。

眾人都緊張地盯著她，禾晏有多想進前鋒營，這件事大家有目共睹。當初剛來涼州連負重行跑都勉強，那時候這少年便是為了進前鋒營，硬生生扛了下來。他身手如此出色，爭旗裡還得了第一，別說是他想不明白，就是看在周圍人的眼裡，也覺得不可理解。

「沒事，咱不氣，」洪山寬慰著她，「不就是個前鋒營嗎？咱不稀罕，咱們去別的營，步兵營、騎兵營？只要有本事，何愁無人賞識？阿禾這種千里馬，就得伯樂來賞識，他們不要你，是他們沒眼光！」

「不錯。」江蛟也替她感到惋惜。禾晏這樣的人做對手，遠遠比雷候做對手更令人服氣，「你這樣厲害，烈火見真金，日後總會讓人知道的。」

眾人七嘴八舌的安慰著，但見那向來開眉展眼的少年郎，第一次低著頭一言不發，渾身上下都寫著萎頓和喪氣，便漸漸安靜下來。

洪山捅了捅小麥的胳膊，示意小麥說幾句，小麥絞盡腦汁正想要說話，禾晏突然站起身來，一言不發，就要往外走。

「哎哎哎，你去哪？」黃雄一把拽住她。

少年恨恨地道：「我去找肖珏問個清楚，為何選雷候不選我？我究竟是哪點比不過雷候？前鋒營裡竟然沒有我的姓名！」

洪山嚇了一跳，沒想到禾晏竟氣得直呼都督大名了，他忙攔住禾晏的動作：「你可不能這樣衝動！現在去找肖都督，只會令都督不喜，日後更沒可能去前鋒營了。」

「是啊是啊，」小麥笨拙地勸解，「阿禾哥，肖都督許是是刻意留著你，想讓你去做點別的，譬如去別的營。你這麼厲害，沒道理不選你的！」

「我本就厲害，」禾晏氣得臉都青了，「讓肖珏站在我面前，我們打一架，我看他也不定打得過我！」

江蛟連忙去捂禾晏的嘴，這話都說了出來，可見是真的氣得不行。

眾人生怕她一怒之下去找肖珏的麻煩，便七手八腳的把她拉回原位坐了下來。黃雄道：「少年人不要這麼心急，留得青山在不愁沒柴燒，他如今是都督，你是新兵，哪裡能平等說話，等你日後封了官，當了將軍，且再看他！」

「那還得等個十年八年，」王霸嘀咕道：「還不定能當得上。」

江蛟也道：「這肖都督也真是的，分明咱們就是第一，雷候還是禾晏手下敗將，怎會棄禾晏而選雷候？」

「我聽說，」王霸想了想，「那個雷候，好像同這裡的一個教頭有點關係，可能是親戚，指不定就是走後門。我看這些貴人，有權有勢，便顧不得下等人。」

小麥忍不住開口：「肖都督不是那樣的人！這其中一定有什麼誤會！」

王霸白他一眼：「你到底是哪邊的人？」

小麥諾諾的不說話了。

「諸位，」禾晏忍著氣道：「我頭疼的厲害，能不能容我安靜一會兒。」

眾人立刻噤聲。

篝火在面前跳動，火苗映得夜色也成了紅色。禾晏無論如何都想不明白，肖玨為何會點雷候進前鋒營。

她自認自己當瞎子當了些時日，但比起肖玨的眼瞎，竟然差遠了。難道這一路在涼州衛，她表現的不好嗎？好的不能再好，爭旗她爭得不多嗎？多的一面都沒給別人留下。連那個普通新兵難以解決的陣法都破了，如此人才，肖玨居然都不動心？

她要收回肖玨還不錯的話！

禾晏只覺得自己氣的肝疼，不曾想這口氣居然還不是最後。又過了片刻，沈總教頭走了過來。

眾目睽睽之下，他令人抬了一個小箱子過來，只對眾人道：「你們都在這，剛好，此次爭旗得了第一，今夜亦是中秋，這是你們的彩頭。」

小麥過去將箱子打開，但見裡面有一小壇酒，有幾錠銀子。

「這是十八仙，就這麼一小壇價值百兩，」沈總教頭滿意地道：「今夜可飲，切莫貪杯。」

「十八仙啊，」王霸砸了咂嘴，「沒想到在這裡還能喝到十八仙，老子這輩子算是值了！」

他剎那間就忘記了方才還是誰在罵「有權有勢的貴人」。

黃雄也咽了咽口水，都是豪傑，本就愛酒，況且是珍貴的美酒。縱然如小麥這般年紀小不愛酒的，也抓了一錠銀子在手裡咬了一口。

這彩頭說大不大，但絕不算小。一片歡喜中，禾晏就顯得尤為獨特了。

她只是看了那箱子一眼，驀地發出一聲哂笑，道：「看來咱們的都督，過得也不怎麼樣嘛。」

沈瀚愣住。

「窮死了。」少年看也不看他一眼，拿樹枝去撥弄火叢裡的柴火，低頭自顧自地說，話裡的陰陽怪氣誰都能聽得出來。

洪山一把捂住她的嘴，對沈瀚賠笑道：「這兄弟喝醉了，喝醉了……胡言亂語，總教頭莫跟小孩子一般見識。」

沈瀚莫名其妙的走了。

待沈瀚走後，禾晏看著在地上的箱子，忍不住冷笑一聲：「這點東西，打發叫花子呢。」

「老弟，這點東西不錯了。」黃雄耐心地道：「你這是遷怒。」

禾晏正憋著火氣，不想說話。

黃雄在她身邊坐下來，攬著她的肩，望著面前跳動的火苗，沉聲道：「年輕人，別喪氣，不過是遇到個坎，你看我，」他指了指自己，「你如今只是沒了進前鋒營的機會，我當年，可是什麼都沒了。」

他沒捨得去動那壇十八仙，只拿旁邊那壇黃酒倒了兩大碗，一碗給禾晏，一碗自己拿著，他嘗了一口，道：「好烈的酒！」

見禾晏沒說話，他指了指自己脖子上的佛珠，道：「這個，是我娘的。」

佛珠黝黑，閃著溫潤的光，同他彪悍的體格極不相稱，卻從未見黃雄拿走過。他又指了指自己身邊的刀：「這把刀，殺了十九個人。」

這話有些悚然，一時間，連王霸幾人都朝他看來。禾晏眸光微動，看向他

見她總算有了反應，黃雄甕聲甕氣地道：「當年我也如你一般年紀大，我們家有一本刀譜，祖傳下來的。有人得知後，上門來買，我爹不肯賣。」

「我當時和同伴在外消暑去了，回來之後，我們家滿門被人滅口，屋中財物俱在，燒了那本刀譜。」

小麥驚呼一聲：「這是……」

「有人為了刀譜，滅了我黃家滿門。」黃雄說到此處，神情很是平靜，不知道是因為時

間過得太久，還是因為別的。他道：「我報了官，地方官員根本管不了此事，於是我親自調查，散盡家財，獨自一人提刀千里，尋賊人蹤跡而去。整整三年，我才找到他們在的地方。」

「我怕我尋仇不成，反搭上自己性命。我不怕死，只是不想白白的死，黃家就剩我一個，我死了，沒人替他們討回公道。」

「所以我假裝做苦力的長工，進到那家府上。白日裡觀察地形和他們平日裡的習慣，夜裡苦練刀法。一年半，我找了個機會，在一個夜裡，替我們黃家報了仇。」

這個故事驚心動魄，卻被他講得雲淡風輕，其中的凶險可想而知，但見這光頭大漢眼中只有平靜，他看著禾晏，道：「君子報仇十年不晚，我若當時就拼著性命去跟他們討要公道，最後不過是魚死網破，但你看現在，仇人死了，我還活著，還能在這裡同你喝酒吃肉，你說，誰贏了？」

他是想借著自己的事同禾晏說，切莫逞一時意氣。

禾晏笑了笑，正要開口，卻見江蛟伸手，也給自己倒了一碗黃酒，仰頭灌了一大口，他不如黃雄擅飲，臉被辣得通紅，伸手抹去唇邊酒漬，脫口而出：「就是，誰人沒個難過的時候，你這算什麼，你看我，武館少東家，聽著不錯，我還有個未婚妻，本來今年我該同她成親的，可是她死了。」

小麥瞪大眼睛，就要發問，被石頭搗了一下，才安靜下來。

「你知道她是怎麼死的？」江蛟的眼睛有些發紅，悶聲道：「她是殉情死的。她喜歡別人，不肯跟我成親，就跟那個書生殉情死了！你說，你和我比起來，是不是我更慘？」

難怪江蛟如此相貌身手，何以來從軍，怕是經過此事，心灰意冷，乾脆遠離家鄉，眼不見為淨。

眾人都看向王霸，王霸莫名其妙，隨即羞怒道：「都看我幹什麼？我沒什麼故事！你們都有毛病吧？好端端的說這些幹屁？你們是來比誰更慘的？」

月白露墜，山野清曠。篝火映著酒香，風雅疏豪。新兵們低頭喝酒吃肉，抬頭談天賞月，成了涼州衛獨有的風景。

火星順著秋風飄了出來，讓人疑心會不會燃到衣裳。不過片刻就就成了灰燼，伴著人低低的嗚咽。

小麥抽泣著道：「我都忘了我爹娘長什麼樣子了……」

「我更慘，」王霸面無表情地道：「我生下來就沒見過我爹娘。」

禾晏：「……」她一抬手，給自己灌下一大口酒，試圖讓自己冷靜冷靜。

本是為了寬慰她，眾人才拿自己不如意的事來對比，說到最後，儼然成了互相比較誰更慘。這下好了，旁的新兵都是歡聲笑語，只有他們這頭，一片愁雲慘澹，淒風苦雨。

望著抱頭痛哭的小麥和王霸，再看看獨自喝悶酒眼眶紅紅的江蛟江少主，禾晏無言以對，好嘛，也不知道是誰在寬慰誰。

黃雄看她一眼，道：「禾老弟，你酒量不錯嘛。」

禾晏一怔，低頭看向自己，不知不覺，她都喝第三碗了。她不知道原先的禾大小姐酒量如何，想來柔弱的禾大小姐應當不會拿著缺了口的破碗喝這種辛辣刺鼻的烈酒，但對於從前的飛鴻將軍來說，這很熟悉。

寒冷的時候、感到懼怕的時候、心情難受的時候、腹中饑餓的時候，倘若手邊有酒，便可暫時抵禦艱難的時刻。酒可以驅寒，可以壯膽，可以充饑，也可以消愁。

她在朔京的時候滴酒不沾，生怕露陷，到了撫越軍裡，在漠縣，卻漸漸喝成了習慣。將酒量也練出來了，帳中的小將新兵們，無一人能喝得過她。有時候慶祝大捷，宴上喝到最後還能清醒的，只有她一人。

這可能就是傳說中的孤獨求敗。

讓她詫異的是石頭，還以為石頭在山中長大，瞧著又結實，當是酒量不錯，沒想到一碗酒還沒喝到半碗，便仰面倒下去呼呼大睡——這就醉了？

他剩下的半碗酒被他弟弟小麥拿走，同王霸一起乾著碗道：「沒想到大家同是天涯淪落人，如此，日後就是一家人了。」說罷，一口喝乾，被辛辣的酒刺的鼻子通紅，緊接著，不過一炷香功夫，也隨著他長兄一般，仰面躺倒，醉了。

禾晏：「……果真是親生的兄弟了。」

王霸霎時間便失去了酒友，又去攬江蛟的肩，遞給江蛟一串烤兔肉，道：「別只喝悶酒，來，吃點肉。你未婚妻不選你，是你倆沒有緣分。」這還是他第一次說的像人話，「人生在世，聚散都是緣，不必強求。」

江蛟接過他的兔肉，仍舊悶不吭聲地喝酒。黃雄見狀，笑了一笑，他看著天上的月亮，自語道：「我想我的家人了。」

禾晏從程鯉素給她的點心籃裡，拿出一個月團來。月團小小一個，形狀如菱花，上頭寫著紅色的「花好月圓」。她咬了一口，嘗到了芝麻和桃仁的甜味。

「倘若他們在世，我應該不會在這，就在莊戶老家，」黃雄道：「我娘做的飯菜很可口，我想吃她做的飯菜。」

禾晏低頭默默吃餅，黃雄問：「你呢？」他轉過頭，看向禾晏，「往常這個時候，你怎麼過的？」

往常的中秋麼？禾晏有些恍惚。

她沒投軍之前，在禾家中秋，當是和旁人一起過的。只是身分特殊，走到哪裡都有人盯著，不甚自由。她其實也喜歡祭月時候的熱熱鬧鬧，但因著面具，也不方便。她在禾家是一個尷尬的存在，論身分，是名正言順的嫡女血脈，但另一方面，她既不屬於大房，也不屬於二房。

等到了漠縣從軍那三年，一開始每日都過的提心吊膽，不知哪一日自己就會死在沙場，中秋團圓，想都不要想。

再後來回京，嫁到許家，也就是去年這個時候吧，她已經瞎了。

滿心同那人花好月圓的期盼還沒達成，自己就陷入一片黑暗。那時候她以為自己走不出來，一輩子也就這樣了。八月十五的那一日，她請求許之恒帶她上山拜佛，希望菩薩保佑，許能讓她重見光明。許之恒同意了。

其實，那一日，她並不是真的要去求菩薩保佑的。

舌尖一痛，她不小心咬到自己的舌頭，甜膩的滋味霎時間被刺痛覆蓋，禾晏回過神，避開黃雄的目光，若無其事道：「就這樣過唄，同現在差不多了。」

「我看到你，就像看到當年的自己。」黃雄飲一口酒，道：「你就像當年的我。」

禾晏笑了笑：「老哥，我家人活的好好的。」甚至於，活的比大多數人都要好。

「但你不甘心。」她聽見黃雄的聲音，側頭去看，光頭大漢的臉上，顯出一種中年人歷經風霜的睿智和滄桑，他摸著佛珠道：「你大仇未報，心中不甘，所以時時苦惱，反將自己困住了。」

禾晏心中一動，沒有說話。

「不知道你是什麼仇，」他看著月亮，「你有時候的眼神，和我當時一樣。」

禾晏有些茫然，她有嗎？她一直以為自己掩飾的很好。

「總有一日會好的。」大漢低下頭，拍拍她的肩：「你要相信這一點。」

禾晏沒說話，默默地端起酒碗來喝。黃雄不再言語，自顧自的吃肉喝酒。王霸也有些許醉意，扶著腦袋坐在原地癡癡傻笑，而江蛟，將頭埋在膝蓋中，不知道是哭了，還是睡著了。

教頭們亦是聚在一起，就著篝火吃肉喝酒，連日來的辛苦訓練，如今在這批新兵身上，總算看到成效。俱是輕鬆不少，程鯉素也混在這裡頭，他是京城來的小少爺，不曾領略過這種新奇玩法，就連那只灑了粗鹽的烤兔腿也覺得美味無比。原本還想得了空閒去找禾晏說話，才喝了一口酒，便覺得雙腿發軟，走不動，一屁股又坐了回來。

教頭們善意的大笑起來，有人道：「程公子還得多練練酒量才成，這點酒量，可不能做我涼州衛兒郎！」

「我本就不是你們涼州衛的，」程鯉素嘟囔道：「我只是過來玩樂一番。」

這孩子總能把自己的「不行」說的理直氣壯，若這是教頭們自家的子孫，早已被拎起來揍上十頓八頓了。可這人是肖玨的外甥，於是眾人便道：「還是程公子豁達！」

「貪杯本就不好，我娘子就不許我喝酒！都跟程公子學學！」

「不過程公子，」梁平問他，「都督真不跟我們出來同樂？」

「舅舅不喜歡太吵的地方，」程鯉素答道：「定然是不會來的。」

眾人都有些遺憾，也有人覺得肖玨未免太不近人情，畢竟這可是中秋，連中秋都不與部下同樂的將帥，能與手下有多深厚的感情，實在太傲慢了一些。

不過也有人不太介意的，馬大梅嘿嘿一笑，「要不還是給都督送點酒菜過去，大過節的，一個人難免難受。」

「沒必要，」程鯉素道：「這種劣質的黃酒，我舅舅是不會喝的。」

眾人：「……」

好嘛，那畢竟是朔京肖家出來的二公子，喝酒也絕不肯勉強。

杜茂好奇地問：「程公子，你知道都督的酒量如何麼？我聽聞飛鴻將軍千杯不醉，不知都督與飛鴻將軍比起來，是好是差？」

教頭們聞言，頓時目光炯炯地朝程鯉素看來。但凡有關飛鴻將軍和封雲將軍誰更厲害的話頭，總是令人感到新鮮。從劍法到酒量，從身高到性情，人們都要一一對比。可惜的是這二人除了從前同窗外，從未一起出現過，也不曾親自較量，況且飛鴻將軍還一直戴著面具，是以誰更勝一籌，到現在依舊是個謎。

「那當然是我舅舅了。」程鯉素想也不想地回答，「我長這麼大，就沒見過我舅舅喝醉過。」

事實上，程鯉素從來沒見過肖玨喝酒。不過這話他是不可能當著教頭們的面說的，飛鴻將軍再如何厲害，定然也厲害不過他舅。

「去去去，別在背後說人。」沈瀚揮了揮手，「喝酒喝酒，怎麼跟婆子一樣碎碎叨叨的！程公子，來，我敬你一杯……程公子？」

程公子面頰駝紅，已經喝醉了。

是夜，青簾攏住明月，榻上人影蕭疏。秋聲靜謐，有人正撫琴。

月上木蘭有骨，凌冰懷人如玉。牆上掛著長劍如霜如雪，披著外裳的青年姿容俊秀，神情平靜，雙手撫過琴弦處，情動飛音，令人沉醉。

他彈的是〈流光〉。

琴音悠遠，如珠玉落盤，這是中秋夜裡，本該團圓時分，縱然涼州衛的教頭新兵同家人遠在千里，亦是歡聚一堂，高歌暢飲，不如他清寂。他似毫無所覺，只是認真撥動琴弦，束起的青絲垂於肩頭，被月色渡上一層冷清色澤。

從春到秋，從暑到寒，似乎不過是眨眼而已。

月色被他的琴音襯的更冷寂了些，夜空澄澈如水，琴音彷彿要無止境的在長空裡飄散下去，聽得人想要落淚。

忽然間，有什麼東西砸在院子裡，發出清脆的響聲，將這冷寂的琴音打斷。肖玨動作一頓，抬起頭來，透過窗，可見院牆外，有個什麼東西又拋了進來。

他頓了片刻，站起身，推門而出，這時，第三個東西砸了進來，恰好落在他旁邊，他彎腰拾起，發現是一顆石子。

飛奴從身後顯出影子，低聲道：「少爺，外面……」

肖玨將院門打開了。

外頭站著個紅衣少年，手裡提著一小壇酒，酒塞已經被拔掉，香氣馥鬱，正是十八仙。他倒是大方，就那麼一小壇酒，尋常人都要藏許久才捨得喝一小口，看他這模樣，當是已經喝了不少。

這人是禾晏。

肖玨漠然地看著她，禾晏瞪大眼睛，似乎才看清楚他的模樣，道：「肖玨？」

身後的飛奴忍不住看了禾晏一眼，竟是直呼少爺姓名，果真膽大。

「你在這裡做什麼？」肖珏問他。

「我想了又想，」少年不知道喝了多少酒，渾身上下都是酒氣，不過神色如常，不見半點醉意，倒看不出來是醉了還是沒醉，他道：「你選了雷候去前鋒營，我很不服氣，所以肖珏，」他嘴角一彎，「我們來打一架吧！」

話音未落，身子便直撲肖珏而去！

身後的飛奴見狀，就要上前，聽得肖珏吩咐：「別動。」登時不敢動彈。

少年飛身上前，朝肖珏揚起拳頭，肖珏側身避開，擰眉看向他。

禾晏沒有武器，赤手空拳就來了。若說是刺客，也實在太蠢了些。可他言辭清晰，目光清明，看著又不像是喝醉了發酒瘋。肖珏索性好整以暇地看著他，看這人究竟想做什麼。禾晏一擊不成，掉頭又來。

少年身姿靈活，倒是真心實意的想要來打架，只不過用的辦法拙劣而粗糙，乍一眼看去，像是哪家學館裡的學子們打架，只知道拳腳往對方身上招呼，卻不顧準頭如何。

肖珏側身再次避開，接連兩次偷襲不成，禾晏疑惑自語了一句：「我的身手何時這般差了？」

一邊待著的飛奴：「……」

難道這少年以為自己打得過肖二公子嗎？早聽說涼州衛的這個禾晏目中無人，狂妄自大，眼下一見，果不其然。少爺還真是好脾氣，沒把這口出狂言的小子直接撂出門外。

她屢敗屢戰，屢戰屢敗，絲毫不覺氣餒，馬上再次前來，這回仍舊被肖珏躲開，肖珏正要開口，忽然見身後有一黑物朝自己直撲而來，眉頭一擰，想也不想，抽出一邊的飲秋劍橫劈過去。

「嘩啦」一聲，那東西應聲而碎，他退後幾步，並未被沾到。隨那東西前來的禾晏卻躲避不及，被澆了個從頭到腳。

月色圓滿，風露娟娟，桂子初開，酒香四溢。地上散著十八仙的碎片，每一片都清洌馥鬱，少年衣帶沾香，皺眉看來。

她像是被這滿地的酒罈碎片給驚醒了，看向肖玨，上前一步，活像在花市裡被踩壞珠釵的小娘子，道：「摔壞了，你賠！」

飛奴瞧了瞧，覺得這少年果真是喝醉了，否則說話定不會這般理直氣壯，顛三倒四。就低聲對肖玨道：「少爺，要不要屬下帶他走？」

肖玨抬手制止，輕輕搖頭。

二人主僕多年，一個神情便知對方心中所想。飛奴頓時明白，肖玨之所以沒有在第一時間把禾晏扔出去，不是因為脾氣好，只是想要試一試禾晏而已。這少年如今身分可疑，渾身上下都是疑點，若是能借著酒醉問出些東西，便能省去大力氣。若是今夜又是假裝醉酒，實則做點別的，那就其心可誅，更加不可饒恕。

飛奴便隱於樹上，不再言語。

肖玨轉身往屋內走，邊走邊道：「我為何要賠？」

少年聞言，一頭跟著衝進肖玨的屋子，她跑得極快，腳步還踉蹌了一下，搶在肖玨前頭，堵住肖珏的路，道：「你知道我是誰嗎？」

肖珏笑了一聲，眼神很冷：「你是誰？」

禾晏一拍大腿，「大丈夫行不更名，坐不改姓，我，禾晏！涼州衛第一！」

「涼州衛第一？」肖珏似笑非笑地看著她：「誰告訴你的？」

「還需要人告訴嗎？」也不知道醉沒醉的少年，語氣是令人驚嘆的理所當然，「我心裡有數。」

肖珏側身繞過他，放下劍，拿起桌上的茶壺給自己倒茶喝，才走了一步，那少年又尾巴一樣的黏上來，站到他面前，問他：「你說，我矮不矮？」

這人是喝醉了喜歡同人比高矮麼？肖珏瞥他剛到自己胸前的髮頂一眼，點頭：「矮。」

禾晏：「我不矮！」

肖珏：「……」

禾晏又問他：「我笨不笨？」

肖珏停下手中倒茶的動作，盯著他，慢悠悠地道：「笨。」

禾晏：「我不笨！」

肖珏突然有些後悔自己沒有第一時間將禾晏扔出院子，反而來這裡自討苦吃套他的話。除了在這裡聽他胡言亂語，似乎並沒有得到什麼有用的消息。要麼是禾晏太蠢，要麼，就是此人精明到滴水不漏。

「你還有什麼想要誇自己的，一起。」他垂著眼睛，不鹹不淡地開口。

禾晏：「我高大威武，凶猛無敵，英俊脫俗，義薄雲天。如此仁人志士，為什麼、為什麼沒人喜歡我？你可知我素日有多努力？」

肖玨：「……」

「因為你，今夜中秋夜我很不高興，我問你，」她上前一步，同肖玨的距離極近，仰頭看著他，殷切地問：「你喜歡我嗎？」

肖玨後退一步，拉開與她的距離，撣了撣被她扯得變形的袖子，活像見了瘟神避之不及，平靜回答：「我不是斷袖。」

「我也不是。」禾晏喃喃了一句，猛地抬起頭，神情悲憤，大聲質問：「那你為何寧願喜歡雷候也不喜歡我！那個人除了比我高一點，哪裡及得上我？論容貌，論身手，還是論你我過去的情分，肖玨，你太過分，太沒有眼光！我很失望！」

此時正走到屋外，打算送點烤兔肉給肖玨的沈瀚，一把捂住嘴，神情驚詫。就在剛剛，他好像聽到了什麼了不得的祕密。

屋內，只穿著月白裡衣的年輕男子無言看著面前人，少年仰頭看著自己，目光亮晶晶的，語氣裡絲毫不見畏懼和猶疑，坦然得讓人懷疑她腦子裡究竟在想些什麼。

什麼叫過去的情分？不過是之前給了他一個鴛鴦壺的傷藥，就成了過去的情分，這人未免太過自來熟。

「不過也沒什麼，」少年突然揚起嘴角，狡黠一笑，低聲道：「你挑雷候進前鋒營，我就每天找雷候切磋，十次切磋十次敗，滿涼州衛的人都知道你肖玨是個瞎子，什麼破眼光。

到時候看你怎麼辦？」

肖玨：「……」

此話說完，禾晏打了個酒嗝，身子一歪，倒在肖玨的軟榻上了，倒下去的時候，半個身子歪倒在橫放著的晚香琴上，將琴弦壓得發出一聲刺耳的錚鳴，「哐噹」一下，掉地上了。

肖玨站在屋子中間，眉心隱隱跳動，只覺今日這個趁酒套話的主意，實在是糟糕得不能再糟糕。

一瞥眼見門邊還有個人影躊躇不定，他冷道：「不進來，在外面做什麼？」

沈瀚一驚，抖抖索索的過來。方才他在門口聽到了祕密，進院子又被飛奴看到，真是進也不是退也不是，此刻都督心情不好，莫要拿他尋開心才是。

「屬下從外面拿了些剛剛烤好的兔肉，想著都督可能沒用晚飯，特意送來。」沈瀚將油紙包好的烤肉放到桌上，「都督慢用，屬下先下去了。」

「慢著。」肖玨不悅地開口，「這麼大個活人，你看不見？」

他示意沈瀚看禾晏，沈瀚一看，心中一動，方才只聽禾晏的話中和肖玨關係匪淺，眼下一看，這少年就這麼大方的睡在肖二公子的軟榻上，那可是肖二公子的軟榻！涼州衛中，怕是有膽子這麼做的，只有這一個人了。

他們二人的關係，果真不一般！

肖玨走到軟榻前，用手拎著禾晏後頸的領子將她提起來，丟到沈瀚面前：「你的人，帶走。」

「不敢，不敢。」沈瀚道。

肖珏：「什麼？」

沈瀚忙道：「屬下的意思是，涼州衛的新兵都歸都督管，怎麼能說是屬下的人呢？是都督的人。」

肖珏氣笑了：「沈瀚，你今日話很多。」

「屬下明白，」沈瀚一凜，「屬下這就帶他離開！」方才轉身走到一半，似又想起什麼，沈瀚問：「都督以為，屬下該將這少年送到哪裡去？」

肖珏平靜地看著他：「要不要送到你家？」

「不、不必了！」沈瀚頭皮發麻，就道：「禾晏……還是送回他原先的房間吧！」

沈瀚走後，飛奴走進了屋子。

肖珏已經將地上的晚香琴撿了起來，承蒙禾晏那麼一壓，琴弦斷了一根，望著斷了的琴弦，青年忍不住捏了捏額心。

「少爺，」飛奴望著沈瀚遠去的方向，「沈總教頭今日有點怪。」

「他經常很怪。」肖珏答道。

「少爺以為，今日的禾晏，究竟有沒有醉？」

肖珏將琴放好，方才被禾晏打斷喝茶，茶盅裡的茶已經涼掉了。他將冷茶倒掉，重新倒了一盞，淺酌一口道：「不確定。」

不確定禾晏醉沒醉，因為正常清醒著的人，大概不會這樣同自己說話。但觀他的步伐、言辭和神情，又無一絲混沌。最重要的是，今夜除了在這裡壓塌一把琴，打碎一罈酒，說了一通瘋話以外，什麼都沒做。包括透露他究竟是哪邊的人。

這就令人費解了。

「他好像對雷候能進前鋒營的事頗有微詞。」飛奴道：「他想進前鋒營。」

肖玨嘲道：「豈止是前鋒營，他是對我九旗營勢在必得。」

「那……」飛奴問，「可要將他送到前鋒營，將計就計？」

「不必，」肖玨道：「我另有安排。」

飛奴不再說話了，肖玨想到方才禾晏說的，要每日都找雷候切磋，來證明他眼光不好。這等無賴行徑，此人做的還真是得心應手。

再看看屋子裡一片狼藉，院子裡碎片到處都是，還得尋個空閒去涼州城裡請師傅補琴，禾晏居然還有臉說「因為你，這個中秋夜，我很不高興」，真是沒有道理。

青年站在屋裡，秀逸如玉，如青松挺拔，半晌，嗤道：「有病。」

外頭背著禾晏的沈瀚也很不高興。

旁人看見了，都很驚訝地看著沈瀚，道：「禾晏喝醉了，總教頭怎麼還背著他？」

沈瀚沉著臉一聲不吭，若不是撞破了禾晏與肖玨的關係，沈瀚至多找人將禾晏拎回去。可如今知道了他們二人關係匪淺，沈瀚怎麼敢怠慢。

禾晏方才可是說，同肖玨有「過去的情分」！看來他們早就認識了，那都督為何要假裝不認識禾晏，還要暗中調查禾晏身分。莫非他們二人原先是好的，只是中途生出諸多變故，才成了如今這副模樣？

難怪大魏人都知道肖都督不近女色，長成這個樣子，又是數一數二的英勇出色，那麼多女子眼巴巴的往上撲，無數絕色在前亦不動心，原來……原來人家根本就不好這一口！

在肖玨門口的時候，禾晏那一句「你為何喜歡雷候不喜歡我」，語氣淒厲，真令聞者落淚。可惜都督心硬如鐵，完全不為所動。沈瀚胡思亂想著，越是緊張，想起來的那些奇怪的故事就越多。

譬如禾晏同肖玨從前的確是認識的，也交好過一段時間。只是後來肖玨發現禾晏身分有異，便斬斷情絲，與對方劃清界限。禾晏呢，年紀小，心有不甘，知曉肖玨要來涼州，便投軍入營，找肖玨來討個說法。甚至努力操練，想要進入前鋒營讓肖玨刮目相看。

禾晏確實做得不錯，可惜肖玨為了避嫌，竟然點了雷候的名。禾晏傷心痛苦，忍不住借酒消愁，酒後吐真情，找到肖玨來要個說法。

心硬如鐵的肖都督斷然拒絕，不過到底是念在一絲舊情，才讓禾晏睡在自己的軟榻上。很好，沈瀚在心裡為自己鼓掌，非常合乎情理，應當就是如此，八九不離十了。

第二十九章　又是替身

中秋過後的第二日，是個雨天。禾晏醒來的時候，其餘人都在鋪上大睡，大概是昨夜酒還未醒。只是外頭行跑的號令已吹響，即便是雨天也要訓練。她便從床上爬起來，將屋子裡的人一一叫醒。

「我頭好暈，」小麥年紀小，擋不得這等宿醉，仍覺後勁兒未過，「阿禾哥，你在幹嘛？」

禾晏把水袋遞給他：「趕快喝兩口，洗把臉，該行跑了。」

小麥接過水袋大口喝水，洪山見狀，笑道：「小麥，你和你哥還得多練練，這點酒量怎麼行？還不如你阿禾哥。」

小麥瞅了禾晏一眼，道：「阿禾哥，你酒量這麼好啊？」

「馬馬虎虎吧。」禾晏敷衍道。她眼下倒是不覺得頭疼，反而神清氣爽，只是已經忘記究竟是何時回的屋子了。只記得自己在篝火前同黃雄喝酒，多喝了幾碗，好像還開了十八仙……對了，十八仙呢？

「肖都督賞的那罎子酒怎麼沒看到？」洪山也想起來了，「那可是好東西，別弄丟了。」

「可能在王霸那邊。」禾晏回答。又仔細回憶了回憶，的確是什麼都想不起來。

她原先喝酒，有千杯不醉之稱，其實倒也不是真的千杯不醉。喝多了仍舊是會醉的，只是禾晏與旁人喝醉酒又不同。喝醉了面上絲毫不顯，看起來還格外清明，之前在軍中的時候，有一次喝醉了，還同帳中軍師論了一夜的兵法，看起來神采奕奕。軍師第二日誇讚禾晏果真是世間罕見的好漢英雄，事實上，禾晏根本不記得昨夜做了什麼。

便是喝醉了，旁人也看不出來。亦不會腳步虛浮，胡亂說話。所以，當是不會被人看見失態的一幕，但她昨夜究竟做了什麼呢？

再想也想不出來，便隨著眾人趕緊洗臉收拾，去外頭領了乾餅行跑了。

下雨後，地面濕漉漉的，不能跑太快，免得滑倒。禾晏跑著跑著，覺得有人在看自己，循著目光一看，便見總教頭沈瀚站在馬道盡頭，一眨不眨地盯著她，神情複雜。

見禾晏看過來，沈瀚便移開目光。這就很奇怪了，她對人的目光極為敏感，沈瀚的樣子，好似在思索打量什麼。她再看向沈瀚，沈瀚已經走開。

大概是禾晏望著沈瀚的目光太過明顯，旁邊行跑的一個新兵就道：「總教頭如此凶，對你還是挺好的。你倆什麼關係，他怎麼這樣照顧你？」

「照顧我？」禾晏莫名其妙：「我怎麼不知道。」

沈瀚要是真心照顧她，也不會點雷候去前鋒營了。

「昨天夜裡，我們回去的時候，可是看著沈總教頭親自把你背回屋的。」那新兵似是不滿，「你這人也太忘恩負義了吧，若換做是我，沈教頭根本不會這麼周到。」

禾晏愣住。

她問：「你昨晚看到沈總教頭將我背回去了？」

「是啊，」新兵奇怪地看著她：「你不記得了？你可能是不記得了，你喝醉了嘛。」他說罷，因前面的同伴在招呼他快些趕上，便也不顧禾晏是什麼神情，逕自趕去前方了。

禾晏一個人落在後面，心中難掩驚異。她喝醉了？沈瀚竟將她背回去了？

這是什麼道理。她早晨問過洪山他們，洪山他們早早就醉了，是同屋新兵們將他們拖回去的，禾晏回來的時候誰也沒醒，都不知道禾晏是何時回來，如何回來的。

禾晏可不覺得沈瀚是個體貼的人。

她想來想去，一直到行跑結束後都沒想清楚到底是怎麼一回事。便打定主意，等到行跑結束，操練開始前去找找黃雄他們，或許黃雄知道，倘若黃雄也不知道，她就直接去問沈瀚。

等行跑結束，大家紛紛跑到擋雨的草棚或是帳篷底下躲雨喝水的時候，程鯉素來了。

這少年打著一把油紙傘，傘上面還畫著幾隻紅白錦鯉，頗有意趣。他找不到禾晏，便四處去問，總算在草棚底下找到了人。

「禾大哥！」他喊道。

禾晏沒料到程鯉素來找她，便起身走到他那頭，奇怪道：「下這麼大雨，你怎麼不在屋裡好好待著？」

「這裡不是說話的地方。」程鯉素拉著她躲在傘下，找了半天，找到演武場背著旗臺的長架邊，才停下腳步，看著禾晏道：「我昨日喝醉了，今兒早上聽到舅舅同飛奴大哥說話，才知道昨夜你去找我舅舅了。」

「我去找你舅舅了？」禾晏大驚。

「不錯。」

禾晏有點不敢相信，她居然去找了肖玨？如今她對肖玨頗為不滿，也是為了前鋒營一事，找肖玨定然不會是敘舊喝茶，那麼……

「我找你舅舅，是去做何？」禾晏緩緩問道。

程鯉素欲言又止：「昨夜你，可能喝醉了……」

禾晏：「……」

她竭力使自己綻開如常的微笑，道：「你但說無妨。」

「你找我舅舅打了一架，還壓壞了他的琴。」程鯉素老老實實地答。

禾晏閉了閉眼睛。

「誰贏了？」她問。

程鯉素沒料到禾晏在這個時候竟還關心結果，他撓了撓頭，道：「大概是我舅舅吧，聽說他讓沈教頭將你帶回去了。」

禾晏：「……」行吧，她趁著酒醉果真去找肖玨較量了一番，還輸了，這下肖玨豈不是更對她無甚好感，離她進九旗營又遠了一步。

禾晏頓覺心灰意冷，想著走九旗營接近肖玨大概是不可能的。不若換條路，還是如從前一般慢慢升官，雖然動作慢一點……只是不知道等她成長到能接近禾如非的時候，禾如非已經官至幾品了？

程鯉素同情地看著她，努力地安慰著：「禾大哥，其實你也不必灰心。我舅舅……我舅舅其實沒那麼斤斤計較。我來是想告訴你，這些日子，你最好不要去我舅舅跟前，省得他生氣。那把晚香琴很貴，他沒有讓你賠，已經很網開一面了。」

「我也賠不起。」禾晏沮喪地答。

「你看，事情也還不是很糟糕。」程鯉素又補上一句，「你不用太難過，我會在我舅舅面前替你說好話的！」

禾晏無精打采地道：「那多謝你了。」

程鯉素走了，禾晏望著那幾條紅白錦鯉遠去的身影，只覺一陣無力。原先帳中兄弟說喝酒誤事，她從不當真，如今看來果真不假。這來涼州才只醉了一次，便捅了簍子。

沈瀚為何要親自背著她回屋？想來是因為見證了這般混亂的一刻，知曉她日後再無可能得到肖玨的青睞，仕途無望，對她心生同情才如此作為的。

禾晏心道，要不，還是找個機會去找肖玨負荊請罪吧，誠懇道歉，或許還能挽救一下？

此刻涼州衛右軍都督的屋子裡，肖玨坐在桌前，看著手中的帖子。

帖子是涼州知縣孫祥福同他下的，說是過幾日，京城來的監察御史袁寶鎮就要抵達涼州。知縣在府中設宴，一同邀請的，還有肖玨的外甥程鯉素。

飛奴站在肖珏身後，道：「少爺，去城裡不便帶著程公子，許是鴻門宴，恐有威脅。」

「袁寶鎮同徐敬甫私下有聯，早已是徐敬甫的人，」肖珏把玩著手中的帖子，看向視窗的桂花樹，淡道：「此次本就是衝著我來，不過，我恰好也想知道徐敬甫在涼州安插的是什麼棋。」

「少爺的意思是？」飛奴遲疑地問道。

「袁寶鎮是徐敬甫的人，孫祥福未必就不是。」肖珏勾唇道：「涼州的知縣，早就該換一換了。」

「少爺是打算赴宴，屬下想跟著一起去，可程公子留在衛所需要人保護，若是有人圖謀不軌……」他沒有說完，指的是禾晏。如今涼州衛身分不明而極度危險的，也就是禾晏一人了。

「況且程公子十分信任禾晏，少爺不在的話……」程鯉素倘若聽禾晏的話被禾晏騙了，或是乾脆被禾晏算計，可是得不償失。

「鸞影何時到涼州？」肖珏問。

「鸞影眼下還在樓郡。」飛奴答道，又看向肖珏，「少爺，不如拒了帖子？」

「不行，」肖珏垂下眼眸，「此宴，非去不可。」

程鯉素回來的時候，看見肖珏坐在他的桌前看書，書是他悄悄花銀子從教頭手裡買的亂七八糟的話本，他嚇了一跳，二話不說就上前，道：「舅舅！」

肖珏正隨手翻著他的書，聞言手一抖，看向他，蹙眉道：「叫什麼？」

「我……我錯了！」程鯉素道。

「錯在哪裡？」肖珏平靜地看著他。

好像沒生氣啊？程鯉素詫異肖珏居然沒罵他不好好練字看這些亂七八糟的話本，估摸著肖珏今日心情不錯，便腆著臉上前，「我沒錯，我是代我大哥跟你認個錯，聽聞昨夜我大哥找你打架……不，切磋了，舅舅，你沒生氣吧？」

想到昨夜某個發瘋還壓倒他晚香琴的瘋子，肖珏眸色暗了暗，語氣一如既往的漠然：「沒有。」

「沒有就好！舅舅你還是如此大度！」程鯉素趕忙拍馬屁。

肖珏瞥他一眼，從懷中掏出個帖子扔到他臉上，「自己看。」

「這是何物？」程鯉素一邊道一邊撿起來看，「這不是帖子嗎？有人給舅舅你下帖子啊，這還有我的名字。這是去涼州城？太好了！成日在衛所，我都快長蘑菇了。我看看，監察御史袁寶鎮……這人名字怎麼聽著有點耳熟？」他狐疑地看向肖珏：「舅舅，袁寶鎮是誰？」

「不記得了？」肖珏彎了彎唇角，提醒他，「你和宋大小姐的親事，就是這位袁大人同你父親建議的。宋慈曾是袁大人的上司。」

「宋、宋家？」程鯉素拿著帖子的手一鬆，帖子掉在腳邊，他彷彿沒有瞧見，只呆呆地看著肖珏，神情不定，「宋家怎麼會來涼州？」

「不是宋家，」肖珏淡道：「是袁寶鎮。」

「那不都是一樣的……」程鯉素喃喃道：「他們來涼州，特意請我過去赴宴，不會是為了想將我抓回朔京吧。我不想娶她……我不想成親……」他像是突然回過神，一把抓住肖珏的袖子，「舅舅，你可不能眼睜睜的看著你的親外甥往火坑裡跳啊！」

「與我何干？」肖珏將袖子從他手裡抽出來，漫不經心地翻書。

「與你干係很大！」程鯉素繞過桌子來到肖珏是身邊，「舅舅，你知道我不喜歡宋大小姐！要是和她成親，我寧願去死，成親當日我就上吊！舅舅你不會見死不救的吧！」

肖珏停下手中的動作，漠然看向他，抽出腰間長劍，擱到桌上。

程鯉素結巴了一下，「這、這是做什麼。」

「你現在就可以自盡，看看我會不會見死不救。」

程鯉素瞪著那把劍，哭喪著臉道：「舅舅，我真的不想回朔京，我同你都一起待了半年了，早已習慣涼州衛所的日子，我真的不能沒有你。」他抱著肖珏的腿嚎啕大哭起來。

肖珏按了按額心，似是忍無可忍，道：「起來。」

程鯉素沒動。

「再說一次，起來。」

程鯉素仍舊抱著肖珏的腿，眨巴著眼睛看他，「除非你答應我不要把我交給宋家。」

「你不是待膩了衛所，想去涼州城嗎？」

「我現在不想了！」

青年的聲音淡淡，「那可是監察御史袁寶鎮。」

「舅舅你還是封雲將軍肖懷瑾呢！」

「袁寶鎮見過你，知道你在涼州避而不見，同宋家告狀說你怠慢如何？」

程鯉素立刻回答，「他怎麼可能見過我？我從未和他見過面，我這副樣子，我爹娘藏都來不及。若真是見過，他就不會同宋大人推薦我了，我和宋大小姐，一看就完全不般配嘛！」

「是麼，」肖珏眸光微動，看著正悲憤著的少年，「去是一定要去的，既然他沒見過你，倒也不是全無辦法。」

程鯉素瞪大眼睛。

「找一個人代替你，去赴宴。」

程鯉素愣了愣，半晌終於明白過來，這下不乾號了，也不抱著肖珏的腿假哭了，站起身來一拍巴掌，「妙啊！舅舅所言極是，反正他沒見過我，隨便找個人代替一番不就得了！」

「你可有人選？」

程鯉素看著他，「我……」

「涼州衛裡，似乎沒有與你年紀相仿，身材相似的少年。」肖珏道：「若差太遠，會被發現。」

整個涼州衛所的兵營裡，大多都是五大三粗的漢子，便是年少一些的，也多結實黝黑。程鯉素是打朔京來的小少爺，金尊玉貴的養著，細皮嫩肉，同兵營裡的新兵一看就不同。

「找不到的話，你還是親自去算了。」肖珏若無其事地道。

「誰說找不到的！」程鯉素急了，心中靈機一動，「我大哥，我大哥就和我差不多！」

肖玨挑眉，不置可否：「禾晏？」

「不錯，就是我大哥。我大哥同我年紀相仿，身材相仿，而且人又聰明，定能隨機應變，應付好袁寶鎮。袁寶鎮能帶走我，不一定能帶走我大哥。」

程鯉素對禾晏倒是十分信任，在他看來，禾晏是除了他舅舅以外，最無所不能的人了。旁人做不到的事情，禾晏一定能做到。

見肖玨並不做聲，程鯉素心中一緊，只道是昨夜禾晏才去找肖玨打架，此刻肖玨定然還在因此事遷怒禾晏。未必就會想看到禾晏，正想要如何才能說動肖玨，就見他年輕的舅舅一合手中書卷，淡道：「好啊。」

程鯉素一腔勸解的話堵在喉嚨裡，只來得及發出一個「啊」？

肖玨看向他，「你若能說動你的大哥，就讓他代替你去。」

下午操練結束後，禾晏坐在演武場外休息時，黃雄幾人找來了。倒是沒說別的，先把昨夜裡沈瀚送過來的銀子分給禾晏一錠，接著就問禾晏那壇十八仙去哪了。

「我記得你最後拿走了，」黃雄問，「我今日去尋了幾個空酒罈，弟兄們一人分一點，你覺得如何？」

「我覺得很好，」禾晏道：「只是可能要等下次爭旗的彩頭下來了再說。」

「你這話是什麼意思？」王霸有些不耐，忽然間明白了什麼，看向禾晏：「你、你該不會是……喝光了吧。」

迎著眾人灼灼的目光，禾晏點了點頭，道：「真是對不住了，我一不小心，就喝光了。」

「禾晏！」王霸高聲道：「你太過分了！那可是我們一道的彩頭，你自己喝光了，山匪都沒你這麼霸道！」他挽起袖子，想揍禾晏，挽到一半，又想起面前這人自己是打不過的，動手也不是，不動手也不是，一時間非常尷尬。

江蛟和石頭倒是不覺得有什麼，他們二人並不貪杯，對酒不甚感興趣，都沒說什麼。黃雄雖不如王霸激動，眼神中也充滿指責。

若是平日裡，禾晏當為自己的行為感到抱歉，不過這幾日接二連三的噩耗聽得她也有些麻木了。實在無力去應付眼前這幾人的心思，便坐在此地，一語不發。

見她一聲不吭，垂頭喪氣的模樣，幾人面面相覷。想著此次未曾進前鋒營對禾晏的打擊果真是大，昨夜借酒澆愁，今日竟還這般頹然。可轉念一想，他這愁澆的委實值得，旁人只捨得用幾摜錢的黃酒，他用的可是幾百兩的銀子，就這樣還沒把愁澆下來，這愁得多費銀子。

正當幾人不知如何是好時，有人的聲音打破了沉默。

「禾大哥……禾大哥，原來你在這裡！」程鯉素氣喘吁吁地跑過來，額上還帶著汗珠，當是一路跑過來的。

禾晏一日之內，這都是第二次見到他了。可一見到他，就想起自己昨夜得罪了肖玨的事，頓覺頭疼。禾晏抬起頭，蔫蔫地問：「你怎麼來了？」

「我來找你是有要事相商。」程鯉素看了看周圍的人，拉起禾晏道：「這裡不是說話的地方，禾大哥，你跟我來。」

他是肖玨的外甥，旁人自然不敢說什麼，縱然還有十八仙的帳沒算，也只得眼睜睜地看著程鯉素把禾晏拉走，自個兒留在原地大眼瞪小眼。

禾晏被程鯉素拉著一路小跑，居然跑到了程鯉素住的地方。禾晏走到此地便不想進去，知曉程鯉素的隔壁便是肖玨，這要是進去了，倘若撞見，四目相對，豈不尷尬。

程鯉素的腦瓜總算是聰明了一回，見禾晏面露難色，站在原地不肯動彈，便貼心的道：「你放心，我舅舅出去了，這裡沒人！」

禾晏聞言，才同他走了進去。

一進去，程鯉素就左右張望了一番，接著把門窗都關好，活像是要商量殺人放火的勾當。禾晏見他如此，一時無語。

「你來找我，不會又要說你舅舅的事吧。」禾晏提前打招呼，「程弟，承蒙關懷，但我最近真的不想聽到有關他的消息。」也請給她留點臉面吧。

她剛說完這話，便覺得肩膀被人一按，程鯉素將她轉了個身，一把抓住她的手緊緊握著，抵著自己的前胸。

禾晏差點下意識的將這人一拳揍飛。

她按捺住自己想揍人的衝動，雖然她同男子相處的多了，但多是勾肩搭背，這般十指相扣，實在彆扭的很。

然而眼前的小少年卻是一臉澄澈，絲毫不覺自己舉動引起誤會，不過當在他眼中看來，兩個男人如此，也確實無甚好避諱的。

「大哥，求你救救小弟吧！」程鯉素慘然道。

「……你這是發生何事了？」禾晏問。

「你先答應我幫小弟一把，否則大哥你日後，恐怕再也難以看到小弟了！」

「這麼嚴重？」禾晏問道，心中卻不以為然，程鯉素這孩子素來愛誇張，丁點大的事都能說的驚心動魄，況且真要出了什麼問題，他舅舅是肖玨，自然會幫他打算。

「你先告訴我是何事，我才能幫你想辦法。」

「大哥可還記得我曾與你說過的，我是逃婚出來的。我家裡要給我定親，我實在不願，就央求舅舅帶我來涼州。」程鯉素說到此處，一派淒然，「如今我家裡人居然還不放過我。他們為我挑的那家老爺的同僚，如今來到涼州，下帖子給我舅舅，讓我舅舅和我一起去赴宴。蒼天哪，我一個又無官職，又無名氣的小子，何以帖子上還特意寫上我的名字。分明就是算計我，想趁著我到了地方，好將我擄走！」

他這說的跟強搶民女似的，就差沒去衙門門口擊鼓鳴冤了。

「這也不至於吧，」禾晏道：「你若不想走，你舅舅自然會保你。他們還能當著你舅舅的面將你強行帶走不成？」

程鯉素不好說肖玨可能真的會眼睜睜的看著人將他帶走，指不定還會高興甩走他這個拖油瓶。他輕咳一聲，道：「大哥，你也知道我娘本就對我舅舅頗有微詞。倘若他替我出面，豈不是又將自己陷於不義之地。我娘會恨死他的，我可不願意給他招來麻煩！」

沒想到程鯉素居然這麼維護他舅舅，禾晏心中感慨，看來這就是骨血親情，無論如何都改變不了的。

「那你想要我如何？」她問，「讓我幫你打走那位大人嗎？毆打官員是要犯律令的。」

「你想到哪裡去了，大哥！」程鯉素鬆開她的手，「我可不是那等粗暴的人。我是想，那位大人其實原先並沒有見過我，也不知道我長得是何模樣。大哥，咱倆年紀差不多，長相都飄逸英俊，身材相仿，你不如代替我去赴宴。倘若那位大人要讓他的手下抓我，以大哥你的身手，完全能輕鬆逃走。這樣他們抓不到我，是他們的問題，怨不得我舅舅。」

「我代替你？」禾晏道：「不行不行。」她轉身就想走，心中莫名生出一股抵觸。又是替身，上輩子她做了一輩子禾如非的替身，如今好容易可以光明正大的用自己的名字，怎的又來當人的替身？

老天這是故意與她過不去的吧！

「大哥——」程鯉素叫得撕心裂肺，「你真的不能見死不救！你想想，你和舅舅去赴宴，跟在舅舅身邊，朝夕相對，你做的好一點，舅舅看到你如此體貼周到，定會對你改觀。況且你是為了他外甥挺身而出，舅舅為了感激你，說不定……說不定會讓你去九旗營！」

禾晏：「……」

程鯉素真是為了不去赴宴，什麼鬼話都說得出。肖玨可不是個會買賣人情的人。說不準她日夜跟在肖玨身邊，反倒勾起了肖玨的怒氣，再有什麼不對，就真的從此出局了。

見她態度堅決不肯幫忙，程鯉素癱倒在地，一手指向頭頂，邊罵邊號：「天爺，你為何如此對我！袁寶鎮，我上輩子與你究竟有何深仇大恨，你要這般一而再再而三的推我入火坑！」

禾晏本都要出門，已經走到了門口，聞言腳步一頓，回頭看來：「你剛才說……袁寶鎮？」

「是啊，」程鯉素看著她，下意識答道：「那位害我定親的大人，就是當今監察御史袁寶鎮。」

禾晏眉心一跳，片刻後，她快步走向程鯉素，朝癱坐在地的少年伸出一隻手。

「別號了，不就是去赴宴嗎？我幫你。」

乍然得到允諾，程鯉素還有些不敢相信自己的耳朵。一直等禾晏重複了好幾次，指天發誓了一番才相信了她是真的要幫自己，程鯉素才敢相信。

他給禾晏倒了一杯茶，雙手奉上：「好大哥，你可真是救了弟弟的命了！日後要是有什麼用得上我的地方，上刀山下火海，肝腦塗地，小弟也在所不辭！」

禾晏剛想開口，他又立刻接道：「我知道，大哥的願望就是進九旗營建功立業，放心，等此事一過，我定然每日都在我舅舅跟前美言，哪怕讓我日日抄書，我也要幫大哥把此事辦妥了！」

「……我是想說，」禾晏制止了這孩子的狂喜，「我代替你去赴宴這事，我是答應了，可你還得說服你舅舅才行。」

肖玨是能這麼輕易就同意的人嗎？畢竟這事聽起來還挺匪夷所思的吧。

「這你放心，」程鯉素喜滋滋地湊上來，道：「我之前已經跟我舅舅說過了，我舅舅同意了後我才敢來找你的。」

「肖玨同意了？」禾晏一愣。

「許是覺得之前沒讓你進九旗營心中有愧吧，給你個表現自己的機會。」程鯉素誠懇地看著禾晏，「所以你看，天時地利人和，大哥你代替我去赴宴，這就是上天的安排。」

禾晏沒空理會程鯉素的胡言亂語，心中只是詫異，肖玨竟然這麼容易就答應了，這可不像是他的做事風格。莫不是又有什麼陷阱？

見禾晏沉默，程鯉素又急了：「大哥，你可不是反悔了吧？」

「沒有。」禾晏無奈道：「我只是在想如何假扮你，畢竟我同你又不一樣。」

「你放心，那個袁寶鎮沒見過我的模樣，不會被拆穿的。不過我還得需跟你交代一些，免得被看出來了。我最愛吃口蘑肥雞，最討厭吃的是梗米粥。不喜歡人跟著，吃了花生臉上會長疹子。我日日都要洗澡，衣裳也要勤換，薰香也要用一用……」

他這一一說來，禾晏只看到了一個富家子弟驕奢淫逸的生活，不覺搖了搖頭。

程鯉素說了一炷香時間，直說得自己口乾舌燥才甘休，端起茶來急急潤了潤嗓子，這才活過來。

「大哥，我剛才說的你都記住了嗎？」

禾晏：「……記住了。」她道：「還有什麼要交代的，一起說了罷。」

「容我想想。」程鯉素坐在椅子上，看著禾晏。禾晏同他年紀差不多大，模樣在一眾涼州新兵裡，已然算是出挑了。倒是絲毫不見笨拙健壯，顯得瘦小纖弱了些。不過這同他倒是剛好，若是換做是富家公子打扮……

「差點把重要的事忘了！」程鯉素一拍腦門，「你穿成這樣可不能去赴宴。我好歹也是右司直郎府上的少爺，怎麼穿得這般寒酸，你等著。」他「蹬蹬蹬」的跑到裡屋去，不知道在搗鼓什麼，不多時，便提著一個包袱出來。

「這是我挑的一些衣裳，你拿著穿。咱倆身材差得不大，你應當都能穿上，縱然是假的，大哥，你也得穿得好看些。我這人除了長得好看些，再沒旁的優點，若是連這點長處都被淹沒了，豈不是一無是處？」

他居然能把「繡花枕頭」說的如此清新脫俗，理直氣壯，禾晏嘆為觀止。

他又轉身去抽屜裡拿了個匣子，裝了點東西遞給禾晏，道：「這裡都是些髮簪，還有扇子玉墜什麼的，做戲要做的足，這些可不能少。」

禾晏：「你想得還真是周到。」

程鯉素不好意思撓了撓頭：「過獎，過獎。」

禾晏將包袱和匣子都收好，又問：「你果真已經同你舅舅說好，沒有騙我吧？」

「沒有沒有，」程鯉素道：「明日一早辰時你到這裡來，大概就可以出發了。」

「這麼急？」禾晏一驚。

「本來是要過幾天的，袁寶鎮還沒到涼州，只是舅舅要先去城裡找工匠修他的晚香琴，所以去早些。」

禾晏想到被自己壓壞的那把琴，不做聲了。

程鯉素拍了拍她的肩，「禾大哥，此次就全靠你了，多謝！」

禾晏帶著滿滿一包袱東西回到新兵們的通鋪屋，王霸他們居然還沒走，正吃著昨夜裡禾晏從程鯉素那邊拿來的月團。見禾晏回來，手裡還提著東西，王霸酸溜溜地道：「喲，又去受孝敬啦？」

「程公子又送你吃的了嗎？」小麥目光盯著禾晏手裡的包袱，口水都要流出來了，「這麼大一包，是什麼好吃的？」

禾晏將包袱重重往桌上一擱，包袱皮本就繫得鬆散，這麼一頓便散開，露出裡頭的東西來。不是眾人想的食物，竟是一些衣裳飾品。

這就出人意料了，半晌，洪山遲疑地問道：「阿禾，程公子送你衣服幹什麼？咱們在軍營裡，也不能穿常服啊。」

「我明日要隨肖都督去城裡辦事，」禾晏道：「大概怕我穿得太寒酸丟了肖都督的臉面，程公子才特意送了我幾件衣裳裝點門面。」

「你和肖都督？」黃雄看著他，「這是好事啊，你怎麼看著不大高興。」

倘若沒有昨夜的事發生，禾晏應當很高興的，畢竟在肖玨身邊能探聽許多消息。只是昨夜的事過後，只怕肖玨對她更加不喜，誰知道會不會又什麼地方不對，惹惱了這位二公子。

只能先硬著頭皮上了。

「我這是歡喜得不知道做何表情了。」她答。

眾人又圍著她問了好些，好不容易將人全部打發走。到了夜裡，禾晏上榻前，都還想著這件事。

她之所以答應幫程鯉素去赴那個勞什子宴，當然不是因為和程鯉素兄弟情深，也沒有俠肝義膽到如此地步，不過是聽到袁寶鎮的名字而已。

袁寶鎮此人，禾晏曾經見過。她得封飛鴻將軍，禾如非替她領賞，禾晏恢復女兒身後，曾在禾家見過此人一面。袁寶鎮當時與禾元盛父子站在一起，禾晏還同他行過禮。

瞧禾如非同他說話的語氣，也是很熟稔。禾晏當時還想，禾如非剛剛「領賞」，其實在朔京朝廷裡，同別的同僚不曾多親近，沒想到這麼快就有了相熟的友人。

如今這位禾如非的友人來到涼州，恰好和「程鯉素」還有一絲關係，若是能趁此機會靠近，打聽一些禾如非的消息，或許對她未來的路也有幫助。她要想出人頭地，走到說話有人聽的地位，就必須在軍中立出功績。但涼州遠隔京城千里，又離禾家太遠了，很多消息傳不過來。

袁寶鎮抵達涼州，也算是瞌睡送枕頭吧。只是不知道肖玨又是何意，居然會同意程鯉素這般匪夷所思的做法。禾晏如今是越發看不明白肖玨了。以為他會點自己進前鋒營，他卻點了雷候，以為他會不讓自己假扮程鯉素，他卻偏偏同意了。

旁邊傳來洪山打呼嚕的聲音，禾晏翻了個身，閉上眼睛，罷了，既然想是想不出來結果，親自跟上去不就得了。這一路朝夕相對的，有的是時間研究肖珏究竟是何想法，兵來將擋水來土掩，她禾晏，還怕了不成。

同禾晏的瀟灑不同，涼州衛所屋子裡，沈瀚一臉詫異，片刻後，臉上的詫異又變成了焦急。

「都督，您怎麼能帶禾晏去城裡呢？他身分尚且不明，跟在您身邊，若是對您出手……」

「我還不至於被他威脅。」肖珏道。

「可是……」

桌上銀燈盞裡的燭火被風吹得跳動，險些要熄滅，他撥了撥燈芯，屋子裡重新明亮起來。

「如果他是徐敬甫的人，此次隨我赴宴，也許會露出馬腳。放他在衛所，真有異動，你們未必招架的住，不如放在我身邊安全。」

「況且，」他勾了勾唇，「禾晏自詡身手不凡，此次鴻門宴，恰好可以做踢門磚。」

沈瀚心中一凜，肖珏這是要用禾晏來當替死鬼。

肖都督果真還是那個肖都督，連往日舊情都不念，也不知當初禾晏究竟是如何惹怒了肖珏。想到此處，沈瀚心中竟對禾晏生出一絲同情。

肖珏道：「明日我走後，你保護好程鯉素，別讓他到處亂跑。衛所大小事宜，暫且就交給你了。」

沈瀚收起心中遐思，道：「是！」

第二日一早，小麥起床的時候，發現身旁的床鋪是空的。

他揉了揉眼睛，眼下時間還早，屋子裡的其他人都還沒醒。禾晏的床上，被褥疊的整整齊齊，人已經不見了。小麥奇道，難道禾晏已經走了？可昨日他不是說，今日辰時才出發，眼下可還沒到時間。

又過了一會兒，眾人陸陸續續起來，皆是發現禾晏不見了。洪山道：「這小子不會現在就走了吧？連個招呼都不打？」

「是不是怕將我們吵醒了所以才走的？」小麥試探地問。

「這誰知道，石頭，你見過他嗎？」洪山問。

石頭也搖了搖頭：「沒有。」

幾人面面相覷，皆是一頭霧水。話雖如此，卻也不能就在此地等著禾晏，等下還要行跑，便紛紛起來洗臉。

小麥早已穿好了衣服，率先收拾好，先推門跑了出去，打算去搶熱乎的乾餅，石頭和洪山還在洗臉，忽然聽見外頭小麥喊：「大哥、山哥——」

「又怎麼了？」洪山抹一把臉上的水珠，「我們這洗臉呢。」

「你們快出來看！」小麥的聲音抑制不住的激動。

洪山納悶的看了石頭一眼，石頭表示自己也不知道，他甩了甩手上的水，走出屋去，邊道：「小麥，你下次能不能不這麼……」

他說話的聲音戛然而止。

禾晏面向他站著，笑道：「山哥，我看起來怎麼樣？」

洪山張了張嘴，一時沒說話，屋子裡的其他新兵此刻也陸陸續續出來，看到禾晏，「嘩啦」一下全圍上去，七嘴八舌地說道。

「好看！太好看了，禾晏，你看起來就像京城裡富貴人家的少爺！」

「豈止是富貴人家的少爺，我看是宮裡出來的也不為過。」

「你可拉倒吧，說的跟見過宮裡出來的人一樣。」

「我是沒見過，我想像中宮裡出來的人就長這樣！」

「這衣服可不便宜吧，禾晏，能不能給我也穿一穿？」

「呸！你能穿的出來麼？別糟蹋了衣服，邊兒去！」

禾晏被眾人擁在周圍，任他們打量。洪山幾人遠遠地站著，小麥看著禾晏，雙眼亮晶晶的，道：「阿禾哥真好看啊！」

「難怪說人靠衣裳馬靠鞍呢，你看，平日裡不顯山不露水的，這小衣裳一穿，小髮簪一戴，看著同我們是不一樣。」洪山摸著下巴，問石頭，「是不是？」

石頭點頭：「是。」

禾晏任他們打量夠了，才整了整肩上的包袱，笑道：「走之前還是過來給你們看看，弟兄們都說我好看，那我就放心了，說出去也沒丟咱們涼州衛的臉面。」她揮了揮手，「那我走啦！」

眾人朝她揮手作別。

她這廂同人作別，另一頭，程鯉素也早早的出了門。

沈瀚正在院子裡和肖珏說話，綠耳在旁邊低頭吃草料。程鯉素昨夜去馬廄裡挑了許久，才挑了一批漂亮的小紅馬，覺得這馬瞧著可愛又神氣，同自己很般配。

「你又不去，挑馬做什麼？」肖珏不置可否。

「我雖不去，但我大哥是代表我去的，總不能讓人背後說：右司直郎府上的那個少爺，雖然身手不錯，但卻長得不妙。都說揚長避短，我就這麼一個長處，當然要揚一揚。」

肖珏嗤道：「怎麼辦，以你大哥的長相，似乎不能幫你揚長。」

「舅舅，你這話說的不對，」程鯉素認真地看著他：「我仔細看過，我大哥，生的應當不算差。雖然比不得你我，在涼州衛裡，也算得上出類拔萃。」

沈瀚聽著這舅甥二人的閒談，一時無語，正說著，便見前方有人來，就道：「禾晏來了！」

說話的兩人一齊側頭看去，頓覺眼前一亮。

秋日的清晨，空氣清曠，涼颯秋風吹過，沁人心脾。日頭還未完全出來，只冒出了一個小頭，一線金光落在少年身上，襯得她格外出眾。

少年穿著一件暗紅蟬紋錦袍，腰間束著腰帶。尋常看她太過瘦小羸弱，穿著程鯉素的衣裳，卻將那點纖弱完全隱沒了，只剩風流。她本就生得清秀，將長髮以雕花木簪束起，清冽又精神，步伐悠然，提著包袱，竟一點也看不到演武場上汗流浹背的新兵影子了，活脫脫京城學館裡的翩翩少年，一顰一笑都是詩意。

少年走到幾人面前，「啪」的一聲展開手中摺扇，摺扇飄逸，她笑容比摺扇上的山水畫還引人注目，聲音刻意壓低過：「對不住，我來遲了。」

程鯉素瞪大眼睛看著他，半晌終於回過神來，繞著禾晏轉了個圈，喜不自勝道：「大哥，沒想到你竟然是這般的美男子，涼州衛真是埋沒你的風姿了！我這樣瞧著，你都快趕得上我了！」

禾晏心中得意，嘴上還是謙遜道：「哪裡哪裡，過獎過獎。」

她今日一大早就去了河邊，趁無人的時候換好了衣裳，程鯉素的衣裳多是黃色，這少年極愛這般明亮的顏色，禾晏穿著卻覺得略顯輕佻，好不容易才找了這麼個不那麼跳脫的顏色，又在匣子裡撿了個算作樸素的髮簪。在河邊對著河面端詳了許久，為了不出意外，還特意給洪山他們看了看。

涼州衛的新兵們一致叫好，想來也算是不差的。她前生做男兒身裝扮時，不得不戴上面具，如今能大大方方的如此公子模樣，也生出一絲陌生的緊張。

一邊的沈瀚看著禾晏，心中倒吸一口涼氣。他原先還在想，禾晏不過就是一個少年，就算過去同肖玨有舊情，何以就入了肖玨的眼？畢竟傾慕肖玨的絕色美人數不勝數，如今看到如此模樣的禾晏，心中便稍稍明白了一些。女子便罷了，男子有如此姿容的，並不常見，況且這少年身手出眾，脾性還好，若非身分令人生疑，其實……其實同肖都督站在一起，倒也不是很奇怪。

程鯉素仍在絮絮叨叨的說個不停，禾晏朝肖玨看去，但見肖玨站在原處，目光平靜地掃過她，絲毫不見欣賞，頓生促狹之心，便走到肖玨身邊。

「都督，」她摺扇半開，掩面低笑，活像調戲良家婦女的登徒子，「你看我這般，如何？」

年輕男人漠然看向她，片刻後，微微彎腰，俯首快要到她的耳邊，他的聲音少年時期便比尋常少年要低啞一些，如今年歲漸長，還帶了一絲散漫的磁性。

「你居然……」

耳邊似乎能感到對方呼出的熱氣，禾晏莫名覺得臉上一臊，心想要聽著這張臉用這種語氣誇人，還真不是人人都能頂得住的。

「……比程鯉素還矮。」他說完了剩下的半截話。

禾晏：「……」

禾晏退後兩步，不敢置信地看著他。尋常人不該說「你居然這般惹眼」「你居然如此驚豔」嗎？

比程鯉素還矮？

那秀美如玉的青年卻像是還嫌不夠惡劣似的，看著她，勾唇哂道：「還有，你腰帶繫反了。」

他擦身往前去了，禾晏低頭一看，程鯉素的衣裳樣式繁複，她從前不曾穿過這種，也不知如何繫，此刻聽到提醒，便手忙腳亂的去解。程鯉素見狀，這才看清楚，跟著過來幫忙：

「啊，忘了跟你說，我的腰帶同旁人不同，你要這樣繫……」

禾晏看著肖玨遠去的背影，磨了磨牙。

肖玨絕不可能是因為爭旗一事對她心懷愧疚才會讓她做程鯉素的替身，禾晏嚴重懷疑，他將自己帶在身邊，只是為了方便羞辱折磨。

這真是天生的冤家。

涼州衛所到城裡，不歇的騎馬，大約要三個時辰。早晨出發，到了已是下午。一同前去的除了禾晏和肖玨，還有一個叫飛奴的侍衛。

大約是因為她不是真的程鯉素，便連馬車也省去了。一路騎馬過去，連飯也沒顧得上吃，到了午後，總算是到了城裡。

涼州城禾晏上一次來，還是剛隨新兵一同從朔京來到此地，不過並未在城裡停留，便直接去了白月山下的衛所。如今她換上尋常少爺家的衣裳，來到熙熙攘攘的市井，同朔京不同，涼州又是別有一番風情。

此地算是東部，四季分明，雖然比不得京城繁華，但也算得上熱鬧。來往行人匆匆，到了城裡，騎馬便不必騎得那般快，禾晏邊走邊看，只覺得看不夠。

但肖玨並非是來城裡遊玩的，幾人到了一處客棧，這客棧瞧著應當算是涼州城裡極為奢華的一間，一共三層。外頭修繕的富麗堂皇，到了客棧門口，肖玨下馬，夥計幫忙將馬牽去馬廄，幾人一起走進大堂。

實話說，前世今生，雖然禾晏貴為禾家的大少爺，但還真沒住過特別貴的客棧。肖玨倒是和他的姪子一般驕奢淫逸，連歇腳的地方都要如此講究。禾晏這般想著，聽見肖玨對掌櫃的道：「兩間客房。」

「兩間？」禾晏驚訝，「我和飛奴一間？」

好不容易出了兵營，就不能讓她自己一間嗎？程鯉素還叮囑她要每日洗澡，飛奴在房裡，她要怎麼洗？

「不然？」肖玨盯著她，反問，「你想和我一間？」

「不不不，」禾晏道：「那我還是和飛奴一間吧。」笑話，她還不至於沒有自知之明到如此地步，畢竟肖二公子冰清玉潔，怎麼能和她這等粗陋之人共處一室呢？禾晏心裡腹誹，肖二公子就該和廟裡的菩薩住一起，給他面前擺個香爐供果，就能受人供奉了。

肖玨沒理會他了。

掌櫃收下銀子，令人收拾客房去了。因從早晨到現在，三人還沒吃過午飯，客棧一樓是可以用飯的，便打算在此吃過飯在上樓。

大概看出來肖玨身分非富則貴，掌櫃殷勤地立在他們這桌，道：「咱們這邊招牌菜點有綠豆棋子麵、五味蒸麵筋、麻辣肚絲、芝麻卷、八寶野鴨、雞絲黃瓜、五香仔鴿……幾位要點什麼？」

不等肖玨說話，禾晏先大聲問道：「掌櫃的，可有口蘑肥雞？」

「有的、有的。」掌櫃忙回答。

肖珏側頭來，平靜地看著她。禾晏眨了眨眼睛，「怎麼了，舅舅，你知道，我最愛吃的就是口蘑肥雞了！」

飛奴：「……」

做戲要做周全，這話可是程鯉素告訴她的。如今進了涼州城，她就不是禾晏了，她是程鯉素，是肖二公子的外甥。外甥想吃自己最愛的菜，這有錯嗎？

完全沒有錯！

肖珏收回目光，道：「給他來盤口蘑肥雞。」

居然這麼好說話？禾晏心中一動，也是，倘若這裡遇到熟人了呢？當著外人的面，肖珏總不好否認。這下禾晏膽子就大了，她在衛所裡吃了這麼多日的乾餅，連肉沒嘗過幾次，既然逮著個機會，肖珏又不缺銀子，不狠狠的宰這隻肥羊一筆，豈不是對不住自己？

「舅舅！」禾晏喊得又脆又甜，笑咪咪道：「我還想吃麻辣肚絲、芝麻卷、八寶野鴨、雞絲黃瓜、五味蒸麵筋、五項仔鴿……還有那個什麼，綠豆棋子麵！我都想吃！」

飛奴動了動嘴唇，想說什麼又按捺住了，真是好久沒見過這麼不怕死的人了。

掌櫃的先是詫然，隨即喜笑顏開，看著禾晏的模樣活像是看見了一尊財神爺，對肖珏道：「這位小公子真有眼光，很相信我們客棧的菜品哪！」

「抱歉，」肖珏輕笑一聲，動作優雅，語氣卻帶著一種刻薄的嘲諷，他淡道：「外甥沒見過世面，讓人見笑了。」

禾晏：「……」

「每樣都來一份吧。」

肖二公子揮金如土，掌櫃的欣喜不已，轉身吩咐廚房做菜去了。

禾晏本就是為了捉弄他，想著能吃個其中幾道菜也不錯了，不曾想肖玨竟然百依百順，還真每樣叫了一份。難不成程鯉素平日裡在這個舅舅面前就是如此得寵？簡直風得風要雨得雨，禾晏都有些妒忌了。

她湊近肖玨，小心翼翼地問：「都督，你怎麼這般好說話？」

「怎麼？」肖玨淡道：「當舅舅的，當然不能讓外甥餓肚子。」

這個「舅舅」，委實說得意味深長。禾晏琢磨著琢磨著，卻是琢磨出一絲不對味兒來。她和肖玨好歹也是同輩，從前還是同窗，後來同為將領，也是齊名。結果這輩子，她先是成了肖玨的小兵，叫他一聲都督。如今乾脆成了肖玨的外甥，連輩分都矮了一頭。

這個便宜，肖玨可是占大了！

她緘默不語，不打算再叫肖玨了。誰知道想捉弄肖玨竟讓自己吃了虧呢？真是棋差一著。

掌櫃的菜品且不說如何，做菜倒是挺快，不多時，菜便上齊了，擺滿了整整一桌子。如此奢靡，旁邊的人都朝他們看來。

禾晏都覺得有些不好意思，道：「都督，讓您破費了。」

「既是你想吃的，當然要吃。」肖玨慢悠悠道：「只是我從前教過你，簡節則昌，淫佚則亡。不要浪費。」

禾晏覺察出一絲不對，正要說話，只聽得面前這人又道：「剩一粒米，你明日就別吃飯了。」

禾晏：「……」

吃過飯後，禾晏是扶著欄桿上樓的。

菜肴自然很美味，只是要吃得一粒米都不剩，縱然是珍饈佳餚，到最後也難以下嚥。好不容易吃完了，得了明日能吃飯的權力，還要被肖二公子瞥一眼，輕飄飄地嘲笑一句「果然兼人之量」。

要不是他自己說不能浪費，她能在眾目睽睽之下做這個飯桶麼？其他食客看她的眼神都不對了，禾晏都覺得丟臉。

她吃得太飽，實在不想跟肖玨多說，便自顧自的隨夥計上樓。飛奴竟也沒跟上來，她懶得管，一進屋，便先在榻上躺了下來。

這可真是，撐得走不動路了。

身下觸感柔軟舒適，禾晏忍不住在榻上打了個滾兒，所以說有銀子就是好呢，出門都住的這般享受。肖玨的房間就在隔壁，她貼著牆豎起耳朵，想聽聽肖玨在那頭幹嘛，也不知是不是房間牆太厚了，根本什麼都聽不到。

聽著聽著，禾晏就睡著了。

今日趕路趕了半天，回來又酒足飯飽，床鋪還如此舒適，讓人想不睡也難。這一睡，禾晏醒來的時候，太陽已經完全落山，月亮出來了。她打開窗戶，樓下已經點起了燈籠，不遠處酒樓裡還有歌女唱歌的聲音。

禾晏揉了揉眼睛，喝了杯水，起身推開門，走到肖玨的房間前，敲了敲門。

片刻後，屋裡才有人道：「進來。」

禾晏走進去，房裡點了燈，飛奴在門口守著，肖玨坐在桌前，手裡拿著書卷看書。

這人都不會睏的嗎？當初在賢昌館也沒見他這麼努力啊，如今反倒是用功起來。禾晏心中慚愧之情油然而生，看看，這才叫學無止境。她伸長脖子想去看肖玨看的是什麼書，就見這人將書卷一合，什麼都看不到了。

他抬眸，目光冷得很，「何事？」

禾晏道：「都督，您晚上做什麼？」

「不做什麼。」

「您是不出門了嗎？」

他道：「你想說什麼？」

「我是想說，」禾晏笑一笑，「若是您沒什麼事的話，我想出去逛一逛。我第一次來涼州城，想瞧瞧周圍有沒有什麼有趣的小玩意兒，」她胡謅道：「若是遇到合適的，買些帶回去送給我未婚妻。」

肖玨似乎對她的事並不感興趣，淡道：「隨你。」

禾晏大喜過望，道：「真是太好了，都督，我先走了！」

她雀躍著下了樓。待她走後，肖玨道：「飛奴。」

侍衛早已瞭解，道：「少爺，我去跟著他。」

「別跟得太近，」他道：「小心被發現。」

「屬下明白。」

禾晏興沖沖地出了門。

袁寶鎮還沒到涼州，接下來幾日他們住在客棧，提前來城裡也沒告訴知縣，除了修琴以外，肖玨大概還要處理別的事。不過禾晏也不打算跟著，至少到眼下，肖玨可一點兒信任她的意思都沒有，何必熱臉貼冷屁股。她又不想和肖玨一樣在客棧裡看書，這會令她想到當初在賢昌館進學時候的可怕回憶。

夜色正好，就趁著這個時間四處走走。雖然袁寶鎮還沒到涼州，不過想知道禾家的消息，不是只有這一個辦法。但凡有酒館茶樓的地方，只要去吼一嗓子「我知道最近飛鴻將軍……」就能引出無數個話頭。不是她自誇，她最出名那幾年，許多地方的說書人日日必講的，就是有關飛鴻將軍的本子。

當然，也要順道講一講封雲將軍就是了。

涼州城夜裡，街上的人不如朔京的多，但也不算冷清。路邊商販也有賣這邊的土產的，禾晏邊走邊看，她身上僅僅只有爭旗時候得到的一錠銀子而已。

肖玨雖然是做她的「舅舅」，卻並未要給她銀子花的意思。好在禾晏此時已經吃飽喝足，並不想花銀子，便只是看看不買。

在她身後十幾步遠的地方，飛奴正緊緊地跟著。

肖玨懷疑禾晏身分有異，此次帶她來涼州城裡，要隨時盯著她，看她是否暗中聯繫徐敬甫的人。飛奴跟的盡心盡職，不過到底還是有一絲納悶。

這個少年，一路走一路看，跟沒出來逛過街一般，新奇的不得了。嘴裡說著要給未婚妻買小玩意兒，看是看了不少，一個也沒買。要麼就是他是個吝嗇鬼，連一盒脂粉都捨不得送姑娘。要麼就是他在說謊，眼下不過是掩飾。

禾晏轉過一條街，走進一條巷子，飛奴記著肖玨的話，不敢跟的太近，等估摸著差不多禾晏快走到巷子盡頭時才跟著拐進去，一進去便愣了一下，空蕩蕩的巷子，只有掛著的幾盞燈籠在風中飄散，哪裡還有人影？

飛奴心中暗道糟糕，快步上前，走到巷子盡頭，巷子盡頭是一條大道，左右都是人潮，沒有看到那少年。

被發現了，他握緊雙手，不僅如此，還把人跟丟了。

禾晏甩著袖子，逕自往前走去。

涼州城看起來不大太平，匪徒宵小不少。她初來乍到，都還沒踩熟地皮，就被人跟上了。對方跟了她一路，想來她如今也沒得罪什麼人，多半是想要趁火打劫的。只是如今她還頂著程鯉素的身分，肖玨還在客棧，還是不要惹麻煩的好。是以她也沒動手，甚至連照面都沒和對方打，只是悄無聲息地甩掉了後頭的人。

沒有了尾巴，逛起來便更加游刃有餘了。只是這樣找也不是個辦法，禾晏在街邊隨手攔了一名路人，笑道：「這位兄臺，可知道城裡最大的酒館是何地？」

那人上下打量了她一眼，見禾晏穿的富貴，模樣不凡，估摸著是哪家富貴人家的少爺，語氣便格外的好，道：「最大的酒館，當屬萬花閣了。」

「多謝，」禾晏又問：「請問萬花閣應當怎麼走？」

「不遠，你順著這條街，一直走，走到盡頭，瞧見有一家米鋪，朝左拐個彎兒，再走不遠就看得到。」

「真是多謝兄臺了。」禾晏又朝他一拱手，這才笑容滿面的往前走去。

同剛才那人說的分毫不差，確實沒走多久，順著米鋪的左邊一直往前走，就能聽見彈琵琶的聲音。周圍還有不少穿著富貴的公子老爺正往那頭走去，不必說，自然就是萬花閣了。

禾晏順著人流往裡走去。

待還沒走到門口時，便覺得陣陣香風撲鼻而來，禾晏腳步一頓，正覺得有些奇怪，這時，一團紅色的香風間撲到她眼前，雪白的藕臂攀上她的肩，女子的嬌笑帶著些許撩人，「公子好面生，是第一次來咱們萬花閣呀？」

禾晏：「……」

她詢問的不是最大的酒館嗎？有沒有人能告訴她，為何那人所說的萬花閣，竟是家青樓！

禾晏道：「我不是來這裡的。」她試圖將這姑娘的手給撥下去，奈何這姑娘聞言，不僅沒生氣，反而貼得更緊了，禾晏的手臂直接觸到一團綿軟，頓時面露尷尬。

縱然同為女子，這也實在太親密了些！

紅衣姑娘摟著禾晏往裡走去，邊走邊道：「不是來這裡，也可以進來看看呀。我們萬花閣，可好玩兒了。」

對方是個女子，又不可用對付王久貴的辦法對付她，禾晏無奈，只好道：「姑娘，我沒有銀子，我很窮的。」

女子掃一眼她從頭到腳的打扮，咯咯咯地笑道：「公子真會說笑，沒得這般小氣的。真要是小氣的話，也無事，雲嫣今日請公子喝酒，不收銀子，可好？」

她身上的薰香重得刺鼻，薰得禾晏頭暈，一不留神，就被這個叫雲嫣的女子拉進了萬花閣。一進去，便覺得暖意和著香風撲面而來，臺上一溜煙的妙齡女子，衣衫薄薄，正彈琴唱歌，一眾公子文人坐在臺下叫好，投贈楹聯，紙醉金迷。

到處都是人，禾晏倒是許久沒見過這般場面了，一時腳步頓住，不知該往哪裡走。雲嫣見狀，捂嘴吃吃笑起來，又來扯禾晏的手臂，「公子，我們去樓上，這裡人太多，公子生的如此俊俏，我怕有人來搶。」說罷，還在禾晏臉上摸了一把。

禾晏只覺得一陣惡寒，猶如兔子進了狼窟，渾身上下都不自在。這雲嫣卻又是個熱情如火的，哪裡還看禾晏的臉色，拉著禾晏就往樓上去。

萬花閣一共好幾層樓。最下一層是長臺，青樓姑娘們在此彈奏歌舞。往上是雅室，這需要更多的銀子，是用來招待貴客的。再往上，就是姑娘們住的地方。

雲嫣在萬花閣裡，姿容算不得出色，來照顧她的恩客也並不多。今日好容易在門口逮著禾晏這麼個有錢少爺，哪裡捨得輕易放開。再看禾晏生的眉清目秀，這樣的人要是被別的姑娘看到，難免要來搶人。僧多粥少，當然只有先下手為強，鎖到自己房間再說。

她一直拉著禾晏不鬆手，禾晏琢磨著要如何才能自然些的脫身，走到樓上時，再不見摟著姑娘的恩客。

「這上面沒有人啊？」禾晏問。

雲嫣笑道：「又不是人人都能進姑娘閨房的，公子，你莫要得了便宜還賣乖了。」

這裡的姑娘潑辣而膽大，禾晏並不知如何招架。路過一間房時，突然間，房門被打開，有個披散著頭髮的人衝出來，才衝到門口，便被人一把攥住頭髮給拖了回去。禾晏還沒來得及細看，門就「砰」的一聲被關上，差點撞到她的鼻子，將她的扇子也撞飛了。

這一切發生的實在太快，禾晏也愣怔了一刻。雲嫣連忙上前，問道：「公子沒事吧？剛才可有傷到你？」

禾晏搖頭，彎腰撿起扇子，再側頭看向那間緊閉的房門，她耳力超群，聽到裡頭隱隱傳來女子的哭泣，再然後就是一個嬤嬤罵人的聲音。

「這裡……」禾晏伸手要去推那門。

「公子不可！」雲嫣攔住他的動作，「你做什麼？」目光中帶了一絲防備。

禾晏心念一動，再抬眸時，目光裡全是好奇，「這裡面是什麼人？剛剛是在做什麼？」

到底是第一次來青樓的雛兒，什麼都不知道，雲嫣心中掠過一絲輕蔑，面上卻笑著，又來挽禾晏的胳膊，「是我們樓裡新來的姑娘，不懂規矩，衝撞了客人，嬤嬤正在教她呢。」

「你們樓裡還有不懂規矩的姑娘？」禾晏不動聲色道：「我以為都如姑娘一般善解人意。」

這話說的雲嫣喜笑顏開，嗔怪道：「公子真是嘴甜。咱們自幼長在青樓，不懂規矩沒飯吃，自然不敢衝撞客人。不過有的人卻不同，生來不曾受過摧折，乍逢劇變，以為自己還是從前的小姐，驕縱任性，總是少不得苦頭吃。多吃幾次，也就明白了。」

禾晏挑眉：「原來是良家子呀。」

「公子，」雲嫣佯作生氣，粉拳輕輕搥一下禾晏的胸口，道：「這麼說可是看不上我們青樓姑娘？」

禾晏低笑：「怎麼會？比起有爪子的野貓，當然是乖巧的姑娘更招人疼。」

她本就生的清秀，穿著程鯉素的華服，看起來也算個翩翩少年，若再刻意裝的風流倜儻些，能迷倒一大片芳華女子。果然，雲嫣也被她這一笑笑得有些恍神，不自覺的話也就多了些。

「雖說如此，可有人就喜歡這種有脾性的野貓。別看這屋裡人不懂規矩，如今咱們涼州知縣府上的少爺，可是點名要她呢。也不知哪裡來的這份運道。」說到此處，倒有些妒忌的意思了。

「知縣府上的少爺？」禾晏心中百轉千迴，神情不見半分漏洞，只詫異地看著她：「這屋裡人這般顏色動人，連知縣少爺都慕名而來？」

「什麼慕名而來，」雲嫣不以為然，「這姑娘剛來咱們樓裡，媽媽要她接客，接的就是孫公子，誰知道她倒好，厲害得很，不僅不伺候孫公子，還用簪子刺傷了孫公子的胳膊。」

「孫公子可是孫知縣唯一的兒子，豈能就這麼算了？讓媽媽將這姑娘調教幾日，待乖順了便送去。」

雲嫣邊往前走，邊道：「只是這姑娘竟也是個有骨氣的，都整整三日了，你看方才，還是如此，咱們萬花閣裡，真是許久沒有見到這般剛烈的姑娘了。」

「這可怎麼辦？」禾晏搖著扇子，擔憂道：「調教不好，你們如何與孫少爺交差？」

「公子說笑，萬花閣裡就沒有調教不好的姑娘。再剛烈的姑娘，給喝點迷藥，自然什麼都不能做了。我看這姑娘也是自討苦吃，若是乖乖聽話，將孫少爺哄好了，指不定還能做個妾室。如今這般，縱然上了孫少爺的榻，怕是也難得孫少爺的歡心，下場不知有多淒慘。」

她說著，妒忌之餘，又有些同情起來。

「指不定這幾日她就想通了。」禾晏寬慰，「也無需太過擔心。」

雲嫣搖頭：「只怕是沒有時間了，再過不久，孫公子的人就會來接人了。方才當是在上妝。」

禾晏沒有說話。

雲嫣似乎也察覺到自己說得太多了，便又露出最開始那般婉媚的笑容，拉著禾晏走到盡頭的一間房，將禾晏推了進去：「瞧瞧，你我怎麼淨說旁人的事？公子，不如來談談我們罷。」

這是一間女子的閨房，不是很大，梳妝檯上擺著些胭脂水粉，芙蓉紅帳，頓覺春宵苦短。她一雙手又來摟禾晏的脖子。

禾晏頭皮發麻，面上卻還要做風流公子的姿態，笑道：「佳人在懷，自然是好，只是姑娘不覺得還少了點什麼嗎？」

雲嫣問：「少了何物？」

「當然是美酒。我與姑娘一見如故，此情此景，當對飲一杯。」她想了想從前看禾元亮同府裡姨娘們嬉戲的場景，點了點雲嫣的鼻子，「妳不是要請本少爺喝酒嗎？難不成在騙我？」

風流俊秀的少年郎與自己調情，縱然是歡場女子也忍不住心旌蕩漾，雲嫣一跺腳，道：「怎會？你等著，我現在就去拿酒，今夜……同公子一醉方休。」

她拋了個媚眼，扭著腰肢出門了。禾晏待她走後，一屁股坐在椅子上，這才鬆了口氣。學男子上青樓，無論是過去還是現在，都是她極為不擅長的，真是要了命了。比去賢昌館進學還要可怕。

她又一甩袖子，從袖子裡，滴溜溜地滾出一個小紙團來。

方才路過那個房間時，裡頭有人突然衝出來，又被人抓回去，在那極短的時間裡，有個紙團被丟了出來。她當時怕被雲嫣發現，順勢將自己扇子丟下去，把紙團掩住。彎腰撿扇子的時候，又將紙團給撿了起來。

一路怕被雲嫣發現，直到現在才敢拿出來。紙團被揉得皺皺零散，禾晏展開來看，上頭寫著兩個字。

救我。

字跡是用眉黛寫的，有些模糊，寫字的人應當很緊張，縱然如此，也看得出一手的簪花小楷格外漂亮。

那屋裡，關著個姑娘。

雖然雲嫣說得冠冕堂皇，可說到底，也無非四個字，逼良為娼。她如今跟在肖玨身邊，本不該管這些事，省的招來麻煩，可自知道此事起，心中便積了一口鬱氣，難以袖手旁觀。

禾晏將紙團重新收好，站起身，推門離開了。

等雲嫣拿酒回來時，屋子裡早已人去樓空，她呆了半晌，一跺腳，罵道：「騙子！」

夜漸漸地深了。

萬花閣裡的歌聲越發撩人曖昧，男女摟做一堆，親暱談笑，很難說清是逢場作戲還是交付真情。

這裡的月亮不如在衛所的時候清亮，大約是沒有背山靠河的原因，少了幾分曠達，多了幾絲迷離。

萬花閣對面的茶館裡，錦衣少年正坐著飲茶。

到底是捨不得用那一錠銀子，禾晏便從程鯉素的衣裳上摳了一粒釦子下來。這釦子上還鑲了金，禾晏用這顆釦子買了杯茶，最便宜的那種。

茶館的老闆大概也沒見過這種一身錦衣華服，卻要扯釦子付錢的奇葩，看她的目光都帶著幾分難以言喻，只道：「小哥，這釦子您還是自己留著吧，這杯茶送您喝，不要銀子。」

禾晏：「……多謝。」她又施施然的把釦子揣好，尋思著等過陣子再給程鯉素縫回去。為何是過陣子，自然是因為這幾日她還要上街，萬一又要喝茶呢？省得縫上之後還得扯第二遍。

程鯉素要是知道禾晏居然有這種想法，大概會很後悔將衣裳借給她。

夜越深，萬花閣反而越熱鬧，來樓閣裡的客人越多，極少有打道回府的。溫香軟玉在懷，自然流連忘返。這時候，有人從萬花閣裡出來，就看的十分清楚。

一輛馬車停在了萬花閣前。

兩個胖嬤嬤扶著一名女子出來，那女子半個身子都倚在其中一個嬤嬤身上，像是喝醉了。禾晏定睛一看，與其說是兩個嬤嬤扶著她走，倒不如說是架著她。

這，大概就是雲嫣嘴裡說的那個被孫少爺看中的剛烈姑娘了。

剛烈姑娘被送上了馬車，馬車載著她離開了。除了馬車夫以外，還有兩個侍衛模樣的人跟在旁側，活像押鏢的鏢師。禾晏心裡啐了一口，這還真是公然將人當做貨物了。

她放下手中茶盞，悄無聲息地尾隨過去。

涼州城裡街邊的燈籠不是很多，夜色就顯得格外深沉，好幾次禾晏都覺得馬車幾乎要同長夜融為一體。

那兩個護衛坐在馬車的車轅上，一邊說話。

「今日倒是乖順了不少，一點聲都不吭。」

「進了萬花閣，難道還有好果子吃？這丫頭也太不識時務，若是早些聽話，何苦受這些折磨？」

「她不是說自己是大戶人家的小姐嗎？想不開也是常事。不過這樣正好，少爺不喜她，今夜之後，或許會便宜了你我。」

二人對視一眼，笑聲下流無比。

正說著，忽然間，馬車往前一栽，差點沒將他們二人給顛下來，其中一人罵道：「喂！怎麼回事？」一邊抬起頭來。

但見低矮的房檐下，此刻正坐著一人。他穿著錦衣，束髮，半張臉被汗巾蒙著，只露出一雙眼睛，依稀像是在笑，因著夜色模糊，看得也不甚清楚。他手裡正上下拋著幾塊石頭，而眼下這馬車之所以停住，正是因為一塊石頭劃破了車輪，車走不動了。

「你是誰？」護衛下了馬車，厲聲喝道。

「你是不是腦子有問題？」那人說話了，聲音壓得很低，含含糊糊的，卻掩不住話中的囂張，他指了指自己，「我都這副打扮了，當然是打劫。」

打劫？

光天化日，不，好吧，現在是月黑風高，但涼州城裡，好久沒聽見這個詞了。重要的是，涼州城裡居然有人敢打劫他們？

「我看你是活的不耐煩了！」護衛冷笑道：「你可知道我們是誰？」

「知道。」那人懶洋洋道：「知府孫家，孫家人。」

「知道你還敢……」

「我就敢！」他的話被人打斷了，下一刻，但見那人自房檐掠下，急衝而來。

此刻夜深，這條路一人也無，車夫嚇得早已丟掉馬車，屁滾尿流的跑遠了。兩個護衛卻不能就此罷手，霎時間，三人纏鬥在一起。

外頭的聲音像是驚動了馬車裡的人，馬車裡發出窸窸窣窣的聲音，裡面的人似是想出來。禾晏高聲道：「待在裡面，別動！」

頓時，那聲音煙消雲散，沒有再動彈。其中一個護衛像是恍然大悟，「你是她的情夫！好哇，說什麼打劫，原來你們是一夥的！」

「你們孫家人的腦子，都是漿糊做的吧。」禾晏一邊驚嘆，一拳揍上他的臉，將他揍得摔倒在地，半天爬不起來。

另一人拿刀衝了過來，可惜他那點力氣，尋常人面前是足夠了，在禾晏面前，卻有些不夠看。禾晏微微一笑，一把握住他的手腕，那人只來得及發出一聲慘叫，手上的刀應聲而落，禾晏一腳把他踢出幾丈遠。

這二人雖然說是孫少爺的護衛，禾晏倒沒覺出來這個身手有多好。大概只是出來接人，隨便派了兩個人就來了。誰能想到在孫家的地盤上，還有人如此膽大包天，毫無畏懼的截胡？

她彎腰，撿起地上那把剛剛掉下來的刀。

兩個護衛被揍得毫無還手之力，眼下見這蒙面人步步逼近，下意識地後退，一人道：「有話好好說，你莫要衝動，大俠？大俠！」

這是個說軟話的，還有一人卻是毫無懼色，就是不知道是不是色厲內荏了，他看著禾晏冷笑道：「臭小子，你膽子不小，敢動孫家的人。你要知道，今夜你截了人，明日就輪到你自己，你……你惹到了大麻煩！」

禾晏看也不看他們一眼，步步逼近，待二人都臉色發白時，一刀劈向馬車同馬相連的繩索。

「我會怕？」

說罷，她直接伸手，將馬車裡的人拉了出來。那女子被下了藥，根本無力動彈，瞪大眼睛看著禾晏。

禾晏將她扶上馬，自己跟著騎上去，一揚馬鞭，極快的消失在夜色中。

馬在寂靜的夜色中疾馳，不知過了多久，禾晏勒住韁繩，將馬停了下來。

此處是一處空了的市集，眼下商販們早已回家。這位性情剛烈的姑娘自上馬車起就一直抖個不停，此刻似乎藥力稍微過了一點，能開口說話了，她軟綿綿，沒什麼力氣地道：「放開我。」

禾晏將她扶下馬，在一處豆腐店門口坐下來。

方才情急匆忙，也沒認真看這姑娘生的是什麼模樣。眼下就著豆腐店房檐下掛著的微弱燈籠光，才看清楚這姑娘生的確實漂亮。嬌嬌軟軟，白白嫩嫩，眉目精緻，就是臉頰有些肉嘟嘟的，看起來還有些孩子氣，應當年紀不大，至多與程鯉素差不多。

就這麼一小姑娘，偏被萬花閣的人打扮的妖裡妖氣，穿著不合適的薄紗衣，濃妝豔抹，冷得瑟瑟發抖。

一坐下來，那姑娘就往後縮了縮，一臉警惕地看著禾晏：「你是誰？」

禾晏愣了一下，回過神，想著這姑娘約是將自己認成了採花賊。便扯下面巾，笑道：「妳別怕，我是來救妳的人。只是剛才不方便露面，才以布巾遮臉。沒嚇到妳吧？」

月色下，扯下布巾的少年眉眼清秀，輕聲軟語，使人漸漸放下心防。

「你如何知道……」她說話尚且還有些吃力，禾晏從袖中摸出一個紙團：「妳丟出來的這個，被我撿到了。我聽人說了萬花閣逼良為娼的生意，一直藏在萬花閣旁邊的茶館，一路跟著帶走妳的馬車。」

禾晏看了看這姑娘：「妳沒事嗎？他們沒有傷妳吧？」

不說這話還好，一說此話，這姑娘頓時紅了眼眶，她顫抖著伸出手，但見十個手指頭腫得嚇人，不知道是被什麼東西夾過。

青樓裡的姑娘，尤其是新來的，就算不懂規矩，該教訓的，媽媽也不會用會在身上留下痕跡的法子。畢竟姑娘還是要出去待客的，倘若身上青一塊紫一塊，倒了客人的胃口，就得不償失了。因此，就想出了這等折磨人的辦法。

禾晏看著有些心疼，誰家閨女這麼被糟蹋，爹娘都要心碎了。她將聲音放的更軟了一點，問：「姑娘，妳家在哪裡？我先送妳回家吧。」

「家？」那姑娘愣了一下，看向禾晏，半晌才答：「我家在朔京……」

「朔京？」這下輪到禾晏發愣了，「妳是被拐來的？」

「算是吧。」小姑娘道：「我是、我是逃婚出來的，本來想去揚州，中途弄錯了方向，來到了涼州，本來只想在涼州待幾天就走，沒想到被孫凌看到了。」她恨恨道：「我若回了朔京，定要將他們好看！」說到最後，幾乎是咬牙切齒。

禾晏：「……」

這小姑娘看著柔柔弱弱，膽子也實在是太大了。一個人就敢從朔京跑到涼州？怎麼的，現在京城的少年少女們時興逃婚是嗎？一個程鯉素是這樣，眼下這個小姑娘也是如此。

禾晏道：「妳是一個人來的嗎？在涼州可還有認識的人，落腳的地方？」

小姑娘搖了搖頭。

禾晏也犯了難，這麼大個人，難道要把她帶回客棧。肖玨應該不會把自己打死吧，再過幾日他們就要去孫知縣府上赴宴了，她今夜就從孫知縣兒子手裡截了人。

小姑娘似是看出了禾晏的為難，艱難地坐起身，還挺有骨氣，咬唇道：「你……你不用管我，接下來我自己躲一躲就行了。你的大恩大德，等我回到朔京，會讓我爹娘報答你的。你想要什麼，金銀珠寶，豪宅美人，都可以。你叫什麼名字，我回去就……」

「小姑娘，妳現在自身都難保，」禾晏扶額，「能不能走出涼州城都難說，就別提那麼遠的事情了。」

「那又如何？」對方避開她的目光，紅著眼睛道：「反正我也不會求你。」

打朔京裡來的少爺小姐們，個個都頂有脾氣。禾晏想，剛烈是好事，但剛過易折就不太好了，倘若換了程鯉素在此，能屈能伸，怕是進了萬花閣，都能免去諸多皮肉之苦。

禾晏將她拉起來：「走吧？」

「去哪？」

「當然是去我那了。這位姑娘，」禾晏無奈道：「我剛剛劫走了妳，想來再過不久，孫少爺就會全城搜尋妳的蹤跡了。這麼大晚上的，妳無處可去，到最後，還不是被孫凌找到。他只會變本加厲的折磨妳，我辛苦了一夜，難道就是為了這個結果？」

小姑娘還沒什麼力氣，被禾晏扶著上了馬，語氣猶豫：「你若帶我回家，會給你帶來麻煩的。孫家在涼州隻手遮天，你……」

這小丫頭心裡倒是門兒清，禾晏駕馬道：「妳放心，我家在大魏還隻手遮天呢。」實在不行，就將肖玨搬出來，肖二公子，可不就是在大魏隻手遮天嘛。

禾晏問：「忘了問妳，妳叫什麼名字？」

「我叫……陶陶。」她說。

陶陶？這名字聽著有些耳熟啊，像是在什麼地方聽過，禾晏仔細想了想，怎麼都想不起來，眼下情勢急迫，不是瞎搞這些的時候。等將陶陶送回客棧，今夜過了再細細盤問吧。

禾晏到底不是在涼州城裡長大的，也不認識涼州城的路。好在她慣來記路都不錯，原路找到了來時的客棧。因怕人發現孫凌的馬在此，在客棧前面遠的地方就同陶陶下馬，對著相反的方向一拍馬屁股，看著這馬跑進了夜色中。

肖二公子挺會挑客棧，這裡不如之前萬花閣那一帶熱鬧，顯得安靜許多，此刻夜深，幾乎沒有人了。禾晏扶著陶陶上樓的時候，客棧樓下也無人，她推開門，發現飛奴也不在，這才鬆了口氣。

屋子裡有備好的水，禾晏道：「妳先洗洗臉，我這裡有些乾淨衣裳，妳且換上。穿妳身上這個可不行，會著涼的。」她把程鯉素送他的一大摞衣服全都放到陶陶手上，「妳自己挑喜歡的穿。」

陶陶看著她，臉一紅，「你出去。」

禾晏這才想起自己如今是男子身分，便道：「好好好，我出去，我在門口守著，妳安心換。」

等她關上門，想了想，又溜到肖玨屋子外面，將耳朵附在上頭，想聽聽肖玨在不在。屋子裡的燈已經滅了，不知肖玨是不是睡了。禾晏輕聲道：「都督、都督？」沒人反應，她又伸手輕輕敲了敲門，仍舊無人回答。禾晏站直身子，猶豫了一下，推開門。

屋子裡窗戶沒關，外頭的風漏進來，就著月色看，床榻上整整齊齊，無人睡過的痕跡。肖玨早已不在，他放在桌上的飲秋劍也不在了。這人劍不離手，想來是出去了。

禾晏又注意到，旁邊的小几上，還放著那把熟悉的晚香琴。禾晏撇了撇嘴，心中腹誹，嘴上說是來修琴的，實則肯定是在涼州城做什麼機密之事。飛奴也不在，這主僕二人定是出門辦事去了，根本不帶她，擺明了就是不信任。

雖然早就知道肖玨對自己不信任，也知道這是情理之中，禾晏心中還是有一絲不舒服，好歹他們也是同窗，認識這麼多年了，出去做事，她又不會告訴別人！真是小氣。

她退出了肖玨的房間，將門重新掩上。

那一頭，陶陶已經換好了衣裳，將門推開，看見禾晏，低頭道：「我換好了。」

禾晏將她推進去，「噓」了一聲，「隔牆有耳，進來說吧。」

她將屋子裡的燈點上，陶陶換了程鯉素的衣裳，顯得清秀多了。程鯉素的衣裳多是明亮色澤，緗色長袍穿在小姑娘身上，把小姑娘襯得更加白皙清秀。她眼眶仍舊是紅紅的，頭髮披散在肩上，乖得像禾晏見過的雪白小兔子，一看便是養尊處優，大戶人家精心養大的女孩。

「對不住，我本該不這麼說，可你穿衣裳的品味，實在太差了。」小兔子說話，便不那麼可愛了。陶陶蹙眉，指著衣裳上的一尾鯉魚，「實在豔俗不已。」

禾晏：「……」

這位小姐，都什麼時候了，居然還有心思觀察衣裳？難道朔京來的大小姐都是如此嗎？禾晏尋思著自己從前也不這樣啊。她輕咳一聲，道：「眼下情非得已，陶陶姑娘還是先將衣裳的事緩一緩。」

她將程鯉素那一匣子髮簪遞過去：「先選一支妳覺得不那麼豔俗的，將頭髮束起，眼下妳做女子打扮可不行。」

「為何？」陶陶不解。

「孫淩應當很快會派人找過來，搜捕全城同妳長得相似的女子。我們也不能倖免。」

陶陶聞言，緊張起來，「那怎麼辦？」

「妳別擔心，我想辦法將他們支走。這麼晚了，妳還沒吃過東西吧？我這裡有些路上的乾糧，等明日早上，我再讓客棧給妳做點熱的東西吃。這裡還有茶水，冷是冷了點，妳自便。」

陶陶摸了摸肚子，方才覺出饑餓，便自行去倒茶壺裡的茶水，禾晏見狀，心中嘆了口氣。這姑娘果真單純，經過萬花閣一事，還是如此容易輕信他人，若不是遇到自己，換個其他有歹心的人，只要稍加哄騙，在茶水裡下藥，都不用折騰，就將這小姑娘拐走了。

當年自己雖也孤身一人離開禾家，到底是跟著撫越軍一道的，不至於這般危險。這世道，對女子，總是艱難些。

她心裡想著，此事本來想瞞著肖玨，但眼下肖玨和飛奴都不在，反而不好辦了。原本她打算，如果孫淩的人找上門來，有肖玨在，不至於進屋查人，現在沒了這尊大佛，搬出肖玨的名號，旁人大概以為她在說謊。

只能期望肖玨早些回來了。禾晏從沒發現自己曾有一刻像現在這般，期盼肖二公子的歸來。

陶陶隨便吃了幾口乾餅，喝了一杯茶水，便道：「不吃了。」這個「不吃了」，從她嫌棄得皺鼻子的表情來看，定然不是因為吃飽了，而是不合她的口味。

她自己坐到桌前，對著銅鏡束髮，梳了片刻，轉過身道：「好了！」

禾晏此刻也覺出有些口渴，拿了個杯子正喝茶，一看差點沒把茶水噴出來。這孩子頭髮紮得亂七八糟，活像是剛剛逃難回來。她忍不住問：「妳這……是紮頭髮？」

「人家從前在府裡又沒有自己梳過頭，都是丫鬟給我梳的。」小姑娘委屈極了，將梳子一扔，「我不會！」

禾晏：「……」

她無奈地走過去，好脾氣地撿起梳子，道：「不會就不會，發什麼火，我來幫妳。」說罷，便真的將陶陶的長髮握在手裡，一下一下的給她梳頭。

陶陶一愣，銅鏡裡映出的少年溫柔又俊秀，她忍不住問：「你連這個也會？」

「多試幾次就會了。」禾晏笑著回答。

她做禾家大少爺多年，但改換身分這件事，除了禾家大房二房幾人，其餘人都不知道。因此，禾晏的小廝和丫鬟們，從來不得與她太過親近。就連紮頭髮這回事，都可能露陷。所以禾晏從很小的時候起，就開始自己束髮。

不僅是束髮，任何可能洩露祕密的事，她都要自己做。久而久之，便也養成了一副凡事親力親為的性子。雖然有時候也會很羨慕那些被捧在掌心裡長大的少爺小姐，不過轉念一想，譬如說遇到今日這種事情，她也不會哭哭啼啼的，許多事情，靠自己總歸有底氣的多。

待束完髮，禾晏又給她將臉塗黑了些，眉毛也畫粗了些。她做這種女子喬裝男子一事早已得心應手，妝罷，陶陶看著鏡中的自己，愣愣地道：「多、多謝你……你真是好手藝。」

禾晏拍了拍巴掌，「熟能生巧而已。陶陶姑娘，妳且背過身去，我也得換件衣裳。」

今夜的涼州城，實在是熱鬧非凡。

有人竟在離孫知縣府上不遠的地方，劫了孫少爺的馬車。馬車裡的人是孫少爺新納的小妾，一時間，涼州府衙雞飛狗跳，發誓要非抓到賊人不可。

「少爺、少爺，那人分明就是她的情夫！」先前才挨過禾晏一拳的護衛此刻正跪在地上喊冤，「他們是一夥的，故意將她劫走！」

「她根本就不是涼州人，哪裡來的情夫？」孫凌一腳踢過去，「蠢貨！」

孫凌如今三十而立，一事無成，指著自己的知縣老爹過日子，在涼州城欺男霸女，無惡不作。他生得兔頭麞腦，臉頰處有一塊黑色的胎記，更顯可怖。他府上小妾無數，還有無數被他欺辱了丟棄的良家女子，涼州百姓敢怒不敢言，容他父子在城裡一手遮天。

今日卻在回家路上被截了胡，女人事小，丟臉是大，對孫凌來說，這是赤裸裸的不將他們孫家放在眼裡！

「眼下城門已經封鎖了。」另一個護衛道：「那女人受了傷，應當還在城裡。挨家挨戶的查，總能查到下落！」

「蠢貨，」孫凌又罵了一句，「涼州城裡的人，幾時這樣膽大，敢在太歲頭上動土！你既然說那人知道是我孫凌要的人還敢動手，自然是不知死活之輩。多半不是涼州人。」

「那女人也不是涼州人，他們指不定是一夥的！」先前的護衛又道。

「管他是不是一夥的，敢同我孫家作對，就要做好有命來沒命去的準備！你再說一遍，那人究竟如何相貌？」

「他當時蒙著臉，看不到長什麼樣子。約莫七尺餘，比我矮一頭，身材瘦弱，不過穿得很富貴，他那件衣裳的料子，也不像是普通貨。」護衛絞盡腦汁的回憶，「總之，應當不是窮人。」

孫凌思忖片刻，道：「我知道了。」

兩個護衛齊齊看著他。

「城裡的人馬繼續堵城門，剩下的跟我去查客棧！」

「客棧？少爺，這是為何？」

孫凌罵道：「蠢貨就是蠢貨，也不想想，既然多半不是涼州人，就是住客棧了！你說這人穿著富貴，不可能住粗陋客棧，你找那些好的、花銀子多的客棧，不就是了嗎？」

「原來如此，」兩個護衛連忙稱讚：「少爺英明，少爺英明！」

「哼，」孫凌得意一笑，臉頰上的胎記顯得更可怖了，他陰測測道：「涼州城裡，幾時沒見過這麼不怕死的人了。我倒要看看，到底是誰這麼大膽子。還有那個賤人，實在不識抬舉，三番兩次如此，怕是不知道我的厲害。」

「一個都不要放過！」

城裡的夜，彷彿被火把映亮了。本該是安寢的時辰，家家戶戶被馬蹄聲吵醒，衙役和城守備們衝進平民的宅院內，依次盤查。

按理說不應當如此，可孫家濫用私權已不是一日兩日。聽聞孫凌的小妾被擄走，不少人暗中斥罵。

「呸，胡說八道，哪裡來的小妾，長成那副尊容，就算萬貫家財人都瞧不上，定又是去哪裡擄的清白姑娘，這種行徑和強盜有什麼兩樣？強盜都要挑夜裡動手，誰敢這麼明搶？」

「可人不是被擄走了麼？這是哪位義士看不下去才出手的吧。」

「若真是義士，我就日日在菩薩面前禱告他平安康健，莫要被姓孫的抓到！」

「唉，世道變了。」

這些聲音自然不敢明目張膽的出現在官兵面前，只等人走了之後小聲說一說，極快的散入夜裡，了無痕跡。

城裡的客棧今夜都遭了秧，掌櫃的並著夥計，連同樓上的客人都被一戶戶拉出來盤查。若是看起來家境富裕的，更是盤問的仔細，屋子裡搜得連隻蒼蠅都不放過。

禾晏坐在床邊，燈已經熄了，只有一點月光從窗外透進來。眼下已經夜深，肖玨和飛奴居然還沒回來，她心想，這兩人該不會是不回來了？就如同那些家貧養不起多餘子女的人家一般，帶著小兒子去人流密集的街上，騙孩子說去買糖，一轉眼人就不見了，就將骨肉遺棄在路邊。

肖玨這是把她遺棄了？那她實在太可憐了吧！身上只有這麼一點銀子，客棧的房錢明日還要結付，還要吃飯，還要回涼州衛所，這是人能幹出來的事嗎？要真是如此，明日她就去把隔壁那把晚香琴賣了。禾晏胡思亂想著，這人到底還回不回來，若不回來，今夜她和陶陶剛好一人一間房，也不浪費。

正想著，同樣坐在榻邊的陶陶小聲道：「你不會逃跑吧？」

「啊？」禾晏詫異。

「他們說，孫凌在涼州很有勢力，人人懼怕孫家權勢。我之前，同許多人求救過，那些人一聽到是孫凌，沒有一個人敢幫忙的。」

陶陶說到此處，神情憤憤。她當時流落萬花閣，並不是一開始就遭人算計的。路上掙扎不已，尋著機會就求救。她找了許多人，有看起來人高馬大的壯士，也有瞧著滿口禮義廉恥的書生。有年長能做她爹的富商，也有背著刀四處遊歷的俠客。她儘量找那些看起來有能力能解救她出去的人，可他們聽到是孫凌要的人時，便夾著尾巴灰溜溜的走開。縱然她許諾千金，拋出自己的身分，也沒一個人搭理她。

到最後，陶陶自己也絕望了。那張紙條丟出去的時候，她都沒想過會有明日。只想著真見了孫凌，就與他同歸於盡。誰知道最後一刻，有人衝了出來。

她側頭去看身側的人，少年歪著頭不知道在想什麼，很奇怪，這樣看起來羸弱年少的人，竟讓有種莫名的安全感。許是她面上一直柔和的笑意，或者是她清朗絲毫不見塵埃的眼睛。

陶陶莫名的很相信這人，卻又有些擔憂。她道：「強龍壓不過地頭蛇……」

「妳還知道這個？」禾晏笑了，「其實，我也是地頭蛇，我很厲害的。」

陶陶見她神情輕鬆，也跟著放鬆了一點，她看著禾晏，忍不住問出了最後一個問題，她問：「孫家人如此跋扈，你不是涼州人，亦不知救了我會招來什麼樣的麻煩。他們都不敢出手，為什麼你會救我呢？」

這孩子，怎麼這麼多問題。禾晏側頭，見小姑娘雙眼紅紅的看著她，又好奇又期待，忍不住伸手摸了摸她的頭。

「因為妳是女子啊。」她在心裡默默道：而我也是女子。

嘈雜聲圍堵了整個客棧。

夜被火光映的通紅，客棧上上下下的人都被突如其來的官差叫醒，一一站在門口盤問。孫凌站在門口，目光落在樓上最後一間房，道：「那間房呢？怎麼不開門？」

掌櫃的顫巍巍的去敲房門：「小公子、小公子？」

半晌，有人拖拖遝遝的來開門，是個秀氣的少年，穿著裡衣，睡眼惺忪地道：「這麼晚了，什麼事啊？」

話音未落，官兵們就進去搜查。屋裡還有一個書童，正忙著給少年披衣服：「少爺，別著了涼。」

官兵們進去搜尋一番，未果，很快出來，對孫凌搖了搖頭。

孫凌看向面前的少年，這少年年紀不大，看起來養尊處優的，他的書童正忙著給他穿靴子。

「你們這是做什麼？」禾晏蹙眉，「一聲招呼都不打。」

「打招呼？」孫凌冷笑一聲，「笑話，涼州城還沒有需要我孫凌打招呼的地方。」他看著禾晏，記起之前護衛所說的，身高七尺左右，身材瘦削。這少年正是如此。

「你叫什麼名字？」他問。

「程鯉素。」禾晏答道。

「啪」的一聲，書童手中的靴子沒拿穩，落到地上，眾人隨著目光看去，孫凌神情一變，突然道：「你，抬起頭來。」

他指的是書童。

禾晏心道不好，問：「幹什麼？光天化日朗朗乾坤，你們還想搶我的人不成？」

「你的人？」孫凌盯著他，目光陰鷙，「話不要說得太早。地上那個，給本少爺抬起頭來！」

地上的人沒有動彈，低著頭，仔細看，手還有些顫抖。

孫凌見狀，神情越發猙獰，上前一步，就要去扯書童的頭髮。下一刻，禾晏擋在書童面前，她握住孫凌的胳膊：「這位公子，注意你的言行舉止。」

「搶走本少爺小妾的刺客，就是你吧？」孫凌笑起來，胎記如妖鬼刺青，「你死定了！」他道：「來人，把他們兩個給我抓起來！」

「抓我？」禾晏笑了，她道：「我勸你三思而後行。你可知道我舅舅是誰？」

孫凌問：「你舅舅是誰？」

「我舅舅是當今陛下親封封雲將軍、如今右軍都督，肖二公子。孫少爺，你確定要來抓我？」禾晏挑眉。

孫凌一愣，片刻後大笑起來，他笑的眼淚都要出來了，指著禾晏問身邊人：「你們聽見了沒有，他說他舅舅是誰？」

周圍的人俱是大笑起來。

「臭小子，」孫凌止住笑聲，盯著禾晏惡狠狠地道：「既然你舅舅是肖玨，你就讓他出來！肖玨又怎麼了？我今日就當著你舅舅的面，讓你求生無門求死不得！」

「是嗎？」

一個陌生的聲音自他身後響起。

孫凌回頭一看，皎然如月的年輕男子身後跟著侍衛緩步而來，嗓音低沉，帶著冷淡的嘲意。

「你不妨試試看。」

第三十章　告狀

「你不妨試試看。」

樓梯口一時寂靜無聲。

半晌，禾晏突然回過神來，高聲道：「舅舅！」

這就是這小子的舅舅？孫凌打量著面前的青年。見這年輕男人相貌俊美，舉止優雅，不覺生出妒忌之心。他因面上帶著大塊胎記，知曉自己醜陋，便格外憎惡生的好看之人。他府中小妾無數，在外常常玷汙良家女，倒並非全然因為好色，搶到手中，也絕不會好好嬌寵。那些美人在他手中，下場經常極其淒慘。孫凌自己沒有的東西，瞧見別人擁有，就想要毀滅。

面前的男子生的實在太過出色，莫說是涼州，只怕在大魏，也稱得上數一數二。

「舅舅！」禾晏跳起來，一溜煙跑到肖玨身後，只露出一個頭，伸手瑟瑟地指向孫凌，「這個人，欺負我！」

她喊得一派天真，如稚兒在外受了欺負回家找長輩告狀，一邊的飛奴見狀，不覺無言。

肖玨的身子也僵了僵，他忍著嫌棄，不去管身後扯著他衣服的人，只看向孫凌：「就是你？」

孫凌心中一跳。

這青年人相貌生的實在太好，神情平淡中，卻又帶著一點幾不可見的鋒芒，縱然是平靜的問話，聽著也讓人忍不住心中一寒，莫名生出些畏懼。

他定了定神，看向肖玨，冷道：「是我。你又是誰？」

「肖玨。」

肖玨？孫凌狐疑。他沒見過肖玨，半年多前，聽聞肖玨帶新兵來涼州駐守涼州衛，可他沒怎麼來過涼州城，更沒來過孫家。孫凌當然聽過肖玨的名字，大魏有名的少年殺將，生的英姿麗色。眼下這人生的倒是好，但除此以外，如何能證明他是肖玨。況且……堂堂的右軍都督，出門只帶一個侍衛？他一個知縣兒子出門都要前呼後擁。這個外甥又是怎麼回事？無論如何，這幾個人看起來都怪裡怪氣的。

孫凌低聲問身邊小廝：「最近有聽過封雲將軍到城裡的事麼？」

小廝搖頭：「沒有啊。」

孫凌聞言，心下更是狐疑，不過他素來狡猾，不願意輕易下結論，於是看向肖玨冷笑：「你既然說你是肖玨，可有證明你身分的玉牌？」

肖玨：「沒有。」

連玉牌都沒有？孫凌心下更定，眼前這幾人，定都是冒牌貨。想到方才自己差點被冒牌貨給嚇倒，孫凌不覺氣惱。他看著肖玨，喝道：「我不管你們是什麼人，你們竟敢私自擄走官眷，這是死罪。來人，把他們給我拿下！」

「什麼官眷？」禾晏從肖玨身後探出頭，大聲道：「那可是我的書童！你若要說是你的官眷，煩請拿出證據！她的身契呢？你連個身契都沒有，胡亂抓人，還有沒有王法了！」

「王法？」孫淩笑的猙獰，「在涼州，我孫家就是王法！都給我動手！」

一群官兵氣勢洶洶的上前。

禾晏如今扮演的是手無縛雞之力的的程鯉素，當然不會動手。她「啊呀」一聲，唯恐天下不亂的大叫起來：「殺人了！官兵殺人了！」

這客棧上上下下還住有別的客人，聞言頓時混亂譁然起來，街裡街外連狗都開始狂吠。

肖玨道：「飛奴。」

黑衣侍衛頓時擋在肖玨身前，禾晏趁機看了個清楚。她不知道飛奴是不是九旗營的人，但觀其身手，可與前生的自己不相上下。倘若九旗營就是這個水準的話，以現在禾大小姐的身子，只怕還不夠格。

她看得目不轉睛，扯得肖玨的衣裳都有些變形，聽得肖玨低聲斥道：「放手。」

「哦。」禾晏回過神，連忙放手，見他的袖子被自己抓得皺巴巴的，於是撫摸兩下試圖撫平，討好道：「舅舅，飛奴大哥真是好身手。了不起！」

想也不用想這時候的自己，大約和禾雲生一個德行。

肖玨沒理會她。

涼州府衙裡的官兵，都和孫淩一個模子刻出來的，成日好酒好菜的伺候，早已養成了只吃飯不做事的習慣。捉拿手無縛雞之力的老弱女幼還行，真正遇到能打的，完全沒有一戰之力。

飛奴一個人便將他們全部打倒在地。

孫凌見狀，後退一步，吩咐小廝：「去……去把人給我全部叫來！」

小廝轉身要跑，還沒跑出一步，就被人用石子打中，雙腿一軟，跪下身去。

禾晏偷偷丟掉手裡的石子，這當然是萬萬不能讓人去通風報信的。雖然不是打不過，但打來打去的，多累，飛奴也需要休息的嘛。

陡然間，身邊再無可用之人。孫凌心中半是憤怒半是恐懼，他指著肖玨道：「你們……竟然敢毆打官兵，還有沒有王法了！」

「你不是說在涼州你就是王法了？」禾晏覺得自己此刻的模樣像足了狗仗人勢，躲在肖玨身後同孫凌頂嘴，「這位大人，你這個王法也不怎麼樣嘛，還不如人家的侍衛能打。」

「你！」

孫凌抽出腰間鞭子，就要甩到禾晏臉上來，禾晏往肖玨身後一縮，下一刻，飛奴已經攥著對方的鞭子，一腳踢過去，孫凌被踢得絆倒在地，飛奴順勢一腳踩在他的腦袋上，把他的臉踩到地裡去了。

禾晏看得咋舌，這飛奴看著莫不吭聲的，也蠻狠心的嘛。

「少爺，殺不殺？」飛奴問。

「你……你們敢殺我……我爹是涼州知縣，」孫凌被踩得話都說不清楚了，心中又怒又懼，不過到此時，他還是不相信這人敢真的殺了他，還不忘放狠話，「我爹一定不會放過你們的！你們全都要死！」

「年紀輕輕的，不要詛咒別人。」見他已經被制住，禾晏便走上前去，蹲在孫凌身邊，歪頭看著他道：「況且誰不死呢？你當你是妖怪，一輩子不死？那我真的佩服你。」

她語重心長說教的口氣，比踩著自己臉的飛奴還要令人生氣和恥辱，孫凌氣得說不出話來。

禾晏可一點兒都不同情這人，這天下間，她最討厭的莫過於欺負弱者的人了。欺負女人的男人更可惡，倘若有半點良知都不會這麼做，只有沒本事的男人才會欺負女人。對著可愛的小姑娘也能下得去手，這人就是個畜生。

她有心還要再氣孫凌幾句，突然間，樓下傳來異動，似有人帶著人群上樓。她才剛站起身，有人已經衝到樓道門口，喝道：「我兒！」

禾晏循著聲音看去，但見一男子衝到孫凌面前，飛奴抬腳，他就抱著孫凌的頭急道：「我兒！你可有傷到哪裡！」

這是個中年男子，生得和孫凌十分相似，且臉頰處亦有一塊和孫凌相同的黑色胎記。但因為比孫凌年紀大，除了貌醜之外，帶了一種猥瑣的粗鄙，再穿著華麗，就很不倫不類了。

禾晏自覺並不是個以貌取人的膚淺之人，看見此人也忍不住移開目光，再看看肖玨的臉，肖玨的腰，頓覺從身到心都舒適了許多。

這才是人間佳色。

「爹，」孫凌見撐腰的人來了，指著禾晏和肖玨，彷彿迴光返照般中氣十足地喊：「這兩個人冒充朝廷命官，擄走我的小妾，還打傷我的人，爹，你把他們抓起來，我要他們死無葬身之地！」

「你們好大的膽子！」這人聞言，頓時怒不可遏，指著禾晏幾人道：「來人，把他們拿下！」

「原來是孫知縣來了。」禾晏笑咪咪道：「何必浪費時間，反正你們的人又打不過。都是一群酒囊飯袋而已。」

大約沒料到會遇到這種油鹽不進的人，孫知縣也愣了一下，待回過神，更是大怒，只道：「拿下他們，生死勿論！」

生死勿論？禾晏蹙眉，難怪要說孫家父子在涼州城一手遮天，這可不是嗎，京官都不見得有這個權力，他們卻張口就來。

「孫祥福，」打斷他的是肖玨，他看著對方，冷淡地開口，聲音像含著刀子，凌厲刺人，「你睜大眼睛好好看清楚，我是誰。」

接到消息趕來的時候，孫祥福自己也沒來得及聽清楚到底發生了何事，只知道是孫凌帶人去拿人，不想反被人欺負了。當老子的為兒子撐腰，況且這是涼州城，孫祥福也沒想那麼多。等來到此地，看到孫凌被揍得這麼慘，孫祥福又心疼不已，燈色昏暗，他沒有仔細去看肖玨的容貌，此刻乍然聞言，才認真的抬眼看去。

這一看，就呆住了。

片刻後，孫祥福突然一撩袍角，跪了下來，腦袋抵在地上，聲音帶著顫抖的惶恐：「下官……下官不知都督已經到此，有失遠迎，都督恕罪！」

都督？孫凌詫然看向自己的父親。

看見孫祥福回過味兒來，再看他這窩囊樣子，想來也翻不起什麼波浪。禾晏便笑道：「孫知縣這是要恕的哪門子罪？孫少爺剛剛上樓來的時候，要擄走我的書童，要我的命，要當著我舅舅的面讓我生不如死，可是威風得很。眼下卻要我們恕罪？我們哪裡敢呢？」

「是不是，舅舅？」她看向肖玨，理直氣壯地告狀。

此次下帖子，除了肖玨以外，還有他的外甥，右司直郎府上的小少爺，此刻這少年叫肖玨舅舅，定然就是程鯉素了。沒想到自己這個不孝子竟然衝撞了舅甥兩人，孫祥福內心苦不堪言。

他一巴掌抽向孫凌的臉，孫凌被打得腦袋一偏，這一巴掌力度十分之大，眾人都聽得見清脆響聲。

孫祥福跪下，一邊磕頭一邊道：「都是下官教子無方，犬子有眼無珠，沒能認出來都督和小公子。衝撞了大人，萬望都督海涵，下官回去，一定好好教導犬子。」

見肖玨還不吭聲，孫祥福咬了咬牙，又是一巴掌抽過去。孫凌本就受了傷，眼下反應不如從前，剛才一巴掌已經被抽得呆了，此刻冷不防又挨了一巴掌，當即慘叫一聲。可孫祥福才不會罷手，既是有心做給肖玨看的，就決不能手軟。他邊抽邊罵：「你這個不孝子，為父平日裡教你的禮義廉恥全都忘了！怎麼能平白汙蔑人！我知道你心中敬佩肖都督，以為有人冒充肖都督才會如此義憤……但，這可是真的肖都督，你可真是好心辦了壞事！」

禾晏：「……」她聽得嘆為觀止，瞧瞧，當官的人多會說話。她前生縱然是做到三品武將，也沒有這樣一番好口舌，她若也能如此巧舌如簧，是不是能官拜一品，封王進爵什麼的。

孫祥福一連抽了幾十下，孫凌被打得慘叫連連，後來索性不出聲了。孫祥福瞧見，心痛不止。他雖妻妾眾多，但只有這麼一個兒子，眼下做給肖玨看，就是希望肖玨給個臺階下。

可這位冷漠無情的右軍都督，只是冷眼旁觀，並不開口，這樣下去，不知道會不會把孫凌打死。

孫祥福沒辦法了，他鬆開手，跪著爬到肖玨身前，不住地給肖玨磕頭，「都督，再打他就死了。求您給犬子一條生路吧！都督，您要罰就罰我吧！」

一時間，孫祥福在地上不住磕頭，孫凌躺在一邊嘴角流血，看著還真有點可憐，要不是之前見識過孫凌究竟是個什麼德行，禾晏都要忍不住為這一幕父子情深感動。畢竟作惡的是兒子，老父親又做錯了什麼呢？

但肖玨果真沒讓禾晏失望，即便孫祥福腦袋都磕破了，肖玨臉上也沒有半分動容。

等孫祥福也覺得自己快支撐不住的時候，肖玨開口了。

他道：「子不教父之過，孫祥福，」他俯頭，居高臨下的盯著孫祥福，聲音亦是很平靜，「你是不是忘了，趙諾是怎麼死的。」

此話一出，孫祥福的抽泣戛然而止，從頭到腳一股涼意兜頭而來。

趙諾是怎麼死的？趙諾是被眼前這人推到碑堂下斬首的。趙諾是誰，趙諾是當今戶部尚書的嫡長子！

他怎麼把這茬給忘了，當年趙諾出事時，因著趙大人的關係，多少達官貴人前來求情，十六歲的肖珏眼都不眨，說殺就殺了，陛下也無可奈何。這個人，可是會動真格的。戶部尚書的兒子他都能殺，自己雖然在涼州稱王稱霸，可說到底，不過是一個小小的知縣而已。

孫祥福嚇得眼淚都快掉下來了，顫抖著道：「都督，求都督饒命！求都督恕罪！」

孫凌不知為何自己的父親懼怕肖珏至此，但見父親如此，也不由得生出驚慌。

樓上樓下的客人們全都被這變故驚呆了，見素來在涼州作惡多端的知縣父子今日如此狼狽，又十分快意。

不知過了多久，肖珏才背過身道：「你起來吧。」

孫祥福虛弱得都快昏過去了，看著肖珏的背影道：「都督？」

「再有下次，要的就是他的命了。」他道。

孫祥福喜不自勝，拖著孫凌對肖珏磕了個頭，道：「都督大人有大量，不跟犬子計較，都督放心，日後再有下次，無需都督動手，下官親自結了他的性命！」

肖珏轉身往房間裡走，道：「帶著你的人，即刻離開此地。」

「都督……不去府上住嗎？」孫祥福小心翼翼地問。

「不必，我在涼州還有事。袁寶鎮到了，我自會登門。」

孫祥福還想說什麼，又按捺下來，今日事出突然，實在不是說話的好地方。還是先把孫凌帶回去，找個大夫給他看看為好，便應了肖珏的話，吩咐手下動作。

孫祥福動作極快，不過一柱香的功夫，手下的人退的乾乾淨淨，還把剛剛摔壞的東西給清理了。客人們也紛紛散去，掌櫃的沒料到住進客棧的是這麼一尊大佛，眼神中還帶著畏懼，禾晏拍了拍他的肩：「沒事，我們都很和氣的，不用怕，你們的綠豆棋子麵很好吃，明日我還想吃。」

掌櫃的見這少年一派天真，遂放下心來，待掌櫃的走後，禾晏才鬆了口氣，等轉過身，看著肖玨的背影，心又提了起來。

該怎麼給這位大人解釋呢？

肖玨沒有進他自己的房，而是進了禾晏的房。飛奴也跟了進去，禾晏走進去的時候，一眼就看見縮在牆角的陶陶。

她剛剛大概被嚇著了，從肖玨來的時候就躲在了牆角，低著頭。禾晏走過去，輕輕拍了拍她的背，寬慰道：「他們走了，已經沒事了。」

她這般溫言軟語，聽得肖玨和飛奴都忍不住朝她看來。禾晏見狀，道：「舅舅──」

「你不會告訴我，」他盯著禾晏，冷嘲道：「你的未婚妻到涼州來尋你了？」

未婚妻？禾晏想了想才記起，她好像當時為了不讓醫女沈暮雪發現她是女子身分，隨手胡謅了個未婚妻的說辭，沒想到肖玨還記著。

「哪裡的話，舅舅，」禾晏正色道：「我是在涼州城裡，看見那個孫凌強搶民女，逼良為娼，我一時看不過去，便出手相助。誰知道這個孫凌在涼州如此無法無天，追到客棧裡來了，我……」她討好的笑了笑，「我也是弘揚了您為民除害的好名聲啊！」

肖珏嗤笑一聲：「我用不著那種東西。」

這話禾晏沒法接。她想了想，決定換個說法，「我剛剛真是嚇死了，幸而舅舅你來得及時，若非如此，我不知道要被孫凌欺負成什麼樣子，說不準日後都沒命見你了。」

「你是我外甥，」肖珏聞言，勾唇悠悠道：「誰敢欺負你？」

話是好話，怎麼聽著這麼不對勁？禾晏心想，罷了，都叫他舅舅了，反正便宜也都被占了，也就別在乎占多占少，不過是口頭上的便宜，也不掉塊肉。

「那這位姑娘，舅舅，我們還是把她送回家吧。留在涼州，定然會被孫凌那廝報復。」禾晏試探著問他的意見。

「你自己處理。」

果真無情，禾晏在心裡腹誹。

正在這時，一直不說話的書童突然抬起頭，看向肖珏，道：「肖二公子？」

她的聲音雖然遲疑，卻也不小，在安靜的夜裡尤為清晰。肖珏朝她看去，但見這書童是個皮膚微黑的少年，眼眶紅腫，偏偏聲音是女兒家的嬌怯，不覺蹙眉。

見他蹙眉，書童更害怕了，脫口而出：「我是宋陶陶！」

原來她不姓陶，姓宋，禾晏心想，怎麼宋陶陶這三個字聽起來，好似更熟悉了，究竟在哪裡聽見過？再看宋陶陶主動叫肖珏，莫不是這二人認識？

心裡這樣想著，禾晏便問出口了，她道：「你……你認識他？」

宋陶陶看了禾晏一眼，眼神很複雜，她道：「肖二公子……就是要與我定親之人。」

禾晏：「什麼！」

「……的舅舅。」宋陶陶把話說完了。

禾晏鬆了口氣，她就說，她從未聽過肖玨定親的消息，怎會突然冒出個定親之人，原來是舅舅……原來是舅舅？

她倏而回神，看向肖玨，問：「那個，都督，您有幾個外甥？」

肖玨看她的眼神，彷彿在看一個傻子。

禾晏瞬間明白過來。這是程鯉素的未婚妻啊！程鯉素從朔京來到涼州，就是為了逃婚。好巧，她的未婚妻也這麼想，誰知道逃婚途中被拐到涼州，又被自己救了下來。這是怎麼一種天賜的緣分，他們怕就是命中註定的一對吧！

難怪之前孫凌來的時候，禾晏自報家門說自己是程鯉素的時候，宋陶陶驚得靴子都掉了，原來是聽到未婚夫的消息給嚇的。

「肖二公子，」宋陶陶神情很糾結，「我……我暫時不想回朔京，聽聞您在涼州衛駐守，我能不能跟著去衛所，我……我保證不給你添麻煩！」

「妳確定要去涼州衛？」肖二公子神情冷淡，「妳的未婚夫現在就在此地。」

宋陶陶的表情僵硬了，禾晏覺得她都快哭了。

「宋姑娘，妳不喜歡程少爺嗎？」禾晏小聲道：「我覺得他挺好的啊。」程鯉素這個人吧，除了有點傻以外，還算不錯。有時候是天真了些，可心眼挺好的。相貌麼也稱得上俊朗可愛，家世更勿用提，怎麼著也不至於被人嫌棄成這樣吧。

「他什麼都不會，」小姑娘提起程鯉素，眼角眉梢滿滿都是嫌棄，「文不成武不就，還不上進！我才不喜歡他，他還不如你呢。」

禾晏有些受寵若驚，她和宋陶陶相處還不到半日，就得到這麼高的評價，真是過獎。

肖玨瞥她一眼，對宋陶陶道：「此事日後再說，今日妳先休息，明日我叫大夫過來。」

宋陶陶點頭。

禾晏打了個呵欠，也覺出些睏倦來。因為宋陶陶是姑娘，掌櫃的便重新給宋陶陶找了間房，就挨著禾晏他們。飛奴同禾晏住一起，自己去側邊的小榻上睡，將床讓給了禾晏，禾晏非常感激，甚至有一點愧疚。

不過這愧疚很快就被其他的事情沖淡了。

今夜救了宋陶陶一事，實在是姻緣巧合，連她自己也沒想到，隨手救下的小姑娘竟是程鯉素的未婚妻。這兩人還真是小孩子脾性，一言不合就逃婚，還逃到了千里之外的涼州。幸而今日被禾晏撞見，否則後果真不知如何是好。

孫祥福似是怕肖玨怕得要命，也是，肖玨的態度，實在是狂妄到令人髮指。禾晏自覺她自己從前軍功最顯赫，地位最高的時候，也不會對同僚或者下級這般說話。說到底，這還是做人的不同。

難怪程鯉素會被養成個什麼都不會的「廢物公子」，並且永遠理直氣壯，廢話，有這麼一個厲害的舅舅，都能在大魏橫著走了，還要什麼文武雙全？她今夜不過是隨口一句告狀，就能讓在涼州隻手遮天的縣令父子磕頭賠罪，這種被人護著的感覺挺新鮮，滋味也很不錯。

禾晏現在想想，覺得還怪羨慕程鯉素的。

宋陶陶這般，是不可能讓她一個人在涼州的，只怕身邊還不能缺人。誰知道孫家父子會不會伺機報復。最好的方法是將她送回朔京父母身邊，有宋家保護，當然是最好。可現在宋陶陶為了逃婚，都跑到涼州來了，未必會乖乖回朔京，況且，送她回朔京的人也不太好找。

那麼為了保護宋陶陶的安全，便只能暫且將她留在涼州衛，不知道程鯉素見到了宋陶陶，會是什麼樣的表情。這二人不會打起來吧？要真打起來也沒關係，反正有現成的演武場。

禾晏自己都不知道自己在胡思亂想些什麼，那些念頭聚在一起，成了一個問題，那就是：宋陶陶到底是誰？

為何這個名字如此熟悉，好幾次呼之欲出，卻又怎麼都想不起來。

飛奴是練武之人，睡覺一點兒聲音都不發出，安靜得很，禾晏早已習慣了涼州衛大通鋪的鼾聲如雷，一時間竟睡不著，翻了個身，誰知道她投軍竟然投到做人外甥來了？還真是不可思議。

投軍……投軍！

黑暗中，禾晏猛地坐起。

她想起宋陶陶是誰了。

事實上，當年的禾晏第一次同禾元盛大吵一架，繼而趁著夜色投了撫越軍，就是因這位宋姑娘而起。

禾晏十四歲的時候進賢昌館，十五歲的時候投了撫越軍，她投軍時候投的匆忙，無人知曉，賢昌館裡的師保都被嚇了一跳，後來待她回京後，已經得了功勳，得封御賜，因此為何要投軍，禾家便沒有追究。

現在想想，倘若她當時並未得到功勳，只是一個普通的小兵，過幾年顛沛流離的生活再回禾家，未必是現在這個結果。

禾晏還記得宋陶陶。

十五歲的禾晏，頂著禾如非的身分在賢昌館裡進學。她資質平庸，又是姑娘天生不及男子力大，實在不能和賢昌館裡的少年們相提並論。禾元盛漸漸也看了出來，不過卻沒有責備她。禾晏便也以為，能一直這樣平靜的生活下去。

直到那一日。

賢昌館每月有兩日時間，學子們能回家。但因當時雨季來臨，雨水將賢昌館門口的牌匾沖倒了。師保們便讓學子們提前一日回家，待三日後再過來。

禾晏回去的匆忙，並沒有人知道。她先是換了衣裳，然後再去找禾元盛，每月回到禾家，禾元盛都會問他一些在賢昌館裡過的怎麼樣。這種疏離的，近乎於監視的問話並不能讓禾晏覺得溫暖，每一次同禾元盛說話的時候，她其實有些緊張。

但那一日，她去的時候，禾元盛還沒有回來，門口連小廝都不在。她就先在禾元盛書房裡坐著等，書房裡有個屏風，禾晏覺得既沒甚麼事做，不如先在屏風後面的小几坐下看會兒書。

她才坐了沒一刻，有人進來了。

說話的是禾元亮的聲音，他道：「禾晏的事，你考慮的如何？」

正要出去的禾晏聞言，一時愣住，想要繞過屏風的動作隨即一頓。她沒有出去，反而將身子往後面縮了縮。

禾元亮同禾元盛的脾氣不同。禾元盛看著溫和，實則嚴厲，後來禾大夫人生了其他子女，待他們也十分苛刻。禾元亮，她的生父是全然不同的性子，總是笑咪咪的。對待後來幾個子女，亦是嬌寵有加，除了她以外。

禾晏對禾元亮的感情，十分複雜。倘若說她對禾元盛，是對養父、大伯父這樣長輩的敬畏，對禾元亮，便帶了一絲不易察覺的依賴和期盼。她期盼禾元亮對她能像對妹妹們般的和氣親暱，但禾元亮並沒有。每次看她的眼神，如看姪子的眼神，客客氣氣，至多說教幾句。

如此這般，失望的次數多了，禾晏也就不強求了。

但今日，卻從生父嘴裡聽到自己的名字，禾晏都不知道自己為何要躲在這裡不出去。

「她如今很好，在賢昌館裡進學，無人發現。眼下她也十五了……至多十八歲之前，得將親事定下來。」

縮在屏風後的禾晏，一時連呼吸都屏住了。

親事？她從未想過這些，她現在頂著禾如非的身分，是男子身分，如何能定親？一旦訂了親，禾如非又該怎麼辦？誰來做這個「禾如非」？

她想的理所當然，她是女子，自然是跟男子定親，畢竟她又沒有磨鏡之好。然而接下來禾元亮的話卻令她大吃一驚。

「大哥，你在京城中可有看到合適的姑娘？」姑娘？怎麼能是姑娘呢？

禾晏抬起頭，屏風外的兩人都是背對著她，看不清楚他們的神情，只聽語氣，是一派泰然，絲毫不覺得自己說的話有多麼驚世駭俗。

「內侍省副都司宋慈有兩個女兒，大女兒已經出嫁，小女兒如今十一歲。」禾元盛道：「年紀小是小了點，可待禾晏十八歲的時候，也已經及笄。及笄後等個兩年，便可成親。」

「宋慈的女兒？」禾元亮遲疑，「是否那個叫宋陶陶的小姑娘？我記得宋慈前年為她女兒尋生辰禮，將來朔京的整個客商都翻了一遍。」

「不錯，」禾元盛撫鬚笑道：「宋慈府中尚無幼男，只有兩個女兒。如今長女出嫁，於是格外溺愛幼女。若能同宋家結親，就是得了宋家的助力，何愁我們府上不蒸蒸日上？」

禾元亮聞言，也放緩了神情，只道：「大哥說的在理，不如過幾日我做東，設宴招待宋慈來府上，也好說說孩子們的事。至少，得先讓他知曉咱們有這個念頭。」

他們二人說的其樂融融，言談間彷彿這樁姻緣只是一場交易，這便罷了。如今權貴府上，女子多為制衡聯姻的砝碼。可將她當做砝碼也就罷了，怎生不顧及她的身分？

她可是女子！女子如何能娶女子，倘若真的結親，豈不是還要害了人家姑娘一生？

禾晏心中這般想著，冷不防碰到了屏風，發出聲響。禾元盛轉頭喝道：「誰？」

禾晏見既被發現，索性站了出來，道：「是我。」

「禾晏？」禾元盛鬆了口氣，隨即蹙眉，道：「妳怎麼在這裡？今日不是該在賢昌館？」

「師保讓我們提前一日下學，我來此找父親。」禾晏說到此處，頓了一下，偷偷看禾元亮一眼。禾元亮露出他慣來的笑容，神情並沒有因為他叫禾元盛「父親」而有半分變化。不過是又多了一次失望而已，何以還會不死心。禾晏低下頭，掩住眸中的失落。

「我現在同你二叔還有事相商，妳晚些再來找我。」禾元盛道：「先去看看妳母親吧。」

禾晏沒有動。

「禾晏？」禾元盛眉頭再次皺起。

「父親和二叔剛剛說的話，我已經聽到了。」禾晏抬起頭，聲音平靜，「父親，我是女子，怎麼能娶宋家的二小姐呢？」

沒料到禾晏居然會這麼說話，禾家兩兄弟一時怔住。

「這些不是妳該管的事，」半晌，禾元盛才回答，「我自會為妳安排好一切。」

「我是不會娶宋家二小姐的。身為女子，犧牲我一個就已經夠了，不必再將無關之人牽連進來。」禾晏道。

她如今已經十五歲，個子比之前長高了一點，又是做少年打扮，目光清明坦蕩，站在此地，如楊樹挺拔，倒像是個陌生人。

禾元盛怒道：「妳這話是什麼意思？妳可是對我們生出怨忿？是在責怪我們犧牲了妳做女子的權利？」

禾元亮笑咪咪地看著她，「禾晏，妳怎麼能和大哥這麼說話？大哥都是為了妳好。」

禾晏心想，這真是為了她好嗎？她在賢昌館裡進學，先生教她「惻隱之心，仁之端也；羞惡之心，義之端也；辭讓之心，禮之端也；是非之心，智之端也」。可如今禾家要她做的事，是要她不仁不義不禮不智，何其荒唐？

禾晏毫無畏懼，高聲回答：「我絕不答應和宋家小姐定親！不僅如此，我此生也不會娶任何女子，耽誤旁人的一生！」

禾元盛與禾元亮都呆住了。

禾晏是什麼脾性，禾家人都知道。她溫和好說話，甚至有些膽怯懦弱，在禾家，叫她做什麼就做什麼，也不愛惹麻煩。若非當初陰差陽錯的互換身分，她就和朔京所有平庸的官家小姐一樣，寡言，乖巧，一輩子如木偶一般的過一生。

可她現在是什麼樣子？

「禾晏，妳敢這麼對我說話？」禾元盛是真的發怒了，他生氣的時候，五官很凶狠，禾家大房的幾個孩子都很懼怕他。

禾晏看著他，不為所動，「父親將我送進賢昌館念書，是為了明禮儀，知道德，而不是為了利益做個騙子。」

少年昂著頭，驕傲，清朗，方潔，大約是她眼中的鄙夷刺痛了禾元盛，禾元盛惱羞成怒，一巴掌狠狠摑在禾晏臉上。

那是禾晏第一次挨禾元盛的打。

而她的生父就在一邊看著，沒有說任何話，至始自終說的那一句，就是「大哥也是為了妳好」。

禾元盛同禾晏的這次爭吵，驚動了整個禾家。而禾元盛作為禾家最高掌權者，沒有任何人會懷疑他的決定。禾晏被關在祠堂一天一夜，第二日晚上才放出來。

這一天一夜裡，沒有一個人來探望過她。無論是她的養父養母，還是她的生父生母。在這一天一夜裡，禾晏看著祠堂上下大大小小的牌位，心裡只想著一個問題。

禾家究竟是怎樣一個家族呢？她真的要留在禾家嗎？如果在這個家裡，她存在的意義就是做一個替代品，來捆綁住並不屬於他們的利益，沒有一點真心的話，她在這裡，實在沒有任何可以留戀的地方。

一隻偶人，也想掙脫提著的線，主宰自己的人生。

第二天夜裡，她回到自己的屋子，房間裡冷冷清清。禾晏記得，這幾日街上撫越軍在徵兵，她坐在榻上，心想，倘若有一個人今夜來看看她，問問她好不好，她就不走了。

但一直沒有。

遠處傳來打更的聲音，禾晏將包袱背在身上，趁著夜色偷偷溜出門。這麼多年，從她自行練武開始，她便如此，早已輕車熟路。也正是因為禾家對她的不看重，連走的時候，也是如此輕鬆。

罷了，她想，她雖然不能繼續留在禾家，到底是拯救了一個朔京裡的小姑娘。她不在，禾家如何定親。那個叫宋陶陶的姑娘，日後及笄，許能和一個情投意合的少年郎廝守終身，而不是牽連到這一樁見不得人的謀劃中，成為被犧牲的棋子。

夜色沉沉，看不到頭，扮作少年的少女亦不知前路如何，她回頭看了禾家的大門一眼，宅院藏在夜色中，同過去連成一片，她狠了狠心，轉過身，就這麼一直向前走去，再也沒有回頭。

往事鋪陳於眼前，彷彿吹去蒙在上頭的塵埃，漸漸清晰得如昨日才發生過，只有禾晏自己知道，那已經是再也回不去的前生了。

她那時年少氣盛，惱怒與禾元盛兄弟二人這個決定的荒唐，竟沒有認真的思考過，她為女子，倘若真的娶了宋二小姐，這個祕密遲早會被揭穿，禾家怎麼會容許這種事情發生？

除非，他們早就料定永遠不會出現這種事。

禾晏盯著床帳上掛著的香囊。

禾元盛與禾元亮，早就知道，遲早有一日，禾如非是會歸來的。禾晏無從得知禾如非的境況，但想來當時禾元盛自己早已知道，禾如非的身體已經漸漸好了起來，絕不像是他們所說的奄奄一息。

正因為知道禾如非遲早會歸來，禾晏與禾如非遲早會各歸原位，所以才會這般毫無顧忌的說起定親之事。想來他們早就打定主意，在禾如非成親之前，禾晏就會脫下男子的衣裳，重新做回那個禾家小姐。

當時的禾晏沒有意識到這一點，她以為自己會長長久久的做禾如非，或許會因此犧牲一輩子，竟沒有料到許是有一天自己還會做回自己。但這並非是恩賜，做一個人的替身做久了，難免會忘記自己是誰。

沉且當日她背著包袱離開禾家，投了撫越軍，從那時起，就已經打亂了禾家的布局，棋局早已不受控制。

誰能想到呢？

誰能想到她活了一輩子，死了一次，再醒來，兜兜轉轉，居然在這裡，遇到了前生差點和她「定親」的姑娘。當年十一歲的小姑娘，已經長成了窈窕淑女，當年背著包袱離家的少年，已經償盡人間百味。命運玄妙，若沒有當年的宋陶陶，她不會離家，不會投軍，也沒有後來的飛鴻將軍，今日的禾晏。

黑暗裡，禾晏無聲的笑了。

命運讓他們在此相逢，也許正是為了向她說明一件事。

她沒有做錯，她救了一個姑娘。

第二日早上，禾晏醒來的時候，飛奴已經不在房裡了。

她昨夜想事情想的晚，睡得沉，連飛奴什麼時候離開的都不知道。等她醒來去梳洗一番後，才出了門，想著去隔壁門口敲門看看肖玨在不在。

結果才一敲，旁邊的房門打開了，宋陶陶的腦袋從門後露出來，她道：「你要找肖二公子嗎？他們在樓下用飯。」

吃飯都不叫她？禾晏心道，這真是沒把她當自己人。禾晏問：「妳吃過了嗎？一起下去吃吧。」

宋陶陶點了點頭。

小姑娘同她下樓，果然見肖玨和飛奴二人坐在樓下靠窗的位置，桌上隨意擺了些小菜。不知是不是昨夜被肖玨身分驚住了，客棧老闆這頓早飯做得格外用心精緻，禾晏看了就想罵一聲奢靡。

「舅舅，你用飯怎麼不叫我。」禾晏嘀咕了一句，「不叫我就算了，怎麼也不叫宋姑娘？」

「是我想多睡一點，不關肖二公子的事。」宋陶陶連忙開口，不知為何，她似乎有點怕肖玨。不過想來也是，肖玨成日冷言冷語，嬌滴滴的小姑娘誰受得了？

禾晏夾了一個單籠金乳酥塞進嘴裡，乳酥又香又甜，剛出籠不久，熱騰騰的很開胃，她笑咪咪道：「舅舅，今日我們做什麼？」

肖玨似笑非笑地看著她：「你想做什麼？」

「我……」禾晏話還沒說完，宋陶陶就開口了。

「程……程公子。」她已經知道禾晏不是程鯉素，但也看出來現在禾晏扮演的就是「程鯉素」，便沒有揭穿，跟著一起叫程鯉素的名字，她道：「你能不能陪我出去一趟？」

這話說完，桌上其他三人都看著宋陶陶。

「我……我的衣服都沒有了，這身男子衣裳，實在穿不慣，我想出去買兩件成衣換著穿，但我不太記得路。程公子，你能不能陪我出去買點東西？」她鼓起勇氣一口氣說完。

這桌上三個人，飛奴一晚上都能不說一句話，肖珏一看就不是個能陪著姑娘買東西的人。就只有禾晏又親切又溫柔，禾晏道：「當然可以！只是……」她看向肖珏，「舅舅，我們今日有什麼事麼？」

「無事。」肖珏垂眸淡道：「你陪宋二小姐去吧。」

「謝謝肖二公子！」宋陶陶喜出望外。

吃過飯，禾晏就同宋陶陶出去了。他們二人走後，飛奴道：「少爺，屬下現在就去跟著他們。」

「別太近。」肖珏吩咐，「他還帶著宋陶陶。」

飛奴應下，正要走，忽然又想起什麼，遲疑了一下，還是開口：「少爺，孫凌的事，就這麼算了？」

「誰說算了？」肖珏勾了勾唇，「再等等，現在還不是時候。」

禾晏跟著宋陶陶出了客棧。

一離開肖二公子，宋陶陶顯然開朗了許多。她湊近禾晏，低聲道：「你為什麼叫肖二公子舅舅？為什麼要自稱程鯉素啊？」

「這個就說來話長了，程小公子有事，暫且來不了涼州，所以我替他來了，妳可不要將此事告訴別人。」

宋陶陶道：「我當然不會告訴別人！那個廢物公子，定是自己做不到，才讓你來頂替的吧？這種人還想做我的夫君，他怎麼不去做夢！」

宋二小姐對程鯉素的成見，果然很深。

「那你叫什麼名字？」宋陶陶問。

「我現在可不能告訴妳，省得說漏嘴。等城裡的事辦完了，我再告訴妳吧。」禾晏笑道。

宋陶陶撇了撇嘴，不太高興，禾晏指著一處成衣店，「妳看，那裡有衣裳，要不進去挑一挑？」

宋陶陶這才轉了心思，禾晏鬆了口氣。然而這口氣還沒鬆多久，忽然想到什麼，便暗道糟糕。

禾晏從涼州衛出來的時候，程鯉素給了她衣裳和簪子首飾，卻忘了給她銀子。禾晏又不敢向肖玨討要，以至於她身上只有一錠當初爭旗的彩頭銀子。她放在身上一直捨不得用，寧願扯程鯉素的衣裳釦子去換茶水喝都不願意動它。宋陶陶才從萬花閣出來，身上盤纏早已被搜刮得乾乾淨淨，哪裡還有錢，只怕今日買的什麼東西，都要禾晏掏錢了。

這可是她現在的全部家當了！

好在涼州城不是朔京，沒有那種一件衣裳數十數百兩銀子的裁縫鋪，這裡的成衣算是便宜了，禾晏也不至於買不起。宋陶陶挑了一件，又順手挑了一雙鞋、一支髮釵、一對耳環，禾晏也不能不去付銀子，這一付，便只剩一貫銅錢了。

宋陶陶挑好了衣裳，就順勢在裡面換好了才出來。這一出來，原先粉雕玉琢的小公子，霎時間便成了嬌滴滴的小姑娘。她挑了一件櫻桃紅色的留仙裙，長髮紮了雙平髻，髮帶也是櫻桃紅色的，明眸皓齒，珊珊可愛。

禾晏看的眼前一亮。剎那間，那點花掉銀子的心疼，便在可愛的小姑娘面前不翼而飛了。

「真好看。」她衷心的稱讚道。

宋陶陶臉一紅，側過頭去，嘀咕道：「這裡的衣裳實在太寒酸了，沒什麼好衣裳。我宋府裁縫做的衣裳，都比這好看得多！」

禾晏心道，這還叫寒酸？這已經花去她這半年來的積蓄了！

將原先的衣裳用包袱包好，宋陶陶走出成衣店，「我們再去別的地方逛逛吧。」

禾晏：「……好。」

小姑娘的美麗可愛，也是要花銀子的，尤其是這種富貴人家長養出來的小姑娘，禾晏只盼著涼州不要再有什麼吸引宋二小姐目光的東西了，她已經沒錢了。

老天似乎聽到了她的心聲，這一路上，宋陶陶沒有再有想買的東西。但逛起涼州城來，還是興致勃勃。禾晏一直盡心盡力的陪著她，未見半點厭煩，到最後，這個驕縱的小姑娘也有些不好意思了，問禾晏：「你陪我走了這麼久？會不會有些無聊？」

「不會。」禾晏笑道：「我正好也想逛一逛。」

宋陶陶看了她半晌，道：「你真是個好人。」

禾晏有些詫然她這麼說，小姑娘已經繼續往前走了。她想了想，搖頭笑了。

對宋陶陶，禾晏的心情除了對小姑娘的照顧，還有一種近乎於長輩般的寵溺。畢竟這姑娘差點就成了她的「未婚妻」。又是她當初不惜離家出走也要成全的人，從某種方面來說，也算改變了她的命運。在這之後的這些年，宋陶陶沒有捲入那些莫名其妙的事，好好地長大了。

禾晏覺得很慶幸，如果當初她沒有那麼做。也許後來宋陶陶也不至於和女子成親，但成親之人，就變成禾如非了。嫁進禾家真的就是一件好事嗎？這個家族沒有溫情只有利益，實在不適合宋陶陶這樣的小姑娘。

但是，禾晏看著小姑娘在前蹦蹦跳跳的背影，有些無奈。當初她離家，也算是「逃婚」，眼下程鯉素也逃婚，宋陶陶還是逃婚，這是跟逃婚槓上了不成？

她得跟程鯉素好好談談才行。

涼州城的孫府，闔府上下一片慘澹。

孫淩昨夜被送回孫家，孫祥福連夜遍請名醫來給孫淩治傷。雖都是些皮肉傷，卻也著實不輕，得要好好將養幾月。

孫少爺從小到大，何時吃過這麼大的虧。孫祥福也心情不好，今日一早，便循著錯處懲治了好幾個下人。

下人們更是不敢行錯一步，府裡靜悄悄的。孫淩躺在床上，孫夫人坐在床邊抹淚，一邊恨恨罵道：「你爹實在太過分了，不過是個武將而已，怎生將你打成這樣？我兒受苦了，這傷不知道要養到何時……」

孫祥福剛進來就聽到此話，怒道：「婦人之見！什麼叫『不過是個武將而已』，你可知他連戶部尚書的嫡長子說殺就敢殺，戶部尚書都捅到皇上跟前去了，最後怎麼了？最後也只得自認倒楣！昨夜他要是殺了這個不孝子，妳以為妳能做什麼？什麼都不能做！」

孫夫人被罵得呆住了，半晌才慌裡慌張地道：「他、他真有如此厲害？那咱們現在怎麼辦？是跟他賠禮道歉？」

「妳出去吧。」孫祥福心裡煩悶，擺了擺手，「這些我自會安排。我過來，是問凌兒幾件事。」

孫夫人淚眼婆娑地走了，孫祥福走到孫凌身邊，看著孫凌蒼白的臉，又是心疼又是生氣，道：「你說你招惹誰不好，偏偏招惹那個閻王。」

「我……可沒有招惹他，是他那個外甥欺人太甚。」孫凌提到此處，便氣不打一處來，將昨夜發生之事原原本本的道來，末了還道：「我怎麼知道那個程鯉素會突然出手？」

「那個書童，到底是不是你看中的女子？」孫祥福問。

孫凌搖了搖頭：「我也不知，還沒看清臉，姓肖的就到了。」

「若只是誤會一場還好，若真是此女，程鯉素既然保他，難免會對你有成見。」孫祥福嘆道：「是我不好，沒有將肖玨他們來城裡之事提前告知與你，否則也不至於鬧成如此局面。」

孫淩從來不關心政事，只知吃喝嫖賭，因此，孫祥福給肖珏下帖子一事，他並不知道。

「爹，我們已經得罪了他們，他們不會之後給我們找麻煩吧。」孫淩有些惴惴。

他在涼州城裡無法無天慣了，不過是仗著有一個知縣老子。但昨夜孫祥福在肖珏面前涕泗橫流的模樣，讓孫淩明白，肖珏並不是孫家能惹得起的人物。

「別怕，」孫祥福道：「再過幾日，監察御史袁大人就要到了。袁大人是徐相的人，徐相和肖珏素來不和，或許，我們能在此做些文章。」

禾晏陪著宋陶陶一直逛到傍晚才往客棧走。

路上有個賣糖葫蘆的，草人上面插著紅彤彤的糖葫蘆，看著就覺得甜。禾晏將最後幾個銅板掏出來，同小販買了幾串，拿了一串最大的遞給宋陶陶：「餓了吧？先吃點這個墊墊肚子，等回了客棧我們吃點好的。」

天可憐見，她一路上都在盤算若是宋陶陶想去酒樓裡吃東西，她的錢不夠該怎麼辦？好在大約早上吃的太飽，小姑娘又挑剔，一路竟沒有想吃什麼，只坐下來喝了幾杯茶吃了兩塊糕，用了幾個銅板。

宋陶陶接過糖葫蘆，看向禾晏：「今日辛苦你了，」頓了頓，她又道：「其實涼州城根本無甚好逛的，東西也都一般般，若不是為了躲肖二公子，我也不會讓你陪我到這麼晚。」

「哈啊？」禾晏自己也拿了一串糖葫蘆，咬了一個放在嘴裡，山楂酸澀，蜜糖清甜，和在一起酸酸甜甜，令人口舌生津，禾晏感慨真是許久未吃這樣孩子氣的東西了。她問：「怎麼？妳不喜歡肖都督嗎？」

「也不是不喜歡，就是……有點怕。」小姑娘扁了扁嘴，「好像在他面前，人人都會變得很自卑。」

禾晏聞言樂了，自卑？宋陶陶如此，還是年紀太小的緣故。禾晏笑道：「可他長得好，又厲害，小姑娘不都喜歡這樣的嗎？」

少年時候，賢昌館每日門口有許多姑娘偷偷過來看肖玨，禾晏還沒見過哪個姑娘不喜歡他的，宋陶陶如此，已經算是很特別了。

「我同他們不一樣。」宋陶陶輕哼一聲，「他們只知道看外表皮囊，可這般冷的人，又不會說甜言蜜語，過日子會很糟心的。我不喜歡這樣的，我喜歡溫柔的，」她說著老成的嘆了口氣，很遺憾地道：「肖大公子那樣的就很好，可惜他已經娶妻了。」

禾晏一個山楂含在嘴裡，差點嗆住了。

什麼？肖玨還想做外甥媳婦的舅舅，殊不知人家心裡想的卻是做他的大嫂！

宋陶陶不愧是差點做了她「小未婚妻」的人，看人居然如此不同。禾晏道：「其實肖都督有時候還是挺溫柔的……不過如妳這般不喜歡的他的人不多見。」她心中一動，有心想從宋陶陶嘴裡套出點什麼，就問，「妳可知如今與他齊名的飛鴻將軍，妳可見過他？」

「飛鴻將軍？」宋陶陶道：「你說的是禾家大公子吧？之前說臉上有傷無法見人，成日戴著個面具裝模作樣的那位？」

禾晏：「……」

「也難得他十年如一日的戴面具，我逃婚之前見過他，那時候他已經摘了面具，看著長得也還行。你可知他為何戴面具？」宋陶陶問。

禾晏：「為何？」

「自然是給自己尋個噱頭了。你想，他早不摘面具晚不摘面具，偏偏在陛下賜封，面聖之前摘了。說是得逢神醫相助治好臉上的傷疤，可哪有神醫治的連一點疤痕都看不出來的？這麼多年，大家都知道禾大公子貌醜可怖，陡然間摘下面具，是個翩翩公子，這多離奇，於是原本五分的長相，就變成七分了。」

禾晏在心裡忍不住給宋陶陶鼓掌，說得好有道理，要不是她自己就是那個戴面具的人，都快相信宋陶陶說的是真的了。

「那妳覺得飛鴻將軍和肖都督比起來，如何？」

宋陶陶想也不想的回答：「那當然是肖二公子了，禾家那位公子生得不如肖二公子好看！」

行吧，這世道到底還是以貌取人。

禾晏赧然開口：「我沒見過飛鴻將軍，我與他還是同姓呢，一直想親眼看一看他，不知此生有沒有機會？」

「那當然有機會了，不過那個禾大公子如今很得聖上看重，我離京之前，陛下就常常召他入宮。之前他堂妹過世，禾大公子幾日沒上朝，陛下還贈了不少東西。」

禾晏的笑容有些勉強：「妳說的，可是許大奶奶？」

「她是嫁給了姓許的人嗎？我不太清楚，她叫什麼我也不知道，這位姐姐之前並不在朔京，京城裡認識她的人很少，也沒有相熟的姐妹。只知道是飛鴻將軍的妹妹，才嫁人一年，就得了怪病瞎了，瞎了後自己在府裡逛園子，下人沒注意，跌進池塘裡溺死了。」宋陶陶唏噓道：「真是可憐。明明有飛鴻將軍這個哥哥做靠山，怎麼都不會過的差，只能說命苦。她叫什麼來著，禾什麼？哎，我真記不得了。」

禾晏心道，她叫禾晏，可惜的是，這個名字，註定要被淹沒在飛鴻將軍禾如非的名下，世人知道的，只是那個天生體弱，被送到莊子上長養的禾家小姐，飛鴻將軍的妹妹。她的名字，沒有人記得。

「那許大爺呢？」禾晏問：「許大奶奶死了後，他又如何？」

「我平日在府裡，不愛聽這些事情。隱約記得姐妹們提過，那個禾小姐的丈夫，在禾家小姐死了後，很是消沉了一陣子，著實情深。不過這種事，誰知道呢，」宋陶陶在這種事上，倒是有種超乎年紀的通透，她說：「男人的話，幾時能當真？說不準今日還在緬懷，明日就迎新人入府了。」

禾晏苦笑：「妳說的，極有道理。」

「你怎麼突然問我這些？」宋陶陶道：「可我知道的確實不多，你若是真想知道，應當去問肖二公子，他們同為武將，既是同僚，知道的應該比我多。」

禾晏心想，那還不是怕肖玨懷疑麼？眼下就已經不當她是自己人了，再打聽打聽禾家的事，肖玨怕是能將她的底都給翻出來。莫要自己還沒查出來什麼，先被揭穿女子的身分，連軍營都沒得待，那可就得不償失了。

說話的功夫，已經到了客棧門口，禾晏與宋陶陶上樓，宋陶陶道：「今日真是謝謝你了，我先進去換衣裳休息片刻，等下你陪我一起吃東西吧。」

禾晏笑道：「好。」

這姑娘雖有大小姐的習慣，喜愛吩咐人，卻並不令人討厭。禾晏待她走後，沒有回房，敲了敲隔壁的房門。

今日很好，房裡有人應答：「進來。」

禾晏一進去，就看見坐在桌前的肖玨。他正拿白絹擦拭面前的古琴，禾晏定睛一看，正是被她壓壞了的晚香琴。

「都督，這琴修好了？沒壞吧？」禾晏湊過去，低聲問道。

肖玨懶道：「何事？」完全一副不欲與她多說的模樣。

禾晏將背著的手從背後拿出來：「看！我今日出門給你帶了禮物！我雖然是陪宋姑娘買東西，可心裡還是惦記著你，這糖葫蘆送你！」

肖玨瞥了她手中的糖葫蘆一眼：「拿走。」

這麼不近人情，禾晏道：「別呀，我已經嘗過，可甜了！」

「我不吃甜食。」他漠然道。

禾晏瞧著他，心中腹誹，裝什麼裝。當年一同在賢昌館時，這人隨身帶著一個小香囊，當時與他相好的少年去搶，他護得緊。禾晏還以為是什麼了不得的寶貝，結果後來才發現，就是一袋桂花糖。

他每月兩天回家，再來賢昌館時，香囊裡又是鼓鼓的了。一個少年時便桂花糖不離身的人，現在跟她說他不吃甜食。這人怕不是在嫌棄這是用兩個銅板買的？

「你若不吃，就給飛奴大哥吃。」禾晏將糖葫蘆往桌上的筆筒裡一插，話鋒一轉，神情又軟下來，討好地笑道：「都督，我還有件事想與你商量。」

肖玨看向她，目光無波無瀾。

禾晏厚著臉皮繼續說道：「我今日陪宋姑娘出去，宋姑娘要買衣裳買首飾，之前爭旗得的銀子都已經花光了。我尋思著宋姑娘是你的外甥媳婦，就是你的親戚，我給你親戚買東西，這銀子雖然不該我出，可我對都督一片赤誠，怎麼能讓都督破費？就是……我現在自己也沒錢了，若是宋姑娘要再買個什麼，您能不能賞點銀子給我？我出去買東西沒錢，也不好丟了您的臉面是不是？舅舅？舅舅？舅舅？」

少年笑得格外諂媚，一雙眼睛閃著慧黠的光，如同少時獵過的一頭狐狸崽子。明明是會咬人的，可從人手裡討食吃的時候，便裝的格外乖巧溫順。

肖玨冷眼看著她，不為所動。

禾晏問：「行不行啊？」

這人回答的非常無情：「不行。」

「……真不行？」她猶自不甘心。

「不行。」

禾晏直起身子，恨恨地盯著他。她上輩子投軍的時候，曾聽人說過，一個人真正成長的那一刻，是從借錢開始。禾晏如今深以為然，她都如此低三下氣了，肖玨那麼有錢，居然一點也不給，他這是故意針對自己的吧！

肖玨抬起頭，神情平靜，嘲道：「我還記得我不是你舅舅，你是不是忘了，宋陶陶是程鯉素的未婚妻，不是你的。」

這話說的，禾晏想了半刻才想明白，她道：「你不會以為我對宋姑娘……」

肖玨垂眸，繼續擦拭琴身，「希望你還記得自己是誰。」

禾晏差點在心中破口大罵了，瞧瞧這說的是人話嗎？肖玨這是怕自己搶了程鯉素的未婚妻？笑話，當年若不是她主動離家，現在程鯉素哪來的這個未婚妻？還有，肖玨一心想做人家的舅舅，知道人家小姑娘想做他的大嫂麼？人家志不在此，他懂什麼？

禾晏心中生著氣，皮笑肉不笑道：「我當然記得我是誰，我是涼州衛爭旗得了『第一』的禾晏嘛。」她把「第一」兩個字咬的很重，又道：「都督不願意給銀子，就罷了。」她轉身要走，突然想起了什麼，驀地轉身，一把抓起桌上的糖葫蘆，「反正都督也不愛吃甜食，這糖葫蘆，我還是拿走自己吃吧。」

她洩憤地的咬了一大口下來，一邊嚼得「嘎吱嘎吱」響，一邊往外走，嘴裡還含糊道：「什麼右軍都督，就是個一毛不拔的鐵公雞……」

肖玨：「……」

外頭的飛奴剛好進來就聽到了這麼一句，望著禾晏走遠的背影，有些不解地回身將門掩上了。

肖玨抬頭看向他。

「少爺，他……」

「無事，」肖玨打斷他的話，「今日可有收穫？」

飛奴搖了搖頭：「禾晏一直陪在宋二小姐身邊，這一日也沒做什麼，就是在街邊逛逛買東西喝茶，未曾與人見面。」

肖玨點頭：「我知道了。」

「會不會與他接應之人並不是涼州城裡的人？」飛奴問，「我總覺得這個禾晏有點奇怪。」

身手異乎常人且不說了，明明是新兵卻懂得陣法也不說了，但偏偏又沒有被捉住把柄。可見他對肖玨的態度，真是膽大極了。尋常人……不會如此吧？

「他在我身邊，不至於出錯。你告訴赤烏，讓他來這裡接人。」

「少爺可是想讓赤烏陪在宋姑娘身邊？」飛奴問。

肖玨點了點頭：「袁寶鎮快到涼州了，宋陶陶不適合同行。會無好會，宴無好宴，」他淡道，「我們得做好萬全準備。」

飛奴應下：「屬下明白。」

接下來的幾日，過得很是愜意。

大約是第一日逛得太久，宋陶陶手上傷也沒完全好，這幾日都懶得出門。肖玨和飛奴還是白日裡常常不在，禾晏不好將宋陶陶一人扔在客棧，便只能陪著。

小姑娘倒是好哄，與她隨便說些從前從軍時候遇到的奇人奇事，就聽得認真的不得了。聽累了隨意在客棧樓下吃點東西，一日日也就過去了。禾晏自己是很想跟著肖玨他們一起出門，順便打聽些消息，奈何人家根本不帶她，分明是要排外，幾次下來，禾晏也是個有自知之明的人，懶得往前湊了。

這趟來涼州，實在不怎麼划算。唯一的盼頭，也就是那位監察御史袁寶鎮了，禾晏從來沒有如此這樣期盼一個人到來過，好在三日後，那位袁大人終於是到了涼州城。

這天上午，飛奴帶了一個人過來。

這也是個侍衛模樣打扮的年輕人，名叫赤烏，應當也是肖玨的心腹。他過來，是要帶宋陶陶離開。

「妳暫時不能留在這裡，赤烏會送妳去安全的地方。涼州的事了了，我再來接妳。」肖玨道。

宋陶陶看向禾晏：「那……程公子不跟我一起嗎？」

另幾個人的目光頓時朝禾晏投來，尤其是肖玨，眸光冷得不得了。禾晏霎時間就懂得了「你自己的麻煩自己處理」的含義。

她只好站出來，對宋陶陶笑道：「我要同肖二公子去做一件事，暫時不能陪妳了。妳放心，這位……赤烏大哥會保護好妳的。」

「什麼事，危險嗎？」宋陶陶又問。

禾晏尷尬之餘，又有些感動，孩子沒白疼，還知道問她危不危險，她笑道：「有肖二公子呢，不危險不危險，妳放心吧。」

「那你千萬小心。」宋陶陶叮囑完她，才一步三回頭的走了。

禾晏回過頭，對上的就是肖玨嘲諷的目光，她道：「我真沒做什麼……」

肖玨轉身就走，禾晏忙追上去，「舅舅，你別惱，宋姑娘雖然只問了我安不安全，沒有問你，絕不是因為覺得你性子太冷不好接近，而我親切溫柔討人喜歡，你千萬不要放在心上！」

「閉嘴。」肖玨停下腳步，審視的目光將她從頭到腳打量一番，哂道：「你有心思廢話，不如想想晚宴時怎麼才能不穿幫。程鯉素再怎麼說也是右司直郎府上的少爺，而你，」他意味深長的瞥她一眼：「裝的像嗎？」

撂下這句話，他便頭也不回的走了。禾晏愣了片刻，才反應過來這人又嘲笑她了。她朝著肖玨的背影吼道：「右司直郎怎麼了！」

說到底，她也是禾家出來的少爺，誰還不是個官兒了！她裝大戶人家的少爺裝了這麼多年，什麼裝不了？今夜非要讓肖玨刮目相看不可。

涼州城門，一輛馬車在人群中顯得格外顯眼。

這馬車裝飾的十分華麗，單是外頭，便用了上好的刺繡，繡著大幅山河圖。草叢中還有一隻白鶴，白鶴的眼睛竟是用黑晶做的，尤其精緻有趣。

有人撩開馬車的簾子往外看了一眼，不過片刻，就將馬車簾放了下來。

袁寶鎮拿帕子掩鼻，道：「這涼州城，風沙果真大，比起京城來差遠了。」

他如今四十有餘，事實上同孫祥福年紀也差不多多少，可比起孫祥福來，保養的實在得當。衣衫整潔精緻，面白無鬚，說話的時候含著三分笑意，很和氣的模樣。

「你說，肖玨來這種地方，不是自討苦吃是什麼？」他問身邊人。

他的身邊，還坐著一名侍衛模樣的人，模樣生的平庸，身材亦是瘦弱，若不是掌心虎口處的厚厚繭子，旁人只會以為這是個普通小廝而已。

「不知道。」這侍衛答道。

「罷了，反正今日就要見到了，待見了面，我再親自問問他。」袁寶鎮笑道：「哎，前面是不是孫家的人來了？」

孫祥福親自來接人了。

袁寶鎮面上顯露出滿意的笑容，「不錯，不錯，這個孫知縣，很懂禮。」

孫祥福看著停下來的馬車，擦了擦汗。本來監察御史到涼州，他雖不能怠慢，卻也不至於到城門口去迎接。只是如今他已經得罪了肖玨，若是再將袁寶鎮給得罪了，就一點活路也沒有了。他還指望著袁寶鎮給他撐腰，給肖玨吃點苦頭。自然得拿出十二萬分的心力來討好眼前這人。

袁寶鎮一下馬車，孫祥福就迎了上去，拱手道：「袁大人來此，下官有失遠迎，怠慢之處，還請大人不要怪罪。」

「哪裡的話，」袁寶鎮笑的和氣，「我見孫大人十分親切，孫大人不必如此客氣。」

兩人說笑一陣，孫祥福就道：「既然如此，就先請大人到府上歇下吧。」

袁寶鎮來涼州，是要暫且住在孫府上的。兩人又一道上了孫祥福備好的馬車，車上，袁寶鎮就問：「聽聞如今右軍都督已經到了涼州，不知現在可在府上？」

「肖都督暫且住在涼州城裡的客棧，說是有要事在身。今夜才到府上，說起來，下官還有一事要請袁大人幫忙。」

袁寶鎮目光一動，笑容卻一如方才，只問：「孫知縣是在為何事苦惱？」

「正是肖都督一事。我那不孝子，之前不小心衝撞了肖都督的外甥，我怕肖都督因此對我生出怨忿，今夜既然設宴為袁大人接風，還望袁大人在其中說和，將此事誤會解開。」孫祥福一臉赧然。

他雖然沒有明說究竟是何事，袁寶鎮也能猜到幾分。一個在涼州隻手遮天的知縣，能養出的兒子自然不是什麼良善之輩。那肖玨的外甥是右司直郎的小少爺，兩人起衝突，只怕孫少爺註定吃虧。

他心裡這樣想著，嘴上卻道：「我看孫知縣是將此事想的嚴重了。那肖都督又不是不講理之人，既是不小心衝撞，說清楚就是了。怎會還記恨在心？」

「話是這麼說，」孫祥福抹了把汗，賠笑道：「可肖都督……當年不也是這般處置了趙諾嗎！」

此話一出，袁寶鎮臉色就變了。

當年肖珏碑堂斬首戶部尚書嫡長子趙諾一事，大魏人人皆知。只是時間過得太久，旁人又當他是年少氣盛，便漸漸忘記。如今被孫祥福一提起，袁寶鎮就想起來。當初趙諾出事的時候，趙尚書第一個找到的人，其實是徐相。徐相遞了帖子，趙尚書上金鑾殿，對著陛下哭得一把鼻涕一把淚，陛下同情之至，卻沒有處置肖珏。

「伐木不自其本，必復生；塞水不自其源，必復流；滅禍不自其基，必復亂。」當時的徐相只說了這麼一句話，「此子不除，日後必成我心腹大患。」

他們想的都是趁著肖珏年少還未長成的時候速速將他除去，可自他帶著南府兵去了南蠻，就再也沒給旁人留下這個機會了。他成長的速度驚人，不過幾年時間，當年那個斬殺趙諾，世人皆認為不可理喻之人，現在再去做這些事，旁人也會覺得稀鬆平常。

這就是肖珏在這幾年裡，所做的成果。

他比肖仲武要厲害得多，也要年輕得多。

「大人，袁大人？」見袁寶鎮神情有異，且沉默不語，孫祥福不明所以，惴惴不安地開口。

「無事，我只是想到了別的事而已。」袁寶鎮笑道：「既然今夜肖都督來赴宴，我就替你跟他說一說，只是肖都督這人的脾性，我也摸不清楚，若是他不聽我的，你可別記怪。」

「哪裡哪裡，」孫祥福感激涕零，「袁大人願意開這個口，下官已經很高興了。」

袁寶鎮笑著搖頭，心思早已飛到了別的地方。

肖珏再如何厲害又怎樣，他此次來涼州，也就是為了替徐相除去這個心腹大患而已。

但願一切順利。

到了傍晚的時候，禾晏要同肖珏出門了。

他們此去，就是去孫祥福府上，因此才要把宋陶陶送走，否則孫凌看到宋陶陶，或是宋陶陶看到孫凌，指不定要出什麼岔子。

因是要赴宴，禾晏便特意換了一件很「程鯉素」的衣裳，蜜和色的袍子，袍角依舊繡了一尾紅鯉，程鯉素穿這衣裳穿得可愛天真，禾晏穿著又是不一樣的感覺，瞧著明朗疏闊一點，但也是個清俊少年。她又挑了一支同色的簪子插在腦袋上，還不忘拿上那把摺扇，半開摺扇橫於胸前，再看銅鏡裡的人，自覺頗為滿意。

待整理好之後，禾晏一腳誇出門，剛出門，就看到了站在門口的肖珏。

他也換了身衣裳。是件深藍暗紋的雙鶴錦服，今日沒有戴金冠，只插了一支紫檀木簪，瞧著是清簡，細細看去，料子刺繡皆是上乘。他本就生的格外俊美，如此裝束，便少了幾分冷漠，多了一絲英秀，玉質金相，實在是個矜貴優雅的動貴公子。

禾晏心裡想，原先那個明麗的美少年，終是長成了這般秀逸的美男子，看起來像是沒變，看起來，又好像和過去全然不同。

肖玨一側身，對上的就是禾晏略有些發呆的目光，他勾了勾唇，道：「把你的口水擦乾淨。」

禾晏下意識地擦了擦，隨即回過神：「哪有？」

「你看起來像個傻子。」他話裡話外都是嫌棄，「還想瞞過袁寶鎮？」

禾晏一聽此話就不服氣了，「唰」的一下展開摺扇，十分風流，她走到肖玨身邊，淺笑盈盈，低聲道：「我這個樣子，若是在朔京，不敢提都督，至少也該與程公子相提並論。否則，宋姑娘臨走時為何獨獨囑咐我，而不是囑咐你？」

少年眼角眉梢都是笑意，眼睛晶亮如星辰，卻還是止不住傻氣，肖玨嘲道：「因為你蠢。」

「什麼？」

「蠢人總是需要諸多提醒。」

禾晏蹙眉，「舅舅，你是是不是特別討厭我？」這個人，一日不擠兌自己能死嗎？

「你是我外甥，我怎麼會討厭你。」肖玨似笑非笑地瞥她一眼，吩咐飛奴，「出發。」

第三十一章　宴無好宴

孫府位於涼州城城西的中央，周圍距離坊市不遠，但又不會過分嘈雜。四處的宅子修的又大又漂亮，肖珏不喜乘車，兩人就一道乘馬前去。飛奴沒有跟著，不知道在何處。他既沒有如赤烏一般護著宋二小姐，也沒有跟著肖珏一起赴宴，禾晏猜測，大概是幫肖珏辦事去了。沒有了飛奴，同行之人便只剩了禾晏與肖珏兩人，平日裡飛奴雖然寡言，但禾晏與他說話，好歹還能搭上兩句。單獨與肖珏待在一起，禾晏就莫名緊張起來。好在他們騎馬趕路，也不必說什麼話，大概三炷香的功夫，已經到了孫府門口。

孫府門口的小廝見到他們二人，應當是提前得了孫祥福的招呼，立刻熱絡地迎上前來，道：「這位應當是肖都督吧？這位是程公子？老爺已經在前堂等著了。」他接過肖珏與禾晏的馬，一邊吩咐另一個婢子：「映月，帶肖都督和程公子進去吧。」

那名叫映月的婢子生的亦是十分貌美，本來已經九月，秋日的夜晚早生出涼意，卻只穿了薄薄的紗衣，若說沒穿，還是多了一層，若說穿了，這能遮得住什麼？禾晏差點控制不住自己給這姑娘披上一件外裳，他們兵營裡的漢子就曾說過，年少時常打赤膊，午老時，難免時常腿疼腰疼的。何必呢？

映月開口了，聲音婉轉若黃鶯出谷，「都督請隨奴婢來。」一邊說，一雙含情脈脈的雙眸盯著肖珏的眼睛，嬌得能滴出水來。

禾晏縱然是個傻子，也明白這婢子是瞧上肖珏了。好吧，這世道上畢竟如宋陶陶不一般的姑娘不多，世人皆俗人，肖珏那張臉長得還挺能唬人的，對他鍾情的姑娘數不勝數，禾晏早該料到。

不過任你落花有意，郎心似鐵，肖珏看也不看這婢子一眼，反是側頭瞥了禾晏一眼，冷聲道：「發什麼呆？」

「啊？」禾晏回過神，見他已經往前走去，連忙跟上。心道這人果真有病，放著如花似玉的姑娘不看，找她的碴做什麼？

兩人隨這婢子一同跨入孫府的大門。

孫府修繕的十分豪奢。

京官們的宅子，禾晏不是沒有見過，也就那樣。禾家雖然比不得肖家，但也算個官兒，在朔京叫得出名字，孫府竟能和禾家修繕的不相上下。可這不是朔京，而是涼州，孫祥福也不是京官，只是個知縣。

三年清知縣，十萬雪花銀。這話說的不假，禾晏看著那些山石盆景，琉璃玉瓦，不覺心中驚嘆。一個知縣的俸祿如何買得起這些，孫祥福不知道搜刮了多少民脂民膏。也是，看孫凌那德行，孫家父子在涼州作惡不少，幾乎就是半個土皇帝了。

她心裡思忖著，殊不知自己的模樣，亦被身邊人看在眼裡。

肖珏眸光微動。

少年人穿著程鯉素的衣裳，卻不如程鯉素跳脫天真。雖說人靠衣裳馬靠鞍，但一個底層的新兵，去裝一個大戶人家的少爺，無論如何都會露出馬腳。做過的事，見過的人，會鐫刻在人的身體中，成為清晰的痕跡。

每個人的痕跡都是不同的。

禾晏的眼中有感慨，有沉思，唯獨沒有瑟縮和緊張。倘若第一次做這種事，去這種地方，這樣的反應，未免說不過去。

正在這時，映月已經停下腳步，朝裡頭道：「老爺，肖都督與程公子到了。」

頓時，裡頭響起孫祥福誇張的聲音：「肖都督來了！下官還怕都督與小公子不來了，來了就好，來了就好！」

禾晏抬眼望去，這人誠惶誠恐的模樣，哪裡還有前幾日在客棧裡初見時候的威風，做官做成這個樣子，也不怕人笑話。

孫祥福不等肖玨說話，又側身回頭，露出身後的人，笑道：「袁大人也已經到了。」

這就是袁寶鎮？禾晏朝他看去。便見個面白無鬚的中年人正朝他們和氣的笑，霎時間，就與禾晏記憶中的樣子重疊起來。

她第一次見到袁寶鎮的時候，是在禾家的書房外，那時候禾如非已經去領了功勳，脫下面具，真正成為了「飛鴻將軍」。而她作為禾家二房的小姐，等著日子就要嫁入許家。她當時看見此人，還愣了一下，沒料到禾如非這麼快就在朝中交到了友人。

她後來問禾如非那人是誰，禾如非說是當今監察御史袁寶鎮。

「你和他在一起，是要做什麼事嗎？」禾晏當時只是隨口一說。

禾如非看向她，古怪地笑了一下，他道：「妳現在要做的是繡好妳的嫁衣，而不是管這些事。禾晏，」他湊近了一點，語氣裡含著禾晏無法理解的莫測，「妳要記住，妳現在是禾家二房的小姐，是女子了。」

禾晏不以為然，她又不會刺繡，嫁衣也不是她在繡。只是禾如非話中的意思她也聽懂了，禾如非在警告她，讓她莫要再和飛鴻將軍扯上聯繫。

是怕被人發現真相嗎？禾晏心中冷笑，可笑她當時，竟沒發現禾如非話中的重重殺機。

如今乍然見到堂兄的這位友人，她應該如何才能得到自己想要的消息？

不等禾晏想清楚，袁寶鎮已經上前，先是朝肖玨拱手行禮：「都督。」隨即又看向禾晏：「這就是程公子了吧？」

禾晏盯著他，露出驚訝的笑容：「袁大人。」

「早就聽說小程公子少年英武，器宇不凡，如今一見，果不其然。」袁寶鎮笑咪咪道：「果然英雄出少年！」

禾晏：「……」

程鯉素不是京城有名的「廢物公子」嗎？虧得這人說的下去，明白了，要在大魏做官，大抵第一件事就是要學會這「見人說人話，見鬼說鬼話」的能力。

禾晏只好道：「過獎，過獎。小子慚愧。」

他二人在這裡客套談話，孫祥福搓了搓手，侷促地開口：「都督，下官有個不情之請。」

肖珏：「何事？」

「犬子前些時候不是衝撞了都督和小公子嗎？」孫祥福顯得十分不安，「雖然下官教訓了他，但這孩子自己心裡十分愧疚，想親自來跟都督和小公子道歉。下官想，他既然知道錯了，下官就腆著這張老臉來求都督，好讓這不孝子有個道歉的機會。」

「人非聖賢孰能無過，」袁寶鎮在一邊幫腔，笑咪咪道：「況且此事只是一個誤會，將誤會解開就是了，都督不會計較的。你快叫孫少爺過來，與肖都督澄清就好。」

「果真？」孫祥福激動地對小廝吩咐：「快去叫少爺過來！」

禾晏見他們二人一唱一和，根本沒過問肖珏就自己把戲唱完了，便知道這兩人定然事前已經商量好。這袁寶鎮，看來和孫祥福是一路貨色，也是，能和禾如非走得近的人，能是什麼良善之輩？

那孫凌就跟等在堂廳外面似的，這話說完不久，就隨著婢子進來。一進來就「撲通」一聲給肖珏跪下，禾晏差點沒把自己舌頭咬了。

這人之前還耀武揚威，不可一世，如今不過幾日，看著就憔悴了一大圈，整個人像是大病了一場，穿著極其簡樸，對著肖珏行了個大禮，虛弱地開口道：「之前是我不懂事，與程公子起了爭執，如今我已知錯，還望都督和程公子能原諒我年少輕狂，我定重頭改過，永不再犯。」

年少輕狂是這麼用的嗎？看他的樣子也不年少了啊。禾晏才不信這人幾日時間就真能做到永不再犯，她看向肖珏，肖珏神情漠然，既沒有說好，也沒說不好，氣氛一時僵住了。

這個圓場，禾晏還是要打的。反正都是唱戲，這戲不唱下去，宴席上豈不尷尬？她笑咪咪地盯著孫凌的髮頂，道：「這是說的哪裡話，當日只不過是一場誤會，孫少爺不必放在心上。就是日後可不能再認錯人了，這次遇到我和舅舅還好，要是遇到的是什麼獨斷專行的人，你縱然是道歉一百次，也不會有結果。」

他一說話，孫祥福便鬆了口氣，趕緊罵孫凌道：「還不快謝謝程公子。人程公子比你還年少，比你有出息多了！」他大概也是沒得可誇的了，乾巴巴的拋下一句：「日後多跟程公子學學！」

孫凌又趕緊對禾晏說了一堆好話，聽得禾晏隔夜飯都要吐出來了。她實在不愛聽這些話，這假的，真能唬得了人？

將這一齣「知縣少爺負荊請罪」的戲碼唱完，孫凌就回屋去了。據他爹說，上次孫凌回家後還受了一頓家法，重病一場，下不得床，今日是撐著身子過來給肖玨請罪。如今罪請完了，還得回床上躺著。

禾晏笑道：「那孫少爺快去快去，莫要傷到了身子。」

這是怕在宴席上又起了什麼么蛾子，畢竟他這兒子瞧著就是個惹禍精。

等孫凌走後，孫祥福便道：「肖都督請坐，程公子也請坐，等天色再晚一點，府中設有歌舞，到時候再一同入宴賞舞。」

禾晏挨著肖玨坐下來，接下來都是孫祥福說話。說的話也沒什麼特別的，無非是問禾晏與肖玨在涼州城裡住的習不習慣，涼州城最近天氣……都是些沒什麼意義的寒暄。

禾晏的心思，卻一直在袁寶鎮身上。

袁寶鎮與禾如非，應當算得上是友人吧？至少她見袁寶鎮出入禾家，可不只一次。且與禾元盛父子的態度，也不像是點頭之交。那麼此次袁寶鎮到涼州來，禾如非可知道？定然是知道的了。若是好友，或許臨走之前還會踐行，那禾家近前是個什麼情況，禾如非接下來一段日子的打算，袁寶鎮應當也清楚。

但袁寶鎮如何能與她這個「程鯉素」說這麼多？

禾晏想的出神，忘了掩飾自己的眼神，那袁寶鎮也不是常人，餘光一掃，便察覺出禾晏一直盯著自己看。他倒也什麼都沒說，仍然笑咪咪地側耳聽著孫祥福說話，偶爾搭上兩句，一眼看起來很是平常。

等又過了一陣子，天色完全黑了下來，孫祥福站起身，笑道：「我瞧著時間差不多了，咱們到堂廳入宴吧。」

這自然沒有異議，孫祥福走在最前面帶路，禾晏與肖玨在後，袁寶鎮在她的右邊。禾晏想著禾如非的事，目光又忍不住落在袁寶鎮身上。

她正想著事，冷不防忽然間，袁寶鎮側過頭來，他是官場中人，多有城府，此刻不笑了，一雙眼睛閃爍著攝人的精光，著實嚇人，竟是將禾晏逮了個正著。

禾晏心中一驚，暗道被發現了，還沒來得及說話，便覺得自己手臂被人輕輕一扯，下一刻，一個人擋在她身前。

肖玨冷淡的嗓音落進她耳中：「好好看路。」

她訝然望去，肖珏比她高，這樣一來，袁寶鎮駭人的目光，便全被他擋住，一點也看不見了。肖珏亦是看向對方，彎了彎唇角，「袁大人一直盯著我外甥看做什麼？」

袁寶鎮愣了一下，隨即笑起來，道：「沒有，都督大概是看岔了。」他轉過身，不再去看禾晏，彷彿剛剛發生過的事，只是一個無足輕重的玩笑。

肖珏繼續往前走了，禾晏怔了片刻，跟了上去。心中卻有些異樣，那一句「我外甥」，雖然指的是程鯉素，但護的是她，這種上頭有人護著的感覺，她很久沒有過了。

或許，從來都沒有過。

等到了堂廳，宴席已經設好，四處分設矮長席，禾晏挨著肖珏坐了下來。中間堂廳處空著的地方，大約是為了接下來的歌舞。禾晏其實不大明白，何以這樣的宴會，中間都要請貌美女子來歌舞助興？須知真正的大家，才不屑與此道。

但孫祥福畢竟不是真正的大家。

再一看桌上的菜肴，禾晏不禁咋舌，什麼祥龍雙飛、佛手金卷、鳳尾魚翅、干連福海參。京城中的三品官眷府中做宴，也就是這個樣子了。看來孫家的日子，過得十分滋潤。

她又側頭去看肖珏。不得不說，平日裡肖珏冷著一張臉，這也不行，那也不行，一到宴席上，倦懶地坐著，便少了幾分淡漠，骨子裡的幾分閒散，全被勾勒出來。禾晏倏而想起，這人本就是京城中真正的少爺，少時也曾如此今日赴酒會，明日宴良夜，公子做派十足十，如此，宴席中的他，頓時就有了少時肖家小少爺的影子。

「你看我做什麼，」肖少爺嘴角勾著，聲音低低，落到禾晏耳中，「小心露餡。」

禾晏輕咳一聲，「我被舅舅的風姿所驚，一時走神而已。」

她慣來會拍馬屁，莫名其妙的話張口就來，肖玨也懶得理會她。正在這時，袁寶鎮就開口了，他道：「肖都督與程公子的感情，倒是極好。」

「自己人，當然好。」肖玨不鹹不淡地回答。

袁寶鎮本就是為了尋個話頭，當然不會在意肖玨的態度。他拿起桌上的酒盞，笑道：「我一直不明白，涼州苦寒之地，肖都督在朔京好過此處多矣，何以會來涼州駐守？」

禾晏聞言，心中一動，她也好奇這個問題。肖玨如今是右軍都督，整個南府兵都在他手中，完全不必帶一支新兵來此。當初禾晏還以為他是被貶職了，可看他在孫祥福面前的囂張模樣，倒也不像是被貶職。

肖玨看了袁寶鎮一眼，沒有回答他的問題，反而笑了，他反問道：「袁御史以為，我是為何？」

這人怎麼又把球給踢回去了。

袁寶鎮也是個厲害人，面上笑容絲毫不變，立刻用起官場中人人必備的能力，說鬼話，他道：「我想都督定是擔心新兵難帶，換了旁的將領未必能帶好，都督向來不懼艱苦，才主動請纓來涼州駐守。」

半晌，肖玨才道：「是嗎？」他漫不經心地問：「御史大人的意思是，覺得本帥到涼州是好事了？」

「當然。」

肖玨瞥他一眼，漠然笑道：「我以為袁御史要說的不是這個。」

「哦？」袁寶鎮笑問：「肖都督這是何意？」

「末大必折，尾大不掉。」他意味深長的開口，「袁大人難道不是因為這個，才親自跑一趟涼州？」

氣氛登時凝固了，孫祥福一句話都不敢說，夾著尾巴做人。袁寶鎮的笑容也險些堅持不下去，禾晏側頭看著肖玨，心裡頭忍不住給肖玨叫了一聲好。

你恭維我，我恭維你這種話說的，實在沒什麼意思。都是假話，一場宴會到結束，也得不出什麼有用的事。看人家肖二公子多厲害啊，一句話堵得別人啞口無言。

這宴上的暗藏的玄機，早就該如此坦蕩蕩的擺在檯面上！

袁寶鎮頓了片刻，才笑道：「肖都督真會說笑，我來涼州，不過是奉命巡視而已。」

肖玨不置可否。

「不知都督衛所新兵操練的如何？」袁寶鎮又問：「是否已有良兵強陣？」

肖玨似笑非笑地看著他：「這也是袁御史巡視的內容之一？」

袁寶鎮雖過去聽過肖玨的名聲，與他打過照面，但這般真正坐下來交談還是第一次。因此，也才頭一回真正領教了這位少年殺將的桀驁不馴。難怪當年殺趙諾，誰說都不頂用，光是和這位少爺坐下來說話，便已經身心俱疲。

他慣來保持的笑容，第一次有些堅持不下去，只道：「我也是關心關心。」

「袁御史關心的，恐怕不止涼州新兵，」肖玨慢悠悠道：「南府兵，九旗營，不如也一道關心關心？」

這話袁寶鎮沒法接。

孫祥福左看看，右看看，兩位都是他惹不起的人物，但也不能讓好端端的宴席充斥著這般刀光劍影，便忐忑著出來打了個圓場，「我說，兩位大人都已經說累了吧，不如先停下來，欣賞欣賞歌舞？吃點東西，這酒是葡萄春，新釀的，諸位嘗一嘗。」他又吩咐身邊的婢子，「快叫映月過來。」

不多時，便有幾位貌美少女踏入堂廳。為首的，正是方才引禾晏他們入場的婢子。她這時又換了身衣裳，紅裙上繡著叢叢梅花，水袖長長，重新妝成，方才只是嬌滴滴的美人，此時卻有了豔光四射的絕色之相，只是同樣的，依舊深情款款地看著肖珏。

合著坐這兒這麼多人，禾晏且不說，好歹袁寶鎮也是個官兒，這姑娘獨獨盯著肖珏一人看是怎麼回事？這目標也太明確了吧？禾晏心裡想著，去看肖珏，就見這人目光裡冷的如冰，一點都不為所動。

禾晏覺得，他看飛奴的眼神，都比看這姑娘柔和，肖珏莫不是有什麼問題，比方討厭女人之類的？

她這般想著，映月已經帶著其餘幾個侍女，盈盈行禮，道：「奴婢們獻醜了。」

彈箏的姑娘，彈的是〈長相思〉。纏纏綿綿的曲子，配著絕色少女，當是一幅絕美畫面。這裡頭，禾晏是個姑娘，肖珏壓根兒不感興趣歌舞，袁寶鎮方才被肖珏那麼一通說，心思早已飛到了其他地方，最為滿意的，大概只有孫祥福本人。

孫祥福本人對這個舞姬大概也是愛憐有加，可這位映月姑娘也是個以貌取人的。那長長的水袖甩的，皆是朝著肖玨的方向。媚眼拋的能酥到人的骨頭裡，次次都對著肖二公子。

禾晏百無聊賴之下，還數了數，映月統共對孫祥福拋了五個媚眼，對袁寶鎮拋了三個，對肖玨拋了十七個，對自己一個都沒拋。

她居然還是墊底的，憑什麼瞧不起人？

赴宴就赴宴，還帶這麼打擊人自信的。禾晏心道，可能也不怪她，誰叫她今日穿的衣裳不對呢？這顏色顯黑。

她伸筷子，夾了一塊點心。這是孫祥福的家宴，孫祥福沒膽子在這裡面下毒，禾晏嘗了嘗，味道還不錯。

一曲罷了，映月的額上滲出亮晶晶的汗水，美人香汗，更加楚楚動人，她臉蛋紅撲撲的，對著眾人行禮。

「好、好、好！」只有孫祥福一人在認真看舞，他拊掌道：「妙哉妙哉！諸位覺得如何？」

肖玨自然不會回答他，袁寶鎮也只是笑了一笑，禾晏便道：「果真群芳難逐，天香國豔！」

「小公子也覺得好？」孫祥福神情彷彿覓得知己般的激動，道：「那將映月送給程公子如何？」

這也能行？禾晏身子一僵，擺手道：「不行不行，我已有未婚妻，只怕不妥。」

「啊。」孫祥福立刻遺憾，道：「那真是可惜了。」

現在官員們赴宴，還時興隨時給對方塞美人的？是不是有病？禾晏正感到匪夷所思，就聽見孫祥福又笑道：「映月，那妳去伺候肖都督吧。」

禾晏：「……」

她懷疑萬花閣怕不是這位孫知縣開的，否則這說話的語氣神態，為何如此肖似老鴇。縱然是老鴇，也該有眼色，尋常人難道看不出來，肖玨全身上下每一寸地方，都寫著拒絕？

有人眼睛瞎了，其實心裡明鏡兒清。有的人還看得見，其實他已經瞎了。

好在這位映月姑娘，倒也知道分寸，沒有做出什麼摸手靠近的傻事，只是站在肖玨身邊，為他布菜。

禾晏的身邊也有個婢子，正為她布菜，她抬起頭，見袁寶鎮坐在她的側對面，身後布菜的卻不是婢子，而是個侍衛模樣的人。

奇了，難道他才是那個討厭女人的人？

禾晏朝他身後的侍衛看去，本是百無聊賴一看，乍看之下，便覺得血液幾乎要凍住，整個人僵在原地。

那侍衛生的並不如何高大，甚至在侍衛裡，算得上瘦弱矮小了，五官亦是平庸至極，藏在袁寶鎮身後，幾乎要陷入暗色中，讓人很難察覺有這麼個人。他一直不吭聲，禾晏從見到袁寶鎮開始，也就沒有注意到他，此刻一看，登時如遭雷擊。

一瞬間，桌上的酒宴菜肴全都不見，景處如走馬觀花，飛快倒退到那一日。她坐在許家府中，貼身丫鬟送上一碗湯藥，說是廚房特意熬煮，用來補身子，只盼她早日懷上麟兒，為許家添丁。

景致正好，陽光明媚，她坐在桌前，看著窗外，就看見一小廝模樣的人經過，丫鬟笑著解釋，今日熬湯的藥材，就是這小廝送來。

這是禾如非的小廝，是禾家的人。

禾晏當時新婚燕爾，雖因許之恒偶有失落，但到底沒有放在心上，對禾家，尚且還存著一絲溫情。萬萬沒想到，這送來補身子的藥材，要的是她的眼睛。

那是她前生最後一次看見陽光。第二日，她就高熱不退，再然後，就瞎了一雙眼睛。

只是極短的一瞥，可她已經將此人的面目記在心裡反覆回憶，如今縱然他換了侍衛打扮，跟在袁寶鎮身邊，她也能一眼看出來。

「我們同飲一杯吧。」孫祥福舉杯笑道。

晶瑩的酒漿倒入白玉盞，她見身側的男子舉盞湊於唇邊，一瞬間，過去種種盡數浮現眼前，禾晏恐懼至極，只覺得從前一幕即將重演，驚怒交加之下，一掌便劈飛肖玨手中的酒盞。

「別喝！」

她的聲音如一柄利劍，含著似血的淒厲，將宴席上的其樂融融驀然打斷。

變故就是在這時候發生的。

站在肖玨身邊的映月，手裡正捧著酒壺，她方才倒過酒，還沒來得及收回。禾晏話音剛落，彷彿得了什麼信號，那壺酒下眨眼間顯出一把匕首的形狀，毫無猶豫，直刺向肖玨。

年輕男子神情淡定，未見半分驚慌，手中玉盞直飛而去，在空中與匕首相撞，撞了個粉碎，也撞停了衝向自己的刀尖。

霎時間，四面風聲頓起。剛剛歌舞過的美貌女子並未全部退下，都分立左右，隨即皆朝肖珏迎面撲來，這竟是一場精心策劃的謀殺。

「舅舅！」禾晏喚道，但見那青年一拍桌子，長劍落入手中，被十來人圍在中間，只冷聲吩咐他道：「躲遠點！」

孫祥福似是被這突然而來的變故驚呆了，嚇得抱頭躲在長幾之下，還不忘喊道：「來人啊，快來人——」

禾晏卻是一心注意著袁寶鎮身後的侍衛，她原以為，此人既是禾如非的人，跟在袁寶鎮身後只怕有其來意，但當時驚怒之下，只顧著桌上的酒，不曾想過周圍的女子竟是刺客。袁寶鎮被身後的護衛護著往後退了幾步，神情慌張。

那侍衛竟沒出手。

莫非今日的刺客是個巧合？禾晏心中這般想，再看被圍在中間的肖珏，差點氣炸。

刺客皆是女子，方才上場跳舞的女子也好，彈箏的女子也罷，個個身體輕盈，瞧著溫溫柔柔，下手卻招招毒辣。袖裡藏著袖箭，水袖拂揚間，那些暗器便朝肖珏飛去。

諸大夜宴，便只有肖珏以一擋十。禾晏前生上戰場也好，今生演武場比試也罷，都是光明正大，坦坦蕩蕩，哪裡見過這般陰私齷齪的手段，一時間義憤填膺，見到桌上用來切割烤鹿肉的小刀，便一把抓起，衝進人群之中。

「舅舅，我來幫你！」

禾晏話說到一半，忽然想起自己如今是「程鯉素」，朔京裡的廢物公子怎能會武？只怕不能光明正大的亮出武藝，她心念轉動間，便嚷道：「這些人的袖子怎麼這樣長？我都看不到你了！」說話間，便扯住一個女子的袖子，匕首一劃，水袖應聲而斷。

水袖霎時間變成短袖，再動暗器，動作就明顯了。禾晏就這樣一邊嚷著一邊在人群裡打轉，她身姿輕盈，如泥鰍般滑不溜秋，人人想來捉她，偏又捉不到。但見這少年一邊尖叫一邊大罵，竟將場面弄得有些滑稽。

肖玨一劍揮開面前女子的刀，轉頭瞥了她一眼。

禾晏還在嚷：「救命啊殺人啦！」一掌擋開衝至眼前的飛鏢，順便踹了旁邊女子的臉一腳。

肖玨嘴角抽了抽。

那些歌女的目標本就是肖玨，所有的毒辣手段暗器皆是衝著肖玨而去，陡然間闖進這麼一個少年，全被打亂。映月臉色鐵青，五指合攏，恨聲道：「可惡！」直劈向禾晏的天靈蓋。禾晏「啊呀」一聲叫著，躲到肖玨身後，一邊叫著「舅舅救我」，一邊心中驚訝。

這十來個女子，個個身手不凡，絕不是一朝一夕能練成。這等手法，反而像是專門為了殺人而訓練的死士。

肖玨究竟得罪了什麼人？竟要下這等手段來殺他？

這群女子中，尤以映月手段最高，倒也不是最高，實在是她手中暗器層出不窮，棗核箭、梅花針、峨眉刺、鐵蓮花……禾晏都不知她那袖中，究竟如何放得下這麼多暗器。然而肖玨似乎並不想要此人性命，劍尖避開了要害。

禾晏知他年少時便劍法超群，身手極其出眾，如今久別重逢，第一次見他出手，竟是如此場面。刺客無可近身，皆傷於飲秋劍，倒地不起，而他一扯映月袖子，手臂轉動，映月被扯得上前，下一刻，他的劍尖直指映月喉間。

青年嗓音低沉，彷彿比方才的琴聲悅耳，含著無可掩飾的殺意，凌厲逼人。

「誰派妳來的？」

禾晏忍不住去看袁寶鎮身後的侍衛。那侍衛護在袁寶鎮身前，於是方才藏在暗處的臉，此刻便顯現出來。他的神情亦是十分慌亂，彷彿也沒料到會發生這種情況，瞧不出一點端倪，然而，禾晏看到，他的手指食指緩慢的彎了彎，彎成一個半圓。

沒有人會在這種時候注意一個護衛，那手指的動作，極其微小，若非禾晏一直關注著他，定然是要被忽略的。

多年養成的直覺令她下意識回頭去看，但見門口一直抱頭藏在幾下的守門小廝，朝肖玨撲去。

「小心！」

肖玨正指著映月，禾晏顧不得其他，一掌將肖玨推開，那人撲到身前，被肖玨一刀刺破喉嚨。

一直行刺的都是女子，何人會留意到這個小廝？況且從變故發生的第一時起，這人就如所有手無縛雞之力的下人一樣，躲在矮几下。誰能料到他才是最後一顆棋子。

「可有事？」肖珏擰眉問她。

禾晏搖了搖頭。

地上的映月卻突然笑起來。

滿場死寂中，她的笑容就格外刺耳。禾晏轉頭看去，美人唇邊帶血，神情卻狠戾。

禾晏上前一步，問：「你們是誰？為何要害我舅舅？」

映月看向禾晏，神情凶狠：「若不是你出來攪局，今日何至於此！你永遠也不會知道，我的主子是誰……」

她唇邊咳血咳得越來越多，流出的血也是不正常的黑色，再看周圍女子，皆是如此。禾晏便明瞭，果真是死士，一旦刺殺失敗，便自絕身亡。

「是嗎？」肖珏看著映月，忽然勾唇笑了，眸光嘲諷，他道：「天下間想殺我的人，數不勝數。但如此心急的，也只有一個。」

「妳主子送的這份大禮，我收下了。希望我的還禮，妳家主子能受得起。」

映月臉色劇變。可她本就已經服下毒藥，不過片刻，臉色灰敗，同其餘十來個女子一樣，香消玉殞，再也沒了氣息。

肖珏抬腳跨過她的屍體，到廳中站定，看向藏在矮几下嚇得發抖的孫祥福，他斥道：「孫知縣，你不妨解釋一下，為何你設宴，府中婢女會向我行刺。你這是，蓄意謀害本帥嗎？」

孫祥福早已嚇得腦子一片漿糊，聞言更是差點眼淚都掉下來了，他見刺客都死了，才敢從矮几下站出身來，忙不迭地解釋：「都督，我真的不知道，我真的不知道啊！借我十個膽子，我都不敢謀害您！這些歌女是我半月前才接回府中的，我……我不知道是刺客啊！袁大人，袁大人您快幫我解釋一下，我、我這真不知道是怎麼回事！」

一直沒吭聲的袁寶鎮也回過神，拍著胸脯，心有餘悸道：「孫知縣，這不是你知不知道的問題。這些歌女都是你府上的人，今日若是肖都督真的有個三長兩短，你怎麼也脫不了干係。我看此事並非表面上看到的這般簡單，還是先將這裡收拾一下，請仵作來看看，這些人到底是從何而來，什麼身分。」

他又看向肖玨：「肖都督也受驚了，不如先梳洗一下，換個地方，聽孫知縣說說這到底是怎麼回事。我想這些歌女，只怕是有備而來。」

肖玨似笑非笑地看著他，道：「好啊。」

這一場夜宴，到中途便戛然而止，但此刻眾人顯然也沒了繼續的心情。堂廳裡一片狼藉，仵作並著衙役們很快過來，將歌女的屍體抬走，袁寶鎮問：「要不要搜搜她們身上可有什麼信物？」

「既到孫府半月，信物早已藏好，怎麼會留到身上等人來搜。真的有，恐怕也是嫁禍他人，」肖玨盯著袁寶鎮，淡淡道：「袁大人可不要中計了。」

袁寶鎮頭皮一緊。

肖玨沒再理會他，側頭，就看見禾晏呆呆地站在原處，忽然記起，她好像從方才起，就沒怎麼說話了。

是被嚇壞了？

「愣著幹嘛，走吧。」他對禾晏道，剛說完，便感到自己袖子被人扯出。

「舅舅，」那少年仰著頭，向來笑嘻嘻的臉上，沒了笑容，罕見的帶了一絲緊張，目光亦是茫茫然，落在他臉上，好像又沒有看他。他道：「剛剛那個小廝衝過來的時候，我將你推開了，他撒了一把東西在我臉上，我眼睛有點疼，」她的聲音小小的，沒了從前的飛揚，有些慌張，「我好像看不見了。」

大夫一個接一個的進去，又很快出來，神情惶恐，每個人都搖頭不語，唉聲嘆氣。

肖玨的臉色越來越沉。

孫祥福在一邊看的心驚膽戰，誰能想到，肖玨的外甥，那個跟在肖玨身邊的少年會被刺客傷了眼睛呢？大夫也只能扒開他的眼皮看看，這少年只說看不見，涼州城裡又沒有什麼神醫，能找到的大夫都找來了，皆是沒有辦法。

地上那些藥粉，早已被風吹走，一點痕跡都沒留下，連毒都不知道是什麼毒，如何能解。所幸的是這少年只有眼睛受傷，其餘地方還好，否則若是傷及性命，不知都督要如何大發雷霆。

「都督，」孫祥福諾諾地道：「下官再去請名醫來，小公子吉人自有天相，定然會沒事的。」

肖玨：「滾開。」

話裡的怒意，誰都能聽得出來，孫祥福不敢在這個關頭觸怒肖玨，匆匆說了幾句，趕緊逃命似的退下了。

肖玨站在屋外，頓了片刻，才往裡走去。恰好與最後一個大夫擦身而過，他見那少年坐在榻上，神情平靜，不知在想什麼，片刻後，又用手在自己面前比劃比劃，彷彿不肯相信自己看不見似的。

因她叫疼，大夫也不敢用什麼藥，只找了些舒緩清涼的藥草敷在乾淨的布條上，拿布條綁了眼睛。

禾晏向來都是眉開眼笑的，有時候聰明，有時候蠢，至於這蠢是真蠢還是裝蠢，如今是無人知曉的。他那雙眼睛生的很巧，清靈透澈，瞪著的時候有點傻，彎起來的時候，盈滿了朝氣和狡黠。如今布條遮住了她的眼睛，一瞬間，少年的臉就變得陌生起來，連帶著他從前的那些生動表情都像是模糊了。

肖玨忽然又想起剛才在宴席上，映月一行人行刺之時，禾晏衝過來的時候，亦是沒有動搖。映月倒的酒，就算禾晏不提，他也並不會喝，但那個時候少年的叫聲裡，恐懼和憤怒不像是假的。

讓人聽得心頭悚然。

他往裡走，走到禾晏的榻前。

禾晏似有所覺，但又像是不確定似的，側頭看來，小心的詢問：「是有人來了嗎？」

肖珏沒有說話。

「沒有人麼？」她又小聲嘀咕了一句，就側過頭去安靜下來。

這一路進涼州城，禾晏話實在很多。肖珏不與她搭話，她就去找飛奴。飛奴話不多，後來出現的宋陶陶便頂了這個空缺。一個時常唧唧喳喳的人，突然安靜起來，讓人不習慣。

這少年如今不過十六歲而已，但他又與普通人不同。得知自己眼睛看不見了，有些慌張，但竟沒有嚎啕，也沒有落淚。好像很快就接受了這個事實，只不過，他安靜坐著的時候，會讓人覺得有一絲不忍。

大概是他太瘦弱了，這麼看著，很可憐。

肖珏開口問：「你感覺怎麼樣？」

「都……舅舅？」禾晏詫然了一下，才道，「我就是有些不習慣。」她伸手似乎想要去摸自己的眼睛，觸到的卻是布條，隨即又縮手回來，道：「我的眼睛，真的看不見了嗎？」

他連問這話的語氣也是平靜的。

肖珏本應該說「是」的，但這一刻，他居然有些說不出口。

這樣身手不凡的少年郎，正是最好的年紀，以他的資質，在涼州衛裡，過不得幾年，必然升官。一攤泥水裡的珍珠，無論如何都不會被埋沒。但失去了一雙眼睛，情形又是不同。且不說對未來的影響，光是他自己要習慣這種黑暗的日子，也需要勇氣。

畢竟他不是從一出生起就看不見的。擁有過然後再失去，比一開始就不曾擁有讓人難以忍耐的多。

「舅舅，你不會是在為我難過吧？」禾晏突然道。雖然他眼睛蒙著布條，但她說這話的語氣，讓人想像的出來，若是尋常，此刻她應當瞪大眼睛，目光裡盡是促狹和調侃。

「或許你還在自責？」她笑道：「其實你不必為我自責，你應該誇我，也許你誇誇我，我就會認為，我做這一切都是值得的。」

「誇你什麼？」肖玨漠然道。

「當然是誇我厲害了。」少年的聲音帶著一點驚訝，又帶著一點得意，「剛才若不是我提醒你別喝酒，也不會引出這一場刺殺。我是你的救命恩人，難道不厲害嗎！」

都什麼時候了，她居然還有心思想這些？肖玨無言，不知道該說這少年是心大，還是真的不在乎。

「你好像並不難過。」肖玨道：「你的眼睛看不見了，也許永遠都看不見。」

此話一出，少年的手指蜷縮一下，雖然極細微，還是被肖玨捕捉到了。

他在害怕，並不如表面上說的那般輕描淡寫。

「老天爺不會對我這麼壞吧？」禾晏道：「我平生沒做過一件壞事，何以這樣對待我。如果……如果真的要這樣對我，那我也沒辦法，瞎子也分很多種，我這麼厲害，就做瞎子裡最厲害的那一個吧。」

肖玨微微一怔，這句話聽著莫名耳熟，似乎許久之前曾在哪裡聽過。

「不過，舅舅，你這麼早就要放棄了嗎？我覺得你還是再給我找幾個大夫來看看吧？也許我還能治好，你幹嘛說得像沒得治似的？」他問。

肖珏看了他一眼，少年雖然竭力表現的和平時一樣，到底有些懨懨的提不起精神。他道：「好好休息。」轉身走了。

肖珏離開了屋子，屋子裡恢復了平靜。因著府裡可能有刺客內應，屋子裡所有的下人都被撤走了，只在院子外留有肖珏重新召來的自己人，飛奴。

禾晏伸出手，似乎想要去解腦後的結，片刻後還是放下手，沒有繼續動作。

她低頭，喃喃道：「丁一。」

袁寶鎮那個護衛，禾如非曾經的小廝，前生親自送她一碗毒藥的人，她聽見了袁寶鎮叫他的名字，他叫丁一。

書房裡，孫祥福臉皺成了一團，都快哭了。

他面前坐著的就是袁寶鎮，袁寶鎮道：「孫知縣，這事我幫不了你。」

「袁大人，您可不能見死不救啊！如今能幫我的就只有你了，」孫祥福哭喪著臉道：「今日那些刺客到底是怎麼回事，我真的不知道。現在都督生氣了，程公子眼睛也看不見了，肖都督定然要將火發在下官身上，我只是一個知縣，哪裡承接的起封雲將軍的怒火！」

肖珏和程鯉素這對舅甥關係有多好，孫祥福是親自見過的。程鯉素和孫凌起了爭執，那肖珏趕過來護短的樣子，可真令人膽寒。當時不過口舌上爭執了幾句便是如此，如今程鯉素真的瞎了，肖玨豈不是要以命抵命？孫祥福想到這一點，便瑟瑟發抖起來。

「我看肖都督不是這樣蠻橫無理的人。」袁寶鎮勸慰著。

二人正說話的功夫，肖玨到了。

孫祥福也顧不得求袁寶鎮了，袍子一撩，直接給肖玨跪下了。

「何意？」肖玨冷眼瞧著，問道。

「都督，下官是真的不知道此刻是怎麼回事？下官也是被他們騙了！就算給我一百個膽子，下官也不敢謀害您啊！」孫祥福開始喊冤。

「起來吧，」肖玨瞥他一眼，似乎瞧不上他這般做派，走進裡頭，在最上頭的椅子上坐下，看著他開口，「說說你是怎麼遇到他們的。」頓了頓，又補充道：「那些刺客。」

這是……相信他不是幕後主使了？孫祥福察覺到這一點，頓時喜出望外。倒是一邊的袁寶鎮，目光閃了閃，沒有出聲。

孫祥福連忙站起，也沒去撣袍子上的灰塵，退到一張略矮的椅子上坐下，這樣子，他和袁寶鎮坐著的位置，就很像以肖玨為尊了。孫祥福擦了擦額上的汗，道：「其實她們進府也就半月，最初，是城裡新來了一臺戲班子……」

這戲班子的班主是一名老媼，帶了一幫如花似玉的姑娘來到城裡，說她們居住的地方大旱，實在沒得活路，才搬到涼州城裡。她們在涼州城裡的城東搭起戲臺，每日唱三場。

一開始只是平民們來看看，這一班姑娘不僅貌美，唱的竟也極妙，十分惹眼，漸漸的有了名氣，引得許多貴人也知道了，一來二去，就傳進了孫凌的耳朵。

涼州城裡美貌出眾的女子，哪有孫凌沒有碰過的。孫凌看了戲的當天夜裡，就叫人要買下那班女子，入府唱戲。班主老嫗不肯，被孫凌的下人打傷，就要被打死的時候，映月站了出來，說願意說服姐妹，自願入府，只希望孫凌放了他們的班主。

孫凌大度照做，映月果真說服了一班姐妹，進了府後，溫柔小意。待進了孫府，孫凌又發現，這幫姑娘不僅會唱戲，琴棋書畫也算精通，其中又以映月尤為出眾。

孫祥福也知道映月。

孫祥福同孫凌又不同，孫凌每日只知吃喝玩樂，孫祥福卻有一點野心，當涼州知縣固然好，但倘若能再進一步呢？就算不再進一步，這知縣也不是真的牢牢穩固的坐著，上下都要打點，熟悉的陌生的都要搞好關係，譬如新來的這位涼州衛的指揮使，他就不是很熟。

孫祥福把映月要來了，讓映月在府裡設宴那一日，為客人助興。反正客人有兩位，監察御史袁寶鎮與右軍都督肖玨，只要討好了一人，他就可安枕無憂。

孫凌雖然有些不滿，但也無可奈何。這之後的日子，映月果真認真帶著她的姐妹們練舞唱歌，每次孫祥福過去的看的時候，都很滿意。這婢子還很聰明，之前為班主入府時，尚且有些不願意，待領教了孫府的豪奢之後，便越發機靈，有時候孫祥福與她說話，還能感受得到這女子對權勢的渴望。

也是，人往高處走水往低處流，世人皆是如此，男女都一樣。

一直到今夜宴席發生變故前，孫祥福都是這樣認為的。

他說起這些事的時候，大概因為窘迫，還稍加潤色了一些，不過剔去那些無關緊要的修飾，也就無非是一件事。孫淩見色起意，誰知道撿了一條毒蛇回家。

「我真的沒想到，她們竟是刺客。女子……女子怎麼能做刺客呢？」孫祥福道，這話不知是說給肖珏，還是說給他自己聽的。蓋因女子對孫家父子來說，一直以來都是玩物，或是被送來籠絡上級的物品，如今被女子擺了一道，很難說清他此刻的心情。

「這些刺客是半月前入府的？」肖珏問。

孫祥福點了點頭，「沒錯，此事也都怪下官，下官沒有認真核對她們的身分，只以為她們是女子，在城裡舉目無親柔弱可憐，才……」

他在這竭力想將自己說成是憐惜別人柔弱才將對方接入的府中，奈何肖珏根本沒理會他。只是把玩著手中茶盞，淡道：「半月前，孫知縣還沒有給我下帖子，邀請我來府上赴宴。」

孫祥福一愣。

「不過半月前，袁大人應該已經知道自己抵達涼州的日子了。」他側頭，似笑非笑的看向袁寶鎮。

袁寶鎮聞言，笑著回答，「都督此話是何意？不會是懷疑我吧？都督也不想想，真要是我安排的這些女子，我如何篤定她們會被孫知縣給接回府中？我又不能料事如神？」

「你當然不能料事如神，」肖珏唇角微勾，不慌不忙地道：「你只要給孫知縣寫封信就行了。」

這是在說袁寶鎮和孫祥福一起做局了。

孫祥福好不容易才以為自己洗脫了嫌疑，肖玨這麼一句，立刻又讓他汗如雨下，當即慌忙擺手道：「沒有，沒有！都督，我真的沒有，我不知道這是怎麼回事。我也沒有收到過袁大人的信！」

袁寶鎮也不笑了，看著肖玨，肅然道：「都督一句話，就定了我和孫知縣的罪，可連證據都沒有，實在令人心寒。我與都督又無深仇大恨，還是第一次與都督同宴，何以會害都督呢？」

他本就生得面善，此言此語，十分誠懇，還有兩分被誤解的傷心。

肖玨盯著他看了一會兒，片刻後，笑了，他漠然道：「開個玩笑罷了，袁大人不必認真。」

他收了笑容，重新變得冷淡，如一柄即將出鞘的刀，藏著山雨欲來的悍厲。

「不過，此事諸多疑點，沒弄清楚之前，恐怕要在此叨擾幾日了。」他道。

「都督……是要住在這裡？」

才發生過行刺，尋常人只會覺得此地不安全，會儘快離開，省的再次被算計，他怎麼還留在這裡？

「是啊，」年輕的都督放下茶盞，站起身來，長身玉立，眼神微涼，「住在這裡，捉賊。」

第三十二章　試探

夜裡，孫府大門口站著一排官兵，將官兵用來守自家大門，本就不合情理。只是如今孫祥福如驚弓之鳥，草木皆兵下，也顧不得那麼多。府裡所有的下人都被一一盤查，暫時沒有發現疑點。

右軍都督肖珏和監察御史袁寶鎮，都住在府上。這兩位平靜之下的暗流也被孫祥福察覺到了。他坐在屋裡，唉聲嘆氣，孫凌已經從下人口中得知了整件事情的來龍去脈，道：「爹，你怎麼還在為此事煩惱？」

孫祥福氣不打一處來，「如果不是你多事，將那些女人接回府裡，怎麼會有這些事情！」

「爹，我是將她們接回府裡自己用，沒讓你拿去招待客人。」孫凌不幹了，翻了個白眼道：「現在出了麻煩，怎麼能怪我？那些女人也真是沒用，既要行刺，就一次成功，就這麼白白送死，也不知便宜了誰？」

話音未落，孫凌就被撲過來的孫祥福捂住了嘴，孫祥福四下看了看，罵道：「你不要命了，說這種話！」

「我又沒說錯，」孫凌湊近他，低聲開口：「爹，你是不是也不怎麼喜歡那個肖珏？」

孫祥福沒說話，這是他能喜不喜歡的問題嗎？比起他喜不喜歡肖珏，似乎更應該擔心肖玨喜不喜歡他？

「我聽著那位肖都督和袁大人之間似乎有齟齬，他們二人鬥法，你只消坐山觀虎鬥就行。那個袁大人還行，和和氣氣的，你不妨暗中相助，敵人的敵人就是朋友嘛。」孫凌道：「若最後真出了什麼問題，你既除掉了肖玨，又同袁大人攀上了交情，豈不是一舉兩得？」

他自認說的很有道理，冷不防被孫祥福一巴掌拍在腦袋上，孫祥福罵道：「哪有你說的這樣簡單？今日你是沒有瞧見，肖玨這個人……」他想到了什麼，眸中懼意一閃而過，「不好對付。」

屋內，燈火幽微，袁寶鎮坐在桌前，神情陰晴不定。容貌平庸的侍衛就站在他身後，亦是眼神閃爍。

「肖玨對我起了疑心。」片刻後，袁寶鎮才道：「今日事不成，只怕沒有機會了。」

「他怎會懷疑到你？」侍衛，那個叫丁一的男人道。

「我不知道。」想到方才在孫祥福書房裡發生的事，袁寶鎮便氣不打一處來。肖玨的懷疑明目張膽，語氣張狂囂張，他竟不知道如何回答。他剛來涼州城，過去又和肖玨從未有過交集，無論如何，肖玨都不應該懷疑到他頭上。

「還有，程鯉素怎麼會瞎？」袁寶鎮皺眉道：「這也是提前安排的？」

丁一搖頭：「未曾聽過。」

懷疑也沒有用了，如今刺客皆死，一個活口都沒有，縱然滿腹疑問，也無人可答。

「那個程鯉素有點奇怪。」丁一開口道：「今日若不是他出聲阻止，也許肖珏已經喝下毒酒。」

他這麼一提醒，袁寶鎮又想起來。今日夜宴上，肖珏舉酒杯的時候，程鯉素那一聲「別喝」來得突兀又響亮，使得刺客們提前動手。若不是他出聲阻止……眼下也不是如此進退兩難的局面。

「他如何知道酒裡有毒……」袁寶鎮喃喃道，片刻後，他摩挲著桌前油燈的燈座，道：「既然如今肖珏他們就在府上，也正是我們的機會。我明日去試一試程鯉素，倘若這少年真的瞎了，或許能利用他牽絆肖珏，曲線救國。」

禾晏並不知道在這些看不見的地方，湧動著的暗流。此刻，她正坐在屋子裡，同飛奴據理力爭。

她眼睛出了問題後，肖珏就將飛奴喚來，守在禾晏的房前。畢竟孫府之前已經有過刺客，誰知道丫鬟小廝裡會不會突然藏幾個人？禾晏一個人到底不放心，有飛奴守著，安全得多。

「飛奴大哥，你出去吧，我自己真的可以。」禾晏頭疼。

「你眼睛看不見，」飛奴回答的非常刻板，「少爺讓我守著你。」

「那你守著門就是了，你要當我的貼身丫鬟，我真的非常不適。」禾晏認真的回答，「你能不能出去？」

「恕難從命。」

「你怎麼跟你主子一樣，通情達理一點可以嗎？」

肖玨剛到門口，聽到的就是這麼一句話，他腳步一頓，站在門口道：「發生了何事？」

飛奴道：「少爺……」

不等飛奴說完，禾晏已經看向門口的方向，她的眼睛仍然蒙著布條，手裡攥著不知道是衣服還是什麼，道：「是舅舅來了嗎？飛奴大哥瘋了，要幫我洗澡！」

飛奴嘴唇動了動，似對她這個受侮辱的表情有些無言，解釋道：「他看不見，我怕……」

「舅舅！你又不是不知道我有未婚妻，我的身體冰清玉潔，怎麼能被其他人看到！」那少年聲音明快，之前的落寞和慌張已經一掃而光，又是慣來的沒道理模樣，「我要是因為你婚事散了，飛奴大哥，你賠得起我一個未婚妻嗎？」她又嘀咕了一句，「你自己都沒有。」

飛奴：「……」

肖玨看她一眼，諷道：「你確定不會淹死？」

沐浴桶就擺在屋內中間的屏風後，水並不深，不知道是不是孫府裡的日子都這般奢靡，上頭還灑滿了一圈花瓣。禾晏做女子的時候都沒用過這等精緻的花浴，做男子的時候反倒用上了。

「舅舅，你是不是忘了在涼州，我蒙眼都能射中天上的麻雀，怎麼會淹死？」禾晏道：

「你們放心吧，再說，倘若我真的成了瞎子，總不能一輩子都讓人幫我做事。舅舅你是有這種可能，我還是算了吧。」

飛奴也無言了，他在九旗營裡見過不少兄弟，偶爾有缺胳膊少腿的，人家雖然也能笑著度日，好歹會消沉一段時間。禾晏是他見過最快從這種情緒中走出來的人，要不是她臉上蒙著布條，都要讓人懷疑她是否真的瞎了。

肖玨見她自己神氣十足，也懶得理會她，只對飛奴道：「出來吧。」

飛奴跟著肖玨出去，門被掩上了，禾晏這才鬆了口氣。

她沒有解開布條，脫下衣服，進入浴桶，將整個身子都浸泡在水中。倘若此刻有人在此，定然訝異，她做這些和尋常人一般無二，動作沒有半分踟躕，簡直像能看見似的。

水溫恰好到處，一直以來都在衛所旁邊的河裡洗澡，河水冰涼，不及眼下舒適。不過縱然舒適，卻不敢貪戀。水霧蒸騰，模糊了她的影子，禾晏臉上的笑容也鬆懈下來。

本以為在此赴宴，沒料到竟然要在這裡多住幾日。這樣一來，加之眼睛看不見，這樣一來，周圍伺候的人一多，就更要提防女子的身分被揭穿。

她還記得今日丁一在宴席上最後那個動作，那個隱晦的彎起手指的動作，若不是她一直盯著丁一，就會被忽略了。可正因為她認出了丁一，才知道那個最後衝出來向著肖玨的小廝是丁一所安排，那麼這件事就變得很奇怪了。

丁一曾是禾如非的小廝，袁寶鎮也是禾如非的友人，丁一與宴上的刺客勾結，刺殺肖玨，從某種方面來說，也許是禾如非的意思。但禾如非為何要殺肖玨？

她前生做「禾如非」時，與肖珏井水不犯河水，甚至在賢昌館為同窗，倒也算得上有些交情。如今禾如非做回原來的自己，同肖珏過去未有仇怨，為何竟用這等毒辣手段，也要肖珏的命？

或許，她應該去找袁寶鎮說說話。

夜裡，禾晏同肖珏飛奴睡一間房。

因怕孫府裡還有別的刺客，幾人沒有分開。不過孫府院子多，這間房分里間和外間。裡間自然是肖二公子住，外間則是飛奴與禾晏各自睡了一側外榻。禾晏覺得這樣的睡法彷彿在給肖珏護法似的，想想她如今好歹也是為肖珏受傷，沒料到連個裡間的榻都沒撈著，真是想想都替自己不值。

不過想也沒想多久，禾晏就睡著了。這一覺睡得竟也安穩，第二日一早，禾晏是被飛奴叫醒的。

她坐起身，滿眼都是黑暗，下意識地問：「幾時了？」

「辰時。」飛奴答道。

「哦。」禾晏又去摸自己眼睛上蒙著的布條，這回她直接解開了。

從黑暗到光明，倘若看得見的人，必然要瞇眼睛適應一下，禾晏卻只是睜著一雙眼睛，未見半分不適。飛奴心下一沉，問：「可看得見？」

禾晏茫然地搖了搖頭。

一陣沉默。

「也許……再過幾日就好了。」飛奴笨拙地安慰。他倒不是對禾晏有多同情，不過是聽說昨夜夜宴之時，禾晏不僅出聲提醒肖玨，還親自幫肖玨對付刺客，一碼事歸一碼事。這少年雖然身分可疑，但在目前為止，也沒害肖玨。

「舅舅不在嗎？」禾晏問。

「少爺出去了。」

禾晏點了點頭，想了想，又將布條覆上眼睛。

飛奴詫異：「你怎麼又戴上了？」草藥已經用過一日，不頂用了。今日禾晏也沒叫眼睛疼，這布條便沒了作用，戴上反而不適。

「還是戴上吧，提醒旁人我現在看不見。」禾晏笑了笑，「對一個瞎子，人們總要寬容些。我避不開旁人，旁人可以避開我，不是嗎？」

蒙著布條與不蒙布條，顯然前者更像個瞎子。飛奴心中一震，似乎有什麼從腦中閃過，快的抓不住，片刻後，他沒說什麼，只道：「先去用飯吧。」

禾晏點了點頭。

肖玨不在，飛奴與禾晏梳洗後，就坐在屋裡吃東西。東西也是飛奴提前買好的，禾晏不要飛奴來幫忙，吃的很慢，但動作還算穩，沒有將湯羹撒在外面。孫祥福叫來的婢子全都撤下去了——有了肖玨的前車之鑑，這裡的婢子，禾晏一個也不敢相信。

剛剛吃完，飛奴將桌上的殘羹剩菜叫人收走，禾晏才一個人坐著沒一刻，有人的聲音響了起來。腳步聲很輕，若不是她耳力過人，尋常人也難以聽見，並非一個人，而是兩個人。

肖玨自不必如此，飛奴剛剛離開，禾晏心中已經有數，才道是誰，面上卻不顯，仍然安靜坐著，像是在發呆。

那腳步聲落到跟前，像是在細細端詳她，禾晏眼睛蒙著布條，動也不動。

又過了一會兒，來人似是沒有找到什麼破綻，突然開口：「程小公子。」

「啊呀！」禾晏嚇了一跳，差點從椅子上摔下去，她胡亂地站起來，腳磕到桌子腿，痛得叫了一聲，有人來扶她，道：「沒事吧？」

禾晏張開手亂抓一氣，道：「是誰？」

他抓到一個人的衣角，那人好聲好氣的安慰她：「我是袁寶鎮，不是歹人，小公子放心罷。」

禾晏這才安靜下來，鬆了口氣，心有餘悸地開口：「原來是袁御史，我還以為是那些刺客又來了，嚇死我了！您進來怎麼也不出聲？」

「對不住對不住，沒想到將小公子嚇著了。」袁寶鎮笑道：「我聽聞小公子眼睛瞧不見，特意來看看你。」

他說這話的時候，語氣雖然關切又心疼，臉上卻無絲毫笑意，死死盯著禾晏的表情，似要看清楚禾晏究竟是真瞎還是假瞎。然而禾晏眼睛上覆著布條，什麼都瞧不見。

瞧不見一個人的眼神，就很難從他的表情中看出漏洞。

他這頭靠的極近，尋常人或許不能意識到這一點，禾晏卻能清楚地感覺到。她抓著的人是丁一，袁寶鎮貪生怕死，怕出意外，不會直接上前。但他的目光卻如跗骨之蛆，讓人難以忽略。

縱然如此，禾晏也絲毫不顯，她像是有些苦惱，又有些少年特有的滿不在乎，道：「是啊，現在看不見了，不過舅舅說會找到神醫給我治好的，所以應當也只是暫時看不見。」

她不說此話還好，一說此話，便幾乎讓人要相信了她確實看不見的事實。因為「神醫」之說，本就帶著一種寬慰敷衍之意，用來哄騙小孩子的。

袁寶鎮在旁邊的椅子上坐下來，搖頭嘆息道：「沒想到這一趟，竟讓小公子受了傷。索性沒傷及性命，肖都督也無事。」說著，他像是想起了什麼，看向禾晏，不解地問：「只是小公子，昨夜夜宴之時，你怎麼知道當時有刺客，不讓都督喝那杯酒的呢？」

誰都不知道那杯酒有沒有毒，因此，袁寶鎮也問的很巧，絲毫不提酒，只說行刺。禾晏心中冷笑，這是試探她來了。她仰著頭，像是不知道袁寶鎮在哪個方向，猶豫了一下，才道：「我不知道當時有刺客啊，我只是看見了有飛蟲飛進舅舅的酒盞了。」

這個回答令丁一和袁寶鎮都沒想到，兩人同時一愣，袁寶鎮問：「飛蟲？」

「不錯，你們不知道，我舅舅這個人愛潔，」禾晏嘆了口氣，「衣裳上沾了灰塵，立刻就要換新的，鞋子上沾了汙泥，絕不會再穿二次，酒盞裡有飛蟲，他要是喝了，不知道會發多大的火，我當時只是想提醒他別喝，換只杯子，誰知道竟然有刺客，我也被嚇了一跳，這誰能想得到？」

竟然是這個原因？袁寶鎮有些將信將疑，當時程鯉素喊得淒厲焦急，聽得人心裡發緊，原來是這樣？可若不是這個原因，他一個什麼都不懂的少爺，如何能未卜先知，知道酒裡有問題。

或許真是誤打誤撞碰上了？袁寶鎮心裡說不出是什麼感受，誰能知道一盤好棋，竟然會毀在這裡？他心裡半是惱怒半是懷疑，再看程鯉素，只覺得這少年令人討厭。

但「程鯉素」顯然不知道自己的討厭，反而像是因為袁寶鎮來這裡看他顯得格外親近似的，笑道：「我聽舅舅說，袁御史是從朔京來的？」

「不錯。」

「那袁御史可認識飛鴻將軍禾如非？」她問。

此話一出，屋中寂靜一刻。離禾晏極近的丁一手按在腰間長刀之上，一瞬間，殺氣撲面而來。

少年渾然未決，面上掛著笑意，向著袁寶鎮的方向，等著他的回答。

片刻後，袁寶鎮才盯著禾晏的臉，問：「小公子怎麼會突然問起飛鴻將軍？」

「世人不都說飛鴻將軍與我舅舅是死對頭，又身手功勳不相上下，我沒見過飛鴻將軍，既不知道他身手如何，也不知他長得怎樣？袁御史既是從朔京來的，又是同朝為官，沒準兒見過。我聽說他從前戴面具，現在摘了面具，怎麼樣，他長得好看嗎？」

面前的「程鯉素」聲音輕快，並不知道身側的侍衛剛剛差點拔刀，問的問題也如那些調皮的京城少年一般，袁寶鎮便送鬆了口氣。有一瞬間，他還以為這少年發現了什麼，幾乎想要滅口了。

「我見過他，他生的……很英俊，不過，應當比不上肖都督。」袁寶鎮笑著回答。

「不如我舅舅？」禾晏頓時失望，又很快道：「那，袁御史與飛鴻將軍走得近麼？若是走得近，日後等我回朔京，能不能為我引薦飛鴻將軍。我也聽過他許多事蹟，想親自瞧瞧是個怎樣的人。」她小聲道：「只是此事千萬別被我舅舅知道了，我怕他罰我抄書。」

「小公子恐怕要失望了，」袁寶鎮搖頭道：「我與飛鴻將軍僅僅只是認識而已，並不相熟。若說引薦，不如讓肖都督為小公子引薦更好。」

禾晏小聲嘀咕，「我哪裡敢讓他為我引薦。」

她這般說著，袁寶鎮看著她，突然道：「今日過來，原本是怕小公子因眼睛一事難過，不過眼下見到，倒是我多慮了，小公子看起來，並沒有很傷心。」

禾晏奇道：「袁御史何以這樣說？我昨夜裡可是哭了整整一個時辰，若不是舅舅罵我再不住嘴就將我扔出去，你現在都看不到我了。況且我後來也想明白了，我是誰啊，我可是右司直郎府上的少爺，雖然我什麼都不會，但我舅舅是右軍都督，只要有我舅舅，我眼睛定然不會一直看不見。我舅舅說神醫能治，就一定會有神醫將我眼睛治好！」

她這話裡滿滿都是對肖玨的崇拜和信任，倒讓袁寶鎮一時無言，不知道該說什麼。禾晏的話滴水不漏，暫且沒找到什麼破綻，只是……他心裡還是有些不放心。

「小公子說得對，肖都督無所不能，一定能找到辦法。看來是我狹隘了，」他笑著站起身，「如此，我也該走了。小公子如今身子不適，還是先去塌上躺著吧，」他四下裡看了看，「這屋裡怎麼連個下人都沒有？」

「是我要他們都走的，」禾晏笑道：「昨夜發生了那種事，這府裡的下人我是不敢用了。難道袁御史你敢用？你膽子可真大。」

袁寶鎮笑道：「可你如今瞧不見，總要人伺候？」

「飛奴會伺候我，況且我能自己摸著過去。」她笑道：「袁御史放心吧，我自己能行。」

袁寶鎮笑道：「小公子機靈，那我先離開了。」說罷，他就轉身離開，但走到門外，又折轉回頭，站在門口沒有動了。

屋子裡，丁一一步也沒有挪動。

他們二人進來時，說話的一直是袁寶鎮，丁一沒有出聲，禾晏很容易會以為，屋子裡只有一個人。

袁寶鎮站在門口，對丁一使了個眼色。

禾晏站起身來，顫巍巍的往屋裡走。丁一就在她的面前，她能感覺的到，她的袖子裡藏著一把峨眉刺，是昨夜從映月手裡收走的，她已經想好，若是丁一動手，她當如何避開，又如何將這把峨眉刺刺進他的心口。

少年眼睛蒙著布條，並沒有伸手去取，她扶著旁邊的牆，慢慢的往屋子裡走。大概屋裡的人也怕她行動不便，會被東西絆腳，便將椅子什麼的都收到一邊，從桌前到榻上，一路什麼都沒有，只要扶著牆摸過去就行。

禾晏亦是如此。

她走到快要接近床的地方，丁一彎下腰，往她面前放了個板凳。

少年毫無所覺，一腳邁過去，「哐噹」一聲，腳步一絆，登時往前栽去。他栽的實在不巧，磕到了床銜，整個人驚叫一聲，額頭處立刻腫了一個包。他摔倒在地，半個身子撲在地上，手也擦破了皮，半晌沒爬起來。

丁一對袁寶鎮搖了搖頭。

袁寶鎮見狀，轉身往外走，丁一也輕手輕腳的跟了出去。

屋子裡只剩下禾晏一個人。

禾晏捂著頭唉喲唉喲的慘叫，無人看見，她唇邊溢出一絲冷笑。

禾晏沒有立刻坐起來，只是抱著頭呻吟，心中卻想著其他事。

袁寶鎮果真是來試探她的，一來試探她何以會發現那杯酒的問題，二來則是看她是不是真的瞎了。這人心思縝密，竟還要讓丁一來放板凳，特意看她的反應。倘若禾晏應對的有半分不對，只怕這對主僕便要生出別的想法。

她耳力超群，早早聽出丁一的動作，也知道袁寶鎮沒有立刻離開，才特意在這裡配合他們演戲，演一齣袁寶鎮想要看到的。但袁寶鎮在試探她，她又何嘗不是在試探袁寶鎮？

明明關係匪淺，卻偏偏要說只是認識。只是認識，禾如非的小廝丁一絕不會在此跟著他。那杯酒果真有問題，可最讓禾晏不解的，還是禾如非在這件事中，究竟扮演了怎樣的角色。是他與袁寶鎮合謀想要謀害肖玨，還是根本就是禾如非主使，亦或是他們都替別人做事？

接下來，她還得跟蹤丁一，搞清楚這兩人究竟要做什麼才行。

外頭沒了動靜，禾晏「哎喲哎喲」的聲音更大了些，身後傳來動靜，是飛奴的聲音，他問：「你怎麼了？」

「剛才磕破了頭。」禾晏茫然的伸手來抓他，「飛奴大哥，你快來扶我一把，我腳崴了。」

飛奴應聲上前，將她扶到榻上。布條蒙住禾晏的眼睛，因此，飛奴也並不能從她眼中看出她的情緒，自然也不知道禾晏此刻心裡在想什麼。

其實方才的做戲，不止是做給袁寶鎮看的，也是做給飛奴看的。

袁寶鎮和丁一一心想要試探禾晏，竟沒發現，飛奴一直站在門口，聽著裡頭的動靜。他們沒發現，禾晏卻發現了，飛奴不過是令人撤走碗盤，何以一走這麼久，無非就是螳螂捕蟬黃雀在後。

不知為何，禾晏總覺得，肖玨與飛奴兩人對她並不信任，這本來沒什麼，一個從前無甚交集的人，當然不會一開始就信任。但她敏感的察覺到，肖玨不僅僅是不信任她，還有一點提防和懷疑。

禾晏也摸不著頭腦，她琢磨著自己也沒幹什麼令人生疑的事。如今來到這裡，她與袁寶鎮更是過去連交集都沒有，不知為何也被懷疑上了。

罷了，懷疑就懷疑，一場戲騙兩個人。禾晏道：「飛奴大哥，你剛剛去哪裡了？那個袁御史過來坐了一刻你都沒見著。」

飛奴避開了她的問話，只問：「你頭上怎麼樣？」

禾晏摸了摸腦袋，道：「腫了老大一個包，不知道什麼時候才消。」她又沉沉嘆了口氣，「這還真是鴻門宴，我看我那位小弟是挺聰明的，沒來很對。這比被逼婚危險多了。」

這要是換了程鯉素在此，都不知道眼下是個什麼情形。

「你先坐下休息一會兒。」飛奴的聲音聽不出什麼情緒，「我就在門口，有什麼事叫我。」

他又離開了。

禾晏躺在榻上，她蒙著布條，飛奴看不出她是什麼表情，她同樣也看不到飛奴是何反應，想來也是面無表情。

不知道肖玨什麼時候才回來。

肖玨回來的時候，已經是深夜了。

這一日，禾晏與飛奴待在孫府裡，什麼都沒做。孫祥福送過來的酒菜，都要用銀針一一試毒。因禾晏看不見，索性在屋裡睡了一天，飛奴也就在門口守了一天。

肖玨回來後，睡在榻上的飛奴立刻醒了，起身走到肖玨身邊，道：「少爺。」

肖玨示意他跟著進裡屋，飛奴看了榻上的禾晏一眼，幽暗的燈火下，她睡得正香。

飛奴與肖玨進裡屋去了，並未看到躺在榻上熟睡的少年雙手輕輕地有一搭沒一搭地敲著身下的褥子。禾晏當然沒有睡著，白日裡睡了一天，夜裡如何還能繼續睡，她又不是村裡養的豬。肖二公子顯然和心腹有話要說，估摸著飛奴會將今日這裡發生的一切告訴這位都督。

主僕兩說悄悄話，禾晏是沒膽子去聽的。肖玨不是袁寶鎮，是有真功夫的，一旦暴露了自己，麻煩事太多，得不償失。不過想也想得到飛奴能跟他說什麼，禾晏自覺今日做戲，還是騙得過飛奴的。

至於能不能騙過肖玨，那她就不知道了。

裡屋裡，燈盞被點上了。

肖玨將佩劍放到桌上，在桌前的椅子上坐了下來。

「少爺，今日袁寶鎮來過了。」飛奴道。

肖玨抬眼道：「何事？」

「屬下看，是特意來找禾晏的。袁寶鎮同禾晏說了幾句話。」他將袁寶鎮與禾晏的對話原原本本的說給肖玨聽，末了才道：「袁寶鎮好似在試探禾晏。」

肖玨沉吟片刻，道：「你怎麼看？」

「看禾晏回答的意思，似乎是不認識袁寶鎮。也沒出什麼破綻，不過，也有可能是他們二人一起做戲。但總的說來，禾晏身上的疑點，暫時可以洗清了。」

「洗清？」肖玨勾唇笑了，他道：「飛奴，我們屋裡的騙子，連你都騙過去了。」

飛奴一怔，不明所以。

「你別忘了，禾晏當初和王霸比弓弩時，曾蒙眼射中天上飛鳥。你以為如此耳力之人，聽不出袁寶鎮的侍衛在她身前放凳子？」

「少爺的意思是……」

「他完全可以避開凳子，卻要摔倒，騙了袁寶鎮是其一，騙你是為其二。」肖珏漫不經心開口，「這個人，很會騙人。」

瞎子是什麼樣的，跌跌撞撞，慌裡慌張，身旁沒人的時候，就什麼都不能做，十分可憐，這是尋常人對瞎子的印象。袁寶鎮和飛奴都是尋常人，自然也會如此認為，看見禾晏跌倒無助，正符合一個瞎子的模樣。可禾晏卻不是尋常瞎子，她就算蒙上布條，都可以比別人的弓弩練的更好。

袁寶鎮沒見過禾晏蒙眼射箭，飛奴卻是見過的，縱然如此，連他也忽略了這一點。

「騙你是其次，他最想敷衍的，還是袁寶鎮，否則也不會說出酒裡有飛蟲這種無稽之談了。」

酒裡有飛蟲？這怎麼可能，如今又不是夏日，孫府裡又格外注重這一點，四處都掛了防蟲的艾草香囊，飛蟲飛進酒盞裡，也難為禾晏想得出來。

「少爺，那他究竟是不是袁寶鎮的人？」飛奴也有些不明白了。若是袁寶鎮的人，又何必如此試探懷疑。

「看著不像，不過也不能說不是。」桌上有筆墨紙硯，當是孫祥福特意安排的。他自己不愛這些，卻偏愛附庸風雅。

肖珏找來紙筆，提筆寫了幾個字。他的字跡秀雅遒勁，十分漂亮，落在紙上，如人一般亮眼。

「我要你帶封信給林雙鶴。」

「林公子？」飛奴平靜的臉上，終於露出驚訝的表情，「少爺，你不是不讓林公子來涼州？」他忽然想起了什麼，不敢置信道：「難道是……禾晏？」

字跡見風迅速晾乾，他將信紙裝進信封裡，垂眸道：「為了他，但也不全是為了他。」

飛奴沒有再繼續詢問了，將信裝好，躡手躡腳的就要出去。肖玨見狀，「嗤」的一聲笑了。

「你這麼小心做什麼，外面的人早就醒了。」他道。

「少爺？」飛奴愣住。

「罷了，論騙人，你也不是他的對手。」肖玨搖了搖頭，懶道：「反正，他也沒膽子進來。」

飛奴站在原地想了一會兒，才離開屋子。待他走後，肖玨將燈芯撥動了一下，亮光裡，他的瞳仁明亮迫人。

「徐敬甫……」

夜色吞噬了他的低語。

禾晏醒來的時候，肖玨又已經不在了。

他這兩日好似很忙，禾晏醒著的時候他已經離開，回來的時候禾晏又已經睡下，竟連照面也沒打上。她猜測肖玨做的事大概與孫府夜宴發生的事有關，但又沒法跟著一道去，只能在這裡坐著乾等。

但坐著乾等並不是她樂意的。好在過了晌午，快傍晚的時候，飛奴也有事出去了。臨走前千叮嚀萬囑咐，讓她待在屋裡別出去，省的遇到麻煩。

禾晏點頭稱是。

其實在禾晏看來，孫府上，並沒有飛奴說的那般殺機重重。從當日夜宴之事就能看出，那些刺客的目標只是肖玨一人而已。肖玨都不在，府裡就安全了七成。剩下的三成，也不一定打得過她。

今日一早，禾晏就拆了眼睛上的布條，實在是因為那布條用了兩日，該換新的。然而府上的大夫上次被肖玨嚇跑了，沒人給禾晏做布條。

雖然拆了布條，但經過兩日，府裡上上下下都認定禾晏是個瞎子，並不會拿她當尋常人看待，唯有禾晏自己。

乍然取掉布條，便覺天光太亮，還是有些不舒服。昨日早上在飛奴面前解開布條維持不變的神情，天知道當時她多想流眼淚——實在是刺眼。

事實上，禾晏一直都沒有「看不見」過。

那天在夜宴上，最後收到丁一指使撲過來的小廝，的確是扔了一把藥粉樣的東西。她擋掉了，當時也確實覺得眼睛有些疼。

她畢竟曾經瞎過一次，在眼睛上超乎尋常人的緊張和敏感，下意識的就覺得面前模糊，懷疑自己要瞎了。但冷靜下來又覺得，她其實是躲開了的，到了夜裡，無人的時候，禾晏偷偷解開過布條，她能看得見外面的燈籠光。

不過是因為太過緊張而鬧出個烏龍，她本想第二日解釋一下，等真的到了第二日後，卻改變了主意。

一個瞎子，大抵沒什麼威脅。做一個沒有威脅的人，去靠近袁寶鎮，比做一個「機靈的能發現酒裡有毒」的程公子，要容易得多。

所以當著飛奴的面拆開布條，禾晏沒有表現出半分異樣。她做瞎子的時間不短，一個瞎子該有的反應，她統統都能模仿得讓人找不出半點不對。

但沒想到袁寶鎮如此謹慎，還特意來確認一番她是不是真的瞎了，如此一來，禾晏更加騎虎難下。但同時也更加篤定，禾如非、丁一、袁寶鎮之間，絕對有問題。禾如非定然是參與到謀害肖玨一事上，雖然她不明白禾如非與肖玨究竟有什麼過節，但敵人的敵人就是朋友，如今她與肖玨當是一夥兒的。

她得去搞清楚袁寶鎮和丁一到底想幹什麼。

禾晏將頭髮束起來，悄悄出了門。

旁人都知道如今的程公子眼睛看不見，除了如廁，日日都待在房裡。況且這幾日府裡人人自危，孫祥福忙著自清，禾晏這頭，實在是沒有人管。虧得她識路的記憶力很好，第一天來孫府的時候，便將孫府的路摸得七七八八。

不過禾晏並不知道袁寶鎮住在哪裡，正在犯難時，卻見前面有一人穿過花園快步走過，不是旁人，正是丁一。

來得好！禾晏心中暗贊一聲，趕緊跟了過去。她動作極快，又慣會找屋子隱蔽，當然也因為孫府自以為修的豪奢，處處假山盆景，給了她許多藏身之所，一路過去無人發現，最後丁一在一處屋子前停下腳步，推門進去了。

不知是何道理，袁寶鎮所住的這間屋子，也離堂廳那頭很遠，幾乎算得上很偏了，也沒什麼人。到了秋日，涼州的傍晚，天已經黑了，禾晏估摸了一下，掠上了房頂。

她身材瘦小，這屋頂翹角飛簷，到處雕花砌石，禾晏趴在房頂上，幾乎要與房頂融為一體。她小心找了許久，總算是找到一處空隙，不知道是不是下雨還是冰雹，脆弱的晶瓦碎了一小快，剛好漏出一線縫隙，禾晏將臉貼過去，聽著裡頭的動靜。

屋裡，丁一走了進去。

「怎麼樣？」袁寶鎮問。

丁一搖了搖頭：「跟丟了。」

「你沒有被他發現吧？」

「這倒是沒有。」丁一猶豫了一下，「我不敢靠得太近，省的被他發現。他今日出門出的早，往城東去，我後來在附近找了找，沒找到他。」

袁寶鎮神情不定：「這個肖玨，究竟想做什麼！明明在孫府出的事，卻要住在府裡，每日外出，也不知道幹什麼。我總覺得有些不對。」

禾晏聽到此處，心中生疑，袁寶鎮是讓丁一跟蹤肖玨？

「衙門那頭的事，可處理好了？」袁寶鎮問。

「映月一行人都死了，沒有證據，府裡的內應也死了，既提前與孫祥福打過招呼，應該不會出問題。」丁一說到此處，「我還是不明白，程鯉素是怎麼知道當時內應的動作，那杯酒也是他發現的。」

「你覺得他有問題？但昨日你也看到了，他眼睛看不見，就是個普通的少年而已。」

「雖是如此……我總覺得有什麼地方不對。」丁一也說不上來，那少年應當是瞎了，否則也不會裝得如此之像。府裡的下人也說過，他成日都待在屋中，肖玨的侍衛守著他，看起來，的確就是個手無縛雞之力的富家公子而已。但丁一還記得當時在宴席上，那位程鯉素向他投來過目光。

那目光轉瞬即逝，像是隨便一瞥瞥到了旁人而已，但有一刻，丁一似乎感覺到了那少年眼神裡的驚怒，他再看過去了，那少年已經看向別處，似乎方才只是他的幻覺。

但那真的是幻覺嗎？

他們這頭說的熱鬧，聽在禾晏心中，亦是一片震驚。「映月死了」「沒有證據」「與孫祥福打過招呼」，也就是說，肖玨遇刺一事，的確是袁寶鎮所為。或許孫祥福還在其中幫了忙。

那如今肖玨還住在這裡，豈不是引著旁人繼續來加害？

她正想著，又聽到袁寶鎮問：「禾兄最近可有給你的信？」

這個「禾兄」，禾晏想，十有八九說的就是禾如非了。

「沒有，主子臨走時吩咐過我，此次一定要成功。」丁一道：「若失敗，無法對徐相交代。」

徐相？

禾晏心中一動，此話的意思，禾如非之所以讓丁一跟著刺殺肖玨，是要對「徐相」有個交代。換句話說，禾如非是在為徐相做事？可徐相是誰？她知當今朝中丞相徐敬甫，但不知究竟是不是丁一口中的「徐相」。

「我們已經失敗了，」袁寶鎮半是惱怒半是喪氣，「我沒想到肖玨竟然這樣難纏，而且他如今已經懷疑上我……不知日後還有沒有這個機會。」

「肖玨的確難纏，但他還有個瞎子外甥。」丁一道：「此人既然已瞎，又什麼都不會，跟個傻子一般，我認為可以一用。」

「你想如何？」袁寶鎮問。

「別忘了，我從前是做什麼的。」丁一道：「我自有辦法……」

他話沒說完，便聽得頭上「嘎吱」一聲，一小片翠色落下來，丁一神色一變，「誰？」飛身躍了出去。

月色下，有人的身影極快掠過，如燕輕盈，眨眼間消失在夜色裡。

禾晏心裡叫苦不迭，孫祥福附庸風雅，連屋頂的瓦片都要用翠晶瓦，好看是好看，但實在很脆弱。連她這樣瘦弱的人趴上去，都會不小心壓塌。這是個什麼道理？禾晏懷疑莫不是孫祥福這人是在扮豬吃老虎，用這瓦的目的就是根本沒人可以在房頂上聽牆角，要是換個尋常男子，剛趴好只怕就掉下去了。

遠處丁一還在窮追不捨，但不知出於什麼目的，他竟沒出聲招呼孫府的下人來捉刺客，大概是自己心中有鬼。禾晏仗著對這裡的路熟悉，左躲右藏，心中還想著方才偷聽到的對話。

袁寶鎮來涼州，丁一來涼州，禾如非在朔京，都是為了一個目的，刺殺肖玨，而他們三人，都要給「徐相」交代。眼下肖玨活的好好的，死士全軍覆沒，袁寶鎮心有不甘，還要再來，並且丁一還盯著了她這個「廢物瞎子」。要利用她這個瞎子來謀殺肖玨。

想來想去，一個人利用另一個人，無非就是策反、人質和當無知無覺的殺人凶器。程鯉素與肖玨是舅甥，袁寶鎮大概不會想到去策反。那麼只有剩下兩種，拉禾晏做人質，一來禾晏不認為丁一打的過自己，二來，她其實並非真的程鯉素，肖玨大概也做不出什麼「為了外甥束手就擒」的傻事。

至於第三種，無知無覺的當人的殺人凶器……他們忘記了最重要的一點，就是禾晏非但不瞎，甚至一早就開始提防丁一。

思忖這些的時候，禾晏已經看到了她自己住的屋子。屋子裡亮著燈，大概飛奴已經回來了。禾晏摸了摸身上，布條被她放在屋裡了，想到等下還得做戲給飛奴，不覺頭疼。

她怕被丁一追上，往前一躍，以迅雷不及掩耳之勢閃身進了屋，剛回頭，差點被自己的唾液嗆死。

屋子裡放著沐浴的木桶，裡頭白霧蒸騰，肖玨就坐在其中，美人入浴，冰肌玉骨，月光順著窗戶的縫隙溜進來，將他的青絲渡上一層冷清色澤，就顯得格外誘人。他肩胛骨生的極好看，有那麼一瞬間，禾晏心思飄到別處去了，她想著，當初在賢昌館的時候，未曾見過此人脫掉外裳是什麼時候，軍中大漢又多是彪悍粗糲，許之恒大概算斯文的了，但肖玨和他們都不同，既英美又蘊含力量，那把勁腰尤其誘人，想來不論男人女人，見了都要讚嘆。

原來這人不只臉長得好看，連身子都與尋常人不同，難怪他叫「玉面都督」，倒也名副其實。

霧氣繚繞讓人難以看清他的表情。想來不會太開心，肖玨沒想到就這時候會有人突然闖進來，登時站起，「嘩啦」一聲，水聲清脆。

禾晏：「……」

這下完了，該看到的不該看到的，禾晏全都看到了，這一刻，她心裡將自己罵了個狗血淋頭，為何整日出門都戴著布條，偏偏今日就沒戴呢？亦或者她要是真的看不見，多好。

肖二公子迅速拿起一邊架上的衣裳披上，冷眼瞧著她。

屋子裡似乎冷了好幾分。

他正要說話，就看見面前的少年張開手，胡亂將門掩上，一雙眼睛無波無瀾，似乎瞪得更大了，但什麼都映不出來，他道：「誰……是誰？」

「呵。」肖二公子被這拙劣的演技氣笑了。

第三十三章　再次試探

「舅舅？是舅舅嗎？」禾晏露出詫異的神情，如瞎子摸象，張開手亂抓一起，「你在哪兒？」

肖玨冷眼看著她做戲，諷刺道：「你不是會蒙眼射箭，聽音辨形？怎麼，聽不出我在哪？」

禾晏的動作戛然而止，片刻後，訕訕地笑了，「我這是怕你覺得尷尬。舅舅，你是在沐浴嗎？」

少年睜著眼睛，一眨不眨地看著前方，縱然此刻已經披上衣服，肖玨也覺得渾身不自在。

「你剛才去哪了？」他問。

「茅廁啊，飛奴大哥出去了，我又不敢相信這裡的下人，自己摸著出去放鬆了一下。舅舅，你今日回來的怎麼這般早？」禾晏問：「飛奴大哥還沒回來嗎？」

肖玨側身，又將外裳給披上了，道：「在這裡不要亂跑。」

禾晏瞧著他，想到方才聽到的袁寶鎮主僕的對話，就道：「舅舅，這幾日你是不是去查夜宴上刺客的事了？有沒有發現。」

肖玨瞥她一眼，問：「你想說什麼？」

「你說……有沒有可能就是這府上的人害的你？你看吧，孫知縣雖然說自己不知情，可事情是出在他府上的，他怎麼能一無所知，這說不過去吧？還有袁御史，」禾晏絞盡腦汁的暗示，「我覺得他也很奇怪……」

「哦，奇怪在哪？」肖玨問。

這話禾晏不知如何回答，總不能說，我上他倆房頂揭瓦，偷聽到他們講話了，而且我上輩子就是被他身邊那個侍衛弄瞎的。禾晏只好道：「之前袁御史來找過我一次，問過我一些怪裡怪氣的問題，你若要讓我說，我只好說直覺有點不對。舅舅，你應當多提防他們。」

少年摸索著找了個椅子坐下，語氣格外認真，聽得肖玨眸中閃過一絲意外之色。他緩緩反問：「你讓我提防袁寶鎮？」

「是啊，你想，倘若真的是他們害的你，一次不成定然還會有下次。舅舅你平日裡不在府裡，倒是不必擔心……可是不對啊，你平日裡都不在府裡，你幹嘛還住這？」禾晏猛地想起了什麼。

他既要住在孫府，每日都要外出，這不是自相矛盾嘛？

「你該多花心思在你的眼睛上，而不是這些事。」肖玨淡道：「你眼睛果真看不見了？」

禾晏心中一跳，裝傻道：「那是自然！裝瞎對我有什麼好處？」

她說的擲地有聲，肖玨再看她，倒也覺得她所作所為無一不像個真正的瞎子，若真是裝的，也實在太厲害了些。但這人慣會騙人，否則不會連飛奴也騙過去了。

禾晏見肖玨不說話，生怕他還要繼續這個話頭，便笑道：「舅舅，你方才不是在沐浴嗎？我進來打擾到你了吧？是不是還要繼續？你繼續吧，我在門外守著，保管不進來，也保管別的人進不來。」說罷，便摸索著門推開，自己出去在門外的臺階上坐下，守著這大門，活像個門神。

肖珏：「……」

屋子裡的動靜，禾晏沒有去聽了，不知道肖二公子還有沒有心思繼續沐浴，反正禾晏的心思是有些亂。今日發生的事實在是太多了，竟不知先想哪件事才好。禾如非與徐相，袁寶鎮同丁一的陰謀，亂七八糟的事情混在一起，最後竟成了肖珏沐浴的模樣。

「呸呸呸——」禾晏罵了一聲，心道這不瞎的人，經過這麼一遭，怕也要瞎了。雖然她是女子，仔細一想，倒不知道究竟是誰占了誰便宜。

半斤八兩吧！

第二日一早，肖珏又不見了，飛奴來給她送過一次飯之後，也消失了。這主僕二人每日不知道究竟在做什麼，禾晏坐在榻上，想著今日是不是要偷溜出去跟蹤袁寶鎮和他的侍衛，但想來經過昨夜之事後，袁寶鎮定然會死死盯著房頂，孫家的屋頂本就脆弱，實在不宜三番兩次攀爬。

誰知道還沒容禾晏想出個結果，丁一自己上門來了。他站在門口，聲音恭敬道：「程公子？」

禾晏抬頭，丁一的聲音恭謹又客氣：「袁大人請您過去用茶。」

「什麼茶？」禾晏隨口問，「我喝茶挺挑的。」

「什麼茶都有，」丁一笑道：「程公子若是不不願……」

「願意願意，」禾晏扶著床頭站起身來，「我一人在這裡，實在是很無聊，難得袁大人記得我，陪我解悶，我怎麼能這般不識抬舉？你帶路吧。」她眼睛上還纏著布條，「勞煩將我的竹棍拿來。」

昨夜飛奴回來的時候，還給禾晏帶回來一根竹棍，不高不矮，恰好能被禾晏拄著走路。雖然這人看著沉默寡言，實則還是非常體貼的，畢竟如今孫府的人不可信，人人用不得，但靠她自己，走路也著實不便，有一根竹棍要好得多，落在旁人眼中，也更「像」個瞎子。

丁一道：「好。」側頭看去，見前方桌前立著一根竹棍，他走過去將竹棍拿在手中，一邊往禾晏身前走，一邊遞過去道：「程公子請接好。」

禾晏顫巍巍的伸手去接，就在快要摸到竹棍頭之時，丁一突然將手往前一撤，禾晏身子撲了個空，她本就站的不穩，身子一歪差點跌倒，幸而被丁一扶了一把，丁一道：「程公子沒事吧？」

「沒事。」禾晏心有餘悸地道：「差點摔倒。」隨即又語氣黯然道：「如今連拿個東西都不會拿了。」

「都是屬下不好，」丁一愧疚地開口：「方才應該直接送到程公子手中，害程公子受驚。」

他話雖然如此，目光卻死死盯著禾晏，試圖從禾晏的臉上找出一點破綻來。可惜的是，一旦雙眼被布條蒙住，實在難以揣測禾晏的神情變化。他亦是不知道，禾晏瞧著眼前的人，心中無聲發出冷笑。

這布條是她昨夜改過的，黑色的布條，在眼睛處極細微的用針給磨出一絲縫隙，不多，只要一絲就好。透過這一點縫隙，能看到外面人的動作，而在外人眼中看來，禾晏只是一個雙眼被布條蒙住的瞎子而已。

丁一的試探，眼下盯著她臉的動作，被禾晏盡收眼底。她沒想到如今丁一居然還對她有所懷疑。可這是為什麼？昨夜她逃得極快，應當沒有被丁一發現端倪，若說是之前夜宴上提醒肖玨莫要喝杯中酒，上次袁寶鎮過來得時候，試探也應當結束了。

何以這樣一而再再而三的試探。

禾晏想不出所以，便拄著竹棍道：「罷了，這也不關你的事，我們出發吧。」

「屬下還是扶著您吧。」丁一開口。

「不必，」禾晏道：「若是我真的再也看不見，遲早也得適應這種日子，老是要別人幫忙算什麼事？況且我有竹棍，只是走得慢些而已，不會跟不上，你在前面告訴我怎麼走就是了。」

少年聲音倔強，聽起來就像是縱然瞎了也要爭強好勝的心性一般，丁一沒找出什麼漏洞，便道：「那請程公子隨我來。」

他往前走了，邊走邊告訴禾晏路上哪裡有臺階，哪裡該向左向右。禾晏其實走得很慢，竹棍點在地面上，發出「篤篤篤」的聲音，極小心。他走得認真，丁一也很有耐心，一直在指導她，但禾晏的餘光能看見，這人目光一直盯著她每一個微小的動作，仍在努力捕捉她可能出現的漏洞。

倘若是裝瞎，人在走一截路的時候，多少會出現一些尋常的習慣，離得近的人只要稍加注意，也能發現絲絲縷縷的不對。不過禾晏早已有備而來，她蒙著布條，便能想到過去在許家的日子，她也曾真正做過瞎子，根本不必裝，只要按照過去的模樣做出來就是了。

他們二人，一人裝瞎，一人觀察，彼此都在提防對方，到底是裝瞎的人技高一籌，走走停停間，半分破綻不漏，已經到了袁寶鎮門前。

丁一道：「程公子小心腳下臺階，咱們到了。」

禾晏點著竹棍，順著竹棍的指引抬腳，顫巍巍的上了臺階，隨著丁一走了進去。

袁寶鎮住的這間房，靠著陰面，尋常日子似乎很難曬到日光，一進去便覺得昏暗，白日裡甚至還點了一盞燈。小幾前上擺著一只茶壺，上面有幾隻茶盅，一盤點心，丁一將她引著在小幾前坐下。

袁寶鎮抬起頭來，朝著禾晏和氣的笑道：「程公子這幾日，可還好？」

「還好還好。」禾晏指了指自己的眼睛：「除了這裡不好。」

「這幾日還是沒有好轉麼？」

「沒有。」禾晏嘆氣，「不知舅舅尋的神醫，什麼時候才能到涼州。」

這是騙小孩子的話，袁寶鎮沒有放在心上，只是看向丁一，丁一對他搖了搖頭，意思是這一路以來，沒有發現破綻。

那就是真的瞎了。

他看禾晏的時候，禾晏也在看他。黑布透出的縫隙模模糊糊，看得不甚真切，禾晏卻覺得，這人和幾日前看到的，又有所不同。他的聲音還是很和氣，但大約因為禾晏看不見，連臉上的笑容也不屑於裝了。神情中透著幾分焦躁，似乎有什麼事情不順利。

也是，他們既然是專為謀害肖珏而來，遲遲都沒得手。眼下更是每日連肖珏的蹤跡都沒看到，和順利一點邊都沾不到。

袁寶鎮將面前的茶盅推到禾晏手裡，又將那張盛著點心的碟子送到禾晏面前，笑道：「吃點點心。」

禾晏清楚的看到，那點心上頭，灑著一些花生碎。

禾晏還記得臨走之時程鯉素對自己的囑咐，只要吃花生便會渾身起疹子。這就有趣了。袁寶鎮究竟知不知道程鯉素不能吃花生？禾晏覺得，十有八九是知道的。那麼這盤點心的目的就很明確了，還是在試探她。

吃了這盤點心，沒起疹子，有問題。不吃這盤點心，也有問題。

禾晏以為自己何德何能，要袁寶鎮這麼一而再再而三的試探。

她並沒有去接那杯茶，也沒有去拿點心，而是笑了，以一種奇怪的語氣道：「袁大人，我不能真的喝茶吃點心。」

袁寶鎮目光一動：「為什麼？」

「你知道夜宴一事後，我舅舅就不要讓我在府裡吃喝東西了。我每日的東西都是飛奴送來的，袁大人，我可不是信不過你，實在是因為我舅舅這個人很嚴苛，若是我背著他吃了東西，回頭發火，我承擔不起後果。」少年語氣非常的理所當然，甚至有一點不理解袁寶鎮何以這般傻，他道：「我勸袁大人也不要吃府上的東西了，忍一忍口腹之欲，莫要因此搭上性命。」

這少年回答迅速，一點未見端倪，一時令人摸不清楚他是說真的還是在說謊。袁寶鎮笑了笑，「我這裡的茶點，也是令侍從在外面買來。」

「外面的吃食就更危險了。」禾晏語重心長道：「實在不行，袁大人你等等，等我舅舅回府，你同我舅舅說說，得了我舅舅的首肯，我再吃這些東西可好？」

這話袁寶鎮沒法接，他請肖玨過來吃茶？豈不是自己暴露自己。

禾晏自覺這一番話說的天衣無縫，程鯉素本來就是個怕舅舅怕的要命的小慫包嘛！

袁寶鎮收回手，搖頭笑了：「程公子不願意吃便不願意吃吧。」語氣很是失落。

「無事，我來和袁大人坐坐，也挺好。」

「那麼，有件事我很好奇，」袁寶鎮看著眼前的少年，話鋒一轉，「肖都督如此關愛你，為何這幾日都將你一人留在府中。只有那個侍衛跟在身邊，縱然是侍衛，也不是時時刻刻與程公子待在一處，這府裡要是真有什麼問題，肖都督就不擔心程公子會有危險？」

此話一出，禾晏福至心靈，突然明白了為何袁寶鎮主僕要揪著他不放了。

因為肖玨將自己的外甥獨自一人放在孫府，本就是一件不合理的事啊！肖玨之所以會這麼做，一來是因為禾晏本身會武，二來是她也不是真的程鯉素，同肖玨沒有任何血緣關係，冷漠的肖二公子當然不會對她另眼相待。但事實上換了真正的程鯉素在此，肖珏一定會想方設法的保證他的安全。而不是現在這樣，禾晏一個人留在孫府，渾身上下都寫滿了被放養，活像個不得人待見被打入冷宮的失寵棄妃。

禾晏自己從來很端正自己的位置，因此絲毫不覺得有什麼，看在旁人眼中，卻是不對的。她此時忽然反應過來，便知道，這就是袁寶鎮主僕一直覺得不對，盯著自己的原因。

但肖珏如此聰明的人，怎麼會想不到這一點。禾晏覺得不可能，原先在賢昌館的時候，禾晏粗心大意，肖珏卻做事非常謹慎，禾晏不信他會忽略如此，那麼只有一種可能了，肖珏是故意的。肖珏故意讓她露出破綻，讓袁寶鎮主僕對她充滿疑惑，一而再再而三的試探自己。

可是為什麼啊？縱然肖珏對她有所懷疑，但至少眼下，他們應當是一夥兒才對的。莫非……這混帳是用她來當擋箭牌，她這頭吸引了袁寶鎮主僕的注意，肖珏那邊就得空去做他自己的事？

禾晏越想越覺得有這個可能，心裡恨不得將肖珏手撕八塊。她面上卻不顯，只一派天真道：「能有什麼危險，我舅舅早就說了，真正的危險不在這府上，我留在府裡很安全，袁大人，我告訴你，」她小聲地道：「真正的危險在府外呢。」

「府外？」袁寶鎮和丁一對視一眼，問禾晏：「程公子此話怎講？」

「這我就不知道了，」禾晏兩手一攤，一副與我無關的模樣，「反正我偷聽到我舅舅是這麼說的。您要是想知道，直接去問我舅舅吧。」她又補上一句，「我看他這幾日都在府外，說不準就是去解決那個『危險』了。」

行啊，肖玨既然用她來當擋箭牌，她也就將靶子給踢回去，將袁寶鎮的目光引到府外去。況且她這一問三不知的廢物公子形象已經深入人心，想來袁寶鎮也沒發現什麼破綻。

「程公子真會說笑，」袁寶鎮笑道：「既是肖都督的私事，我也就不打聽了。」他說起了別的閒事。

禾晏卻是渾身一凜。

她看到丁一走了過來，挨著她挨得極近，彎下腰去將她腰間的香球解開了。

程鯉素是個非常講究的少爺，香囊玉佩數不勝數，禾晏覺得那些東西太貴重，怕掉了，翻了老半天才找到了一支看起來比較簡樸的香球。香球只有兩個指頭大，是用紫藤編織而成的小圓球，中間空心，填滿了香料藥草，佩戴在腰間，行動間有隱隱清香，又可愛又風雅。

丁一將香球托在手中，他動作很輕，幾乎讓人感覺不到，而看不到的禾晏，此刻只能假裝毫無所覺。

她不會認為丁一是喜歡這香球所以偷走，果然，丁一將香球的上頭打開，將裡頭原先的藥材掏了出來收好，把什麼東西填了進去。

必然不會是什麼好東西。

做完這一切，他輕手輕腳的，將香球重新繫在禾晏腰間，自始至終，禾晏沒有半分舉動。袁寶鎮面上露出滿意之色，丁一重新站回袁寶鎮身邊，從外頭看過去，一切如常，彷彿沒有任何事情發生過。

禾晏嘴上和袁寶鎮閒嘮著朔京軼事，只覺得腰間那香球隱隱發燙。前生她已經吃過用毒的虧，禾晏懷疑或許丁一就是擅長用毒。她還記得昨夜探聽袁寶鎮主僕房間聽到的那些話，他們可是打算利用自己來給肖玨下絆子，這大概就是他們想出的辦法了。

這玩意兒大概有毒吧，毒性還不小，佩戴在自己身上，自己會死，和自己親近的肖玨聞到也會死，連飛奴都跑不掉，如此一來，一家三口，不，主僕三人就真的一名嗚呼，還能全都怪責在刺客身上。或許時候仵作來驗屍，發現自己不是真的程鯉素，便成了刺客偽裝成程鯉素暗中謀害右軍都督的惡人身分。

禾晏打了個冷戰，決不能讓這件事發生。

她道：「袁大人，我有點內急，我想先去如廁。」

孫府屋子，肖玨走了進來。

飛奴緊跟著他的腳步進來，似乎已經等了他許久。

「少爺，袁寶鎮將禾晏請走了。」他道。

肖玨將劍放在桌上，轉過身，漫不經心道：「大概還在試探。」

「找不到少爺，他們也只能從禾晏身上下手。」

肖玨不置可否的一笑。禾晏本就是他放出去的擋箭牌，用來聲東擊西，沒有兩條尾巴，做起事來更方便些。旁人都以為他是出府去了，事實上，他真正出府的日子，只有今日。

他一直在孫府裡，藏在暗處，只是沒人發現罷了。

「少爺這麼做，不會被禾晏發現吧？」

「他應該已經發現了，不過，他也只能說謊。」肖玨道：「這個人在第一次對袁寶鎮的時候就在說謊，雖然不知道為什麼。」

禾晏應付得很好，他應付的越好，越是找不到一點破綻，袁寶鎮就越會起疑。因為肖玨將外甥留在孫府，這本就是一件破綻百出的事。

「少爺用袁寶鎮去試探禾晏，用禾晏去試探袁寶鎮，可萬一他們本就是一夥的怎麼辦？」

到現在為止，除了初到孫府當夜宴席上的一場刺殺，肖玨幾乎整個人都置身事外。禾晏與袁寶鎮互相試探，剛好可以弄清楚兩個人的來由，一箭雙雕。

「如果是一起的，就一網打盡好了。」肖玨淡道：「本來這件事，也快到此為止。」

飛奴沉默，片刻後，他像是想起了什麼，才道：「今日禾晏去了袁寶鎮房間，袁寶鎮身邊的侍衛將禾晏身上佩戴的香球給調換了。」

肖玨挑眉：「他沒發現？」

「沒有。」

「做戲而已。」

「那香球裡恐怕有毒，都督，今日您離他遠些。」

肖玨看了窗外一眼，突然道：「這個時間，禾晏應當回來了，還在外做什麼。」

話音剛落，就聽見外頭有個孫府的丫鬟氣喘吁吁地跑來，邊跑邊道：「不好啦，不好啦！」

飛奴將門打開：「什麼不好了？」

丫鬟囁嚅道：「程公子……程公子在茅房裡摔倒了！」

廁屋外，已經圍滿了一圈丫鬟。為首的丫鬟憂心忡忡道：「程公子，程公子你沒事吧？讓奴婢們進來可好？」

回答她的是少年氣急敗壞的聲音：「不！不許進！都給我站在外面。」

諸位丫鬟面面相覷，也是，這朔京城來的小公子平日裡看著風風光光，如今摔進廁坑，定然十分狼狽，也不願意被旁人看到如此窘迫的畫面。但是，也總不能就這樣放著不管吧！

丫鬟們急得頭都要禿掉了。

禾晏站在廁房裡，無聲的嘆了口氣。

老實說，孫家修飾的華麗講究，其實廁房已經很乾淨了。但她做如此動作，也不過是為了解決丁一給她腰間換上的那顆香球。

跌進廁坑的程公子，定然要將全身上下都換洗個乾乾淨淨，縱然是薰衣裳的香球，經過這麼一遭，也只能丟掉。袁寶鎮主僕問起來，合情合理，找不到一點問題。難不成人從廁坑裡走一趟，還得將個髒汙的香球放在身上，那才是有病。

只是……禾晏透過布條看著自己身上的汙跡，她這做出的犧牲，也實在忒大了。程鯉素這孩子看著腦子不大好用，未曾想才是個真正聰明的。這些髒活累活，如今全然由禾晏代勞了。

這叫什麼事。

她心裡想著，冷不防聽到外頭有人喊：「程公子，您出來吧，肖都督來了！」肖玨來了？禾晏本想著飛奴過來接應他，怎的回來的是肖玨，他今日回來的這般早？她還沒想清楚，就聽到外頭肖玨的聲音響起：「程鯉素，出來。」

禾晏：「……」

為何每日遇到肖玨的時候，她都是這般狼狽？禾晏深吸一口氣，扶著竹棍顫顫巍巍的走了出來。

外頭的人都屏住呼吸。

少年身上穿著的衣服都濺上了汙跡，頭髮也有些凌亂，黑布蒙著眼睛，看不到是什麼眼神，嘴巴卻扁著。一出來，便有些胡亂的朝著一個方向委屈的告狀：「舅舅，您可來了！要不是我命大，您就要有一個摔死在廁房的外甥了！」

肖玨：「……」

禾晏往前一步，肖玨側身避開。這人最是愛潔，能夠忍著嫌棄到這裡來接禾晏，大概是做出的最大讓步了。

「飛奴，把他給我接回去，洗乾淨。」似是難以忍受禾晏身上的異味，肖玨轉身就走。

禾晏心裡罵道，瞧瞧，這是人做出來的事嗎？她掉進廁房也不知道是為了誰？肖玨可真是白眼狼。

飛奴過來攙扶禾晏，這人也是隨主子，平日裡寸步不離的跟著禾晏，這會兒禾晏掉進廁坑了，連攙扶都隔著距離，還用了一張帕子，禾晏無言以對。

等到了他們住的屋外，這一回，都不用禾晏提醒，飛奴令人送來熱水和沐浴的木盤，木著一張臉對禾晏道：「你快進去洗乾淨吧。」

「你不伺候我洗澡了？」她試探地問。

「你有未婚妻，不方便。」

嘖嘖嘖，這可真是日久見人心。禾晏懶得理會他，自己顫巍巍的將門關上，跳進了沐浴桶裡。

想想真是不甘心，堂堂飛鴻將軍，如今竟然混到要自己跳進廁坑裡避禍，這要是被當年的下屬同僚瞧見，指不定怎麼嘲笑她。

不過想來袁寶鎮也沒想到，他給自己的那個香球，還沒見到肖玨就已經廢了。畢竟天要下雨人要摔跤，誰也管不著。

屋外，飛奴蹲下身，拿樹枝撥弄了一下禾晏丟在地上的那攤髒衣服，從衣服裡滴溜溜滾出一個圓圓的香球，飛奴拿樹枝抵著香球，道：「應當就是這個。」

肖玨瞥了地上的香球一眼，沒有說話。

「少爺，他這是故意的還是無意的？」飛奴也有些迷惑。若禾晏是無意的，恰好摔倒廁房導致這香球不能用，也實在太巧了。但若說是有意的，倘若他和袁寶鎮是一起的，又何必多此一舉。縱然是苦肉計，也實在太真了些。

「故意的。不過，」他勾唇笑了一下，目光裡不知道是嫌棄還是意外，十分複雜，道：「這種辦法都想得到，還真是不拘小節。」

這倒也是，試問誰能想得到禾晏會摔進廁坑呢？恐怕連袁寶鎮自己都想不到。禾晏這個舉動還真是匪夷所思。但凡個體面人，都不會想到這種辦法。

「如果他是故意的，」飛奴看向肖玨，訝然道：「少爺是說，禾晏眼睛看得見？」

肖玨挑眉：「十有八九。」

「那他一直裝作看不見是什麼意思？」飛奴有些不解，「是為了騙我們，還是為了騙袁寶鎮？」

「都有。」肖玨慢悠悠地道：「他可能和任何人都不是一邊的。」

就如肖玨一邊提防禾晏，一邊冷眼看著袁寶鎮做戲一樣，禾晏很有可能也將自己置身事外了。她大概是以一種看戲的眼光看他和袁寶鎮相爭。騙袁寶鎮的時候順便騙一騙肖玨，至於她的目的是什麼，現在還看不出來。

「少爺，禾晏會不會妨礙我們辦事？」

「不會。」肖玨道：「就快結束了。」

飛奴沉默片刻，道：「朔京的回信，大概今夜就到了。」

過了今夜，就知道這位禾晏，究竟是什麼來頭，所求為何。至於袁寶鎮，他的好日子，就快要到頭了。

屋子裡，袁寶鎮險些不敢相信自己的耳朵，他問來稟告的下人，「你說什麼？」

孫府的下人被他的臉色嚇了一跳，諾諾道：「剛剛，程公子掉進廁房了，肖都督將他接走了。」

丁一神情劇變，袁寶鎮扶額，揮了揮手：「你下去吧。」下人離開了。

袁寶鎮一掌拍向桌面：「混帳！」

都不必細究，就知道今日給禾晏的那個香球，是做了無用功了。既是掉進了廁坑，全身上下必然沾染上汙穢，要將裡裡外外都清洗個乾淨，那香球又憑什麼能躲過一劫？

「不好。」袁寶鎮站起身，有些不安，「那香球不會被肖玨發現吧？」

「肖玨愛潔，應當不會刻意去動。只是，」丁一神情莫測，「程鯉素就不一定了。」

「你是說他是故意的？」

「你不覺得太巧了嗎？剛剛給他香球，他就掉進廁坑。之前也是，夜宴中所謂的飛蟲入盞，也只是他的一面之詞。更重要的是，肖玨為何會將自己的外甥一人留在孫府？這個人很不對勁，我總覺得，程鯉素不是表面上看到的那般簡單。」

「如果他有問題，豈不是你我一開始的打算都被他知道了？這會不會是肖玨設下的陷阱？」袁寶鎮問。

他對肖玨有種發自骨子裡的畏懼，大概是因為知道這位右軍都督，是真的會不看身分殺人的主。

「我看，今夜就動手吧。」不知過了多久，丁一才開口道。

「什麼？」袁寶鎮急道：「清醒的肖玨，你打不過。」

正因如此，他們也不敢直接與肖珏交手，可惜的是夜宴一擊不成，再想找到機會就難了，本還想從程鯉素這裡下手，這小子更邪門，滑不溜秋，莫名其妙，到現在都沒弄清楚究竟是怎麼回事。

袁寶鎮的話似乎惹惱了丁一，他面上陰鷙一掃而過，只陰聲道：「我本就不打算從他入手，他那個古怪的外甥，才是我的目標。」

禾晏將自己洗了個乾淨，末了為了驅散味道，還拿了程鯉素的香膏給自己渾身上下抹了一遍，換了乾淨的衣裳，才敢去見肖珏。

肖珏坐在桌前，制止了她繼續向前：「離我一丈遠。」

禾晏心中大大的翻了個白眼，面上卻笑道：「舅舅，我洗乾淨了。不信你聞聞——」

她試圖湊上前去，一柄劍鞘懸在她面前，碰到了她的鼻子，擋住了她的路。透過黑布的間隙，能瞧見肖珏以袖掩鼻，神情不悅，眉頭皺得活像是遇到了叛軍來襲。

禾晏攤手：「好好好，我不上前就是了。」

肖二公子還真是講究，就是不知道這講究能不能救他一命了。若不是她自己跳進廁坑，眼下二公子在香球的毒性下，不知道能堅持幾刻。禾晏心中頓生遺憾，早知道就直接把香球丟到肖珏面前，看他還敢如眼下這般挑剔。

她扶著竹棍摸到了一張椅子，在椅子上坐下，想了想，還是問道：「舅舅，咱們在這府裡，究竟還要住多久啊？」

「怎麼？」肖珏道：「你想回去？」

「倒也不是，就是覺得住得怪怪的。」禾晏回答。她還想從袁寶鎮和丁一身上挖出更多有關禾如非的事情，當然不能這麼快就回去。但留在這裡又不對，禾晏雖然不知道肖珏在做什麼，但肖珏的種種行徑，已經讓袁寶鎮注意到了禾晏，反而來找禾晏的茬。這樣下去，禾如非的祕密沒挖出來幾個，莫要被袁寶鎮發現了自己的計畫。

「怎麼個怪法？」肖珏不緊不慢的開口，似是沒將她的話放在心上。

「袁御史隔三差五的找我說話，」禾晏索性開門見山，「我覺得他好像在套話，舅舅，你就不怕將我一人留在這裡，洩露了什麼祕密給他？」

肖珏似笑非笑地看了他一眼：「你有什麼祕密可洩露？」

禾晏：「……」

肖珏和飛奴偷偷做什麼事，都沒告訴過禾晏，擺明了不拿她當自己人。袁寶鎮就算想要打聽消息，禾晏還真沒什麼祕密可洩露給人家，她就是個核心以外的邊緣人物，對此事一無所知。

她道：「那這樣也不對吧！哪有親舅舅將外甥一人留在虎穴狼巢的？這不是看著就讓人起疑嗎？」

誰知道袁寶鎮會不會又做個什麼香囊給她調換，她總不能一而再再而三的往廁坑裡摔，那傷的可不是眼睛，而是腦子。

「起疑？」肖珏垂下眼睛，慢悠悠地道：「我看這幾日，他並未起疑。」

禾晏在心裡吶喊，那是因為她一直在幫著圓謊啊！這種拙劣的謊言，是個人都會起疑。不過禾晏也看出來了，肖玨根本就是故意的，應當就是故意聲東擊西，禍水東引，這人心腸也太黑了，做這種事都毫無愧色。

她道：「那舅舅你成日在外東跑西跑，究竟將凶手找到了沒有？」

她說這話的時候，語氣裡含著淡淡的嘲諷，雖然眼睛蒙著布條看不出眼神，卻也能想到這少年翻白眼的模樣，肖玨平靜回答：「找到了。」

「找到了……找到了？」禾晏愣了一下，「誰啊？」

「你很快就知道了。」

什麼叫很快就知道了，她明明早已知道了啊，凶手就是袁寶鎮主僕，禾晏急得抓耳撓腮，恨不得現在就把肖玨帶到袁寶鎮面前，指著袁寶鎮的丁一對肖玨道：「就是他，就是這個人，抓他！」

但她眼下也只能裝傻，問：「舅舅現在不抓他嗎？」

「還不到時候。」肖玨勾了勾唇。

「那要等到什麼時候？」

「騙子現行的時候。」

禾晏：「啥？」

她沒聽懂肖玨的意思，還不等她繼續發問，飛奴已經走過來，將她拉起來換了個方向推出門，邊推邊道：「太晚了，你先休息吧。」

「哐噹」一聲，又把門給關上了，委實無情無義。

禾晏瞪著身後那扇門，心頭有個小人兒正在插腰狂罵。且不說前生的同窗之誼，今生他們好歹也一起應付過刺客，算得上半個生死之交吧，肖玨這什麼態度？就這態度，大魏還有那麼多姑娘仰慕他，怕不是都被南疆巫族下了蠱，令人費解！

她爬上榻躺平，將被子往上一拉，整個腦袋鑽進去。

罷了，休息就休息，反正袁寶鎮想殺的也不是自己，愛誰誰。

秋分過後，夜更冷了。

禾晏是被冷醒的。

孫家的被子是絲被，又綿又軟，上面刺繡精緻，團團圓圓很是富貴堂皇。這樣的被子雖然薄卻很保暖，禾晏在孫家睡的這幾日，在床被方面，實在是無可挑剔。如今日這般被冷醒，還是頭一遭。

黑布條就在旁邊，睡覺前她將布條解下了，此刻禾晏慢吞吞的坐起來，想著深更半夜要喚個人來給自己加被子是不是有點太叨擾旁人，一扭頭，就瞧見旁邊的窗戶被打開了，風呼呼的往裡灌。

難怪這麼冷，這冷風往裡一呼，蓋三層也沒用。禾晏想要起身去將窗戶關上，猛地想起了什麼，側過頭去，果真，就著窗外微弱的燈籠光照下，另一側飛奴的榻上空空如也，這人竟然不在。

飛奴不在，不必進裡屋都知道肖玨絕對不在，這主僕倆大概又是背著她去幹什麼見不得人的勾當去了。禾晏見怪不怪，便下榻穿鞋，想走過去關上窗繼續睡。

風極涼，吹得床邊的樹枝搖曳，落下一片露珠，禾晏伸手正要關窗，忽然間，見一黑影從不遠處掠過，倘若是不會武的人看過去，大概會覺得自己眼花。

這大晚上的，連狗都睡下了，怎麼還會有人到處閒逛。禾晏心念閃動間，抓起一邊的衣裳跟了出去。

那人的身手不錯，奈何跟著的是禾晏，禾晏跟的也很小心，她前生在前鋒營裡待過，有趁夜突襲，掩飾蹤跡遁入敵營的經歷，故而做這種事也算得心易手。

這個黑衣人並非肖玨和飛奴，肖玨和飛奴個子很高，這人卻不高。渾身上下都攏在夜行衣裡，看不出端倪。他似乎對孫家的院子很熟悉，避開了可能有護衛的地方，一直走到孫府廢棄的一處庭院。

諾大的孫府，有這麼一處廢棄的院子，離正堂很遠，禾晏眼睛剛「瞎」的那幾日，躲在窗下聽外頭的丫鬟閒談，知道這院子曾經是孫凌擄來的一位愛妾所住。這位愛妾本是涼州一家米店掌櫃的小女兒，生得貌美可愛，不幸被孫凌看中，搶回家中。

米店姑娘原已有一門親事，是城外一個與寡母相依為命的秀才，秀才不忿奪妻之辱，想要往上狀告，奈何官官相護，涼州城已是孫家父子一手遮天，最終秀才與寡母都被打入牢中，不久病逝。

米店姑娘聞此噩耗，日日落淚不已，孫凌本就是喜新厭舊之人，不過須臾日子就厭棄這姑娘。見她日日流淚只覺礙眼，又覺得觸了他的黴頭，抬手將姑娘賞給手下。

好好的一個姑娘，就這樣硬生生被折磨死了。

大約是她死的太過淒慘，不久後院子裡就傳來風言風語，說有人在夜裡聽到這姑娘的哭聲。孫凌覺得晦氣，便將這院子封了，有那些鬼魅傳言在，平日裡更無人敢進，這一處院子，也就成了荒院。

禾晏聽到這樁往事的時候，只恨不得衝上去將孫凌的腦袋扭斷。世上總有一些惡貫滿盈的人，作惡人間無數，可笑的是這樣的人竟然也會怕因果報應，還會因心中有鬼而不敢進前。

黑衣人挑選此地，可此地只是一處荒廢的院子，連丫鬟小廝都已經撤走多年，什麼都沒有的地方，要來做什麼？

這地方雜草生了許多，樹木有的因無人澆水已經枯死，有的還活著，卻無人修剪，枝枝叉叉生得奇形怪狀，投在地上的影子亦是鬼氣森森。除了風號，就是死一般的寂靜，一點活氣都沒有，彷彿墳地。

黑衣人已經到了那位姑娘曾經居住過的屋子前，閃身進去。

禾晏猶豫了一下，沒有從門口進，而是從窗戶跳進。

不知道是不是孫凌心中有鬼，這屋子裡的門前窗上，都貼了不少道士用的符印，大約是怕那枉死的姑娘冤魂來找自己，格外謹慎。

禾晏順著窗戶溜進去，奇怪的是，這無人的屋子，卻點著燈，就著燈火，待看清楚面前究竟是何場景，禾晏也忍不住訝然。

這屋子裡，桌上地下，竟密密麻麻的擺著許多佛像。那燈就是佛龕上點著的油燈，應當是時常有人來加，佛香嫋嫋，可非但不會讓人感到心中平靜，反而令人遍體生寒。

屋外貼的是道士符印，屋裡擺著的是佛像，孫家父子居然慌不擇路，佛道一體，倒也不如表面上看的那般泰然。

枕在血腥上安睡，只怕日日都會做惡夢。禾晏心中嘲諷，既然這般怕，又何必作惡多端。可見人骨子裡的惡是改不了的。

就在這時，斜刺裡飛出一枚花鏢，來得又快又急，禾晏側身避開，以袖中匕首擋開，「鐺」的一聲，花鏢落地，撞翻了一尊怒目金剛。

「你果然未瞎。」有人從佛龕後走了出來。

被追了這麼久，這人終於露出正臉，仍然是那種平庸到沒什麼特點的臉，表情卻變化了，不再是平平板板毫無波瀾，一雙眼睛裡甚至閃著興奮的光，彷彿抓住了有趣的獵物。

「這麼久才發現，你才瞎。」禾晏道。

丁一笑了，他笑起來也有些古怪，他說：「你膽子真的很大，孤身一人，也敢跟了我一路。」

「你故意打開窗，故意在窗外一閃而過，故意走得慢吞吞好讓我追上，不就是為了讓我跟來？我這個人一向很和氣，」禾晏也笑，「最不喜歡讓人的苦心白費。」

一開始她就發現了，只是別人既然已經設下陷阱，她的偽裝便已經暴露，再裝傻下去也沒有必要。何況真正的高手，從不懼怕陷阱。

只有實力不夠的人才會猶猶豫豫。

丁一被戳破，神情微變，片刻後他笑道：「你的嘴硬是跟肖珏學的嗎？」

「天生而已。」

「你不是程鯉素。」丁一盯著禾晏的眼睛，「你是誰？」

他懷疑禾晏，比袁寶鎮還要更早。只是因為那一日在夜宴之時，甚至肖珏還未曾飲酒時，那少年偶然瞥過來的一眼。

那目光裡，混雜了驚訝、憤怒、仇恨、不甘和疑惑，百味雜陳，朝他逼來，雖然禾晏極快移開目光，但當時那一刻的目光，還是讓丁一注意到了。

他不曾見過這少年，但很清楚，這少年曾見過他。

「你是誰？」他再次問。

禾晏笑了。

滿地神佛無聲注視，屋外符咒清心驅魔，似有遙遠梵音嫋嫋，少年慢慢抬頭，神情似曾相識，目光如光如電，刺得人心頭一縮。

「我是被你殺死的鬼，」她輕聲道：「從陰曹地府裡爬出來，向你索命了。」

第三十四章　女兒身

這是一張丁一沒有見過的陌生臉龐，也沒有易容的痕跡。

來孫府之前，袁寶鎮也曾說過，跟肖玨一道來的，是他的外甥，右司直郎府上的小少爺，朔京城有名的「廢物公子」。只是隨口一提，並未細言，畢竟那時他們誰也沒有料到，就是這麼個看似沒有任何威脅的廢物公子，會將整局棋打亂。

他不會是真正的程鯉素，朔京城裡養出來金尊玉貴的小少爺，也斷不會有這般悍厲的眼神。

他是誰？肖玨安排的手下？但肖玨安排的手下，為何要用這樣的眼神看他？彷彿他們曾有過宿仇。

看著眼前的少年，丁一道：「你在這裡裝神弄鬼？」

禾晏輕笑：「你怕了？」

丁一的笑容微收：「你嘴硬的讓人不討人喜歡。」說罷，袖中匕首陡然增長幾寸，急刺禾晏而來。

禾晏旋身飛起。

兩道身影扭打在一起，映在窗戶上的剪影格外詭異，倘若此刻孫府的下人經過，大約便坐實了鬧鬼的傳言。

禾晏心中稍稍驚訝。

她那時中了禾如非的計，就是眼前這個人送來的湯藥，使得她瞎掉。她一直以為丁一只是替禾如非做事的小廝，後來見到袁寶鎮，曉得這人身手不錯，但也只有親自上來打一架，才知道丁一比她想的還要厲害。

他的身手，遠在那一日刺客頭子映月之上，這樣的身手不說，且還格外謹慎保守，沒有完全把握絕不會出手。所以縱然是夜宴行刺，他也作為最後一顆棋子，不到萬不得已絕不出手。那香球亦是一樣，一定要等肖玨中毒，十分虛弱的時候才動作，確保一擊斃命。

今日丁一設下陷阱等禾晏入坑，不過也就是掂量禾晏縱然再如何出色，一個十六歲的少年郎，也不會真正厲害到哪裡去。

這個人，既自負又小心，自負是自負於自己的身手與能力，小心是小心在做事求一個萬無一失。

不可小覷。

丁一亦是心頭震驚。

他未曾見過這樣的對手。

聽聞右軍都督肖玨文武雙絕，罕有敵手。他十分想與之一戰，奈何禾如非千叮嚀萬囑咐，不可與肖玨正面相爭，也只得暗中出手，伺機而動。他這樣的人，永遠無法光明正大的與人較量，如一只藏在溝渠中的老鼠，只能躲在暗處。空有一身武藝無處施展，猶如錦衣夜行。

丁一自己內心，不是不遺憾失落的。這少年來頭神祕，令他躍躍欲試。他要光明正大的打敗他，然後利用他來算計肖玨，如此一來，方能顯他能力。可不過這麼一交手，便知道方才是自己托大了。

這少年身手竟然不弱。

匕首擦著禾晏的頭頂掠過，丁一一掌拍來，拍在禾晏的左肩上，將她拍得往後退了幾步，碰倒了桌上的佛像。

「你這是對佛像不敬。」禾晏道：「不怕夜裡菩薩佛像來找你？」

丁一不高興地看著她，見這少年挨了他一掌，竟然還能好端端的說話？他冷笑道：「你可知這裡一尊佛代表著一個死人，你很快就會加入他們。」

禾晏伸手摸了摸肩頭，露出一個驚恐的神情：「好端端的，不要在夜裡講鬼故事！」嘴上這般說，手裡的匕首毫不猶豫的朝丁一刺來。

丁一躲開了，匕首將他的帽子挑開，落在地上。

禾晏心頭唏噓，她出門什麼兵器都沒有，這一把匕首，還是第一日到孫府夜宴上，用來割鹿肉的匕首。當時肖玨被刺，她情急之下搶了就衝進去幫忙。這一把割鹿肉的匕首，此刻看來，就過分華麗而不實用了。

她正想著，丁一又已經上前來，禾晏避開他的刀尖，被他一掌拍在背上，頓覺喉頭一甜。

丁一雖然用的是匕首，但卻更愛赤手空拳對峙。此人對自己的身手十分自信，才會如此。

「挨了我兩掌，竟然還能站著，」丁一目光微動，「你是第一個。」

禾晏將喉頭的血咽下，露出笑容：「能打我兩掌還活著，你也是第一個。」

「伶牙俐齒。」丁一說著，再次奔來。

禾晏轉身往窗戶逃去。

禾大小姐的身體，到底還是太孱弱了。許是老天爺本就如此，天下沒有絕對的公平，女子心思比男子玲瓏縝密，身體便註定要柔弱於男子。縱然她前生驍勇善戰，但如今的她，也只是一個十六歲的女孩子，在今年春日之前，甚至從未有過半分武藝。

不及丁一內力深厚。

「你這就想逃了？」丁一哈哈大笑，伸手抓住禾晏的衣襟往後一扯，禾晏被他扯得身子往後一仰，摔進佛龕中。

香灰灑了半空。

「這裡夜裡都不會有人來。」丁一笑道：「沒人敢來，你就只能在這裡等死。」

禾晏站起身，一腳踢開面前的一尊佛像，笑道：「我本就是個死人。」

她這動作隨意，卻叫丁一看的分外熟悉，竟然愣了一愣。

丁一是禾如非的手下，跟了禾如非多年了。他們一直生活在別院，離朔京很遠。過去那些年，禾如非培養丁一，如死士。丁一身手絕佳，會製毒，會偽裝，心思縝密，縱然是做別人的手下，也是極優秀的那一個。

一身本領，自然要有用武之地，然而等他們回到朔京，丁一第一個領到的任務，卻是炮製一碗使人眼盲的毒藥，給許大奶奶，也就是禾如非的堂妹送去。

他當時對這個任務很不滿，亦不知道為何禾如非要下令殺死這個堂妹。女子間的爭鬥，是後宅間的事，又有什麼可用得上他的？簡直大材小用，丁一自覺受到侮辱。

禾如非卻告訴他：「你莫要小瞧她，行事須小心，別要被發現端倪。」

丁一很奇怪，一個女子，能厲害到哪裡去？何以還要叫他小心。

半是好奇半是不屑，丁一進了許家，在許家待了三日。

就是這三日，令他發現，許大奶奶果真不是簡單女子。她格外敏感，有時候丁一藏在暗處想要觀察她，她立刻就能發現不對。好幾次，丁一都差點暴露蹤跡。

到最後，他無可奈何，只好用禾如非小廝的身分藏在許家。許大奶奶雖然謹慎敏感，但對禾家人，倒是十分信任，給了他可趁之機。他還記得當時那一碗藥給許大奶奶，許大奶奶聽說是禾家送來的補藥，想也沒想就仰頭喝了個乾淨。他當時心中生出不知道是什麼的感覺，這樣的女子，如此身手與能力，倘若光明正大的打，必然要下好一番功夫才能取她性命。但只要是身邊人動手，就這麼一碗藥，甚至不必費神，就能得償所願。

難怪旁人總說，能真正被欺騙傷害的，只有身邊人。

丁一在那三日裡，也留意到許大奶奶的一些小習慣。譬如說有時候眼前有什麼東西，像是落下來的樹枝一類，她總愛一腳踢開。她踢開的動作看似隨意，卻非常用力，這在大戶人家的女子中，其實算是非常失禮的。許大奶奶也知道這一點，因此她每次無意識的踢走東西時，就會反應過來，若是四下無人，便若無其事的離開。若是有人，便歉意赧然的吐吐舌頭表示抱歉。

她在做這件事的時候，那張總是平淡的臉上，便會顯出生動的神氣。彷彿這樣才是真正的她似的。因此時隔久遠，丁一都快記不清楚許大奶奶的模樣了，卻仍記得她一腳踢開眼前樹枝的動作。

而就在剛才，面前的少年一腳踢開腳邊的佛像，那點動作和神氣，突然就與丁一記憶裡的許大奶奶重合了。

但他怎麼能是許大奶奶呢？

那碗藥喝下去，許大奶奶就成了個瞎子。丁一以為事情就到此為止，直到今年春日，他在禾家的時候，聽聞許大奶奶失足跌進池塘裡溺死了。

丁一不會認為她是真正的失足溺死，蓋因禾如非以及禾家人在聽到這件事時，除了二房的夫人，並無半分驚訝。想來是早就知道的。

有什麼事情會使得整個禾家對一個出嫁的女兒如此趕盡殺絕，變成個瞎子都不放心，還要她的命？他在事後回憶起來，便漸漸想出了一點頭緒。

禾如非在別院裡生活多年，回到朔京，搖身一變成了飛鴻將軍。丁一以為是禾家找了個代替品代替禾如非，既然禾如非回來了，代替品就該去死。但，倘若那代替品是個女子呢？

這聽起來不可思議，但並不是絕無可能。尤其是丁一想到許大奶奶的機警和身手，絕不是一個普通婦人可以做到。尤其是後來聽說許大奶奶瞎了後，並未一蹶不振，而是嘗試聽音辨形，或許正是因為如此，才會令禾家感到不安。

他們需要的是一個聽話的瞎子，如果這個瞎子還能走、能動、能說，就不夠令人放心了。他當初弄瞎的許大奶奶，也許是大名鼎鼎的飛鴻將軍，每每想到此事，丁一都又自豪又遺憾。自豪的是平定了西羌之亂，多少人望而卻步的飛鴻將軍卻是敗在他這麼個小人物手中。遺憾的是他雖算計了許大奶奶，到底不是光明正大，只是一碗藥而已。

燈火影影綽綽，映出的少年模樣都變得模糊了。禾晏眼角一彎：「打架的時候出神，可不是好習慣。」伴隨她聲音的，正是她的動作，如鬼魅般輕快，眨眼間已經到了丁一跟前。

「噗嗤」一聲，匕首從他的袖子上劃過，留下一道血痕，禾晏刺傷了他的胳膊。

「你就這點能耐了嗎？」丁一的眼中掠過一絲興奮，還有一點不屑。這少年斷然不是飛鴻將軍，飛鴻將軍……不只這點本事。

他不以為然的將那截散出來的袖子撕掉，看著禾晏笑起來：「不管你是人是鬼，今日就死到臨頭！」

他朝禾晏疾掠而來。

屋子本來格外寬敞，但因為到處擺滿了佛像，便顯得狹窄而逼仄，丁一自小習武，內力深厚，且手段詭譎凶險，若非如此，也做不得禾如非的心腹。禾晏與他交手四五招，被拍中的地方傷痕累累，受傷最重的當是背後，被丁一的刀尖劃破。

窗戶就在眼前，卻難以逃開，她被抓住一把丟到地上，丁一抓著她的腦袋，疑惑的看著她：「你到底是誰？」

「你覺得我是誰？」少年的唇邊溢出血跡，而他神情卻滿不在乎，彷彿不知道痛似的，連笑容都不曾變過。

恍惚間，丁一又想到許大奶奶了。這點聯想令他不快，鉗著禾晏的脖子的手越發收緊，他道：「你不告訴我你是誰，我就將你殺了，埋在這裡的地上，到處都是神佛和符咒，你將永世不得超生，所以，」他輕輕地，誘哄般地道：「你到底是誰？」

這少年的身手已然很優秀了，給他的感覺又似曾相識，丁一不願意與真相擦肩而過。

可是禾晏聞言，卻笑起來，她笑的有些咳血，邊笑邊道：「你這人，我不是早已告訴過你，我既是從地府裡爬出來的惡鬼，便早已不屑超生。況且，連我都能來去自由，這點符咒和佛像，不過泥塑紙張，當不得真。你如此好騙，你家主子禾如非知道麼？」

他竟然知道禾如非，丁一一愣，神情陡然一變：「你還知道什麼？」他下意識的去摸身後，卻摸了個空。

那少年的臉還在跟前，漾著盈盈笑意，丁一察覺不對，手中匕首直刺過去，少年卻如乍然醒過來一般，輕輕一撤，已經脫離了他的制掣。

她手裡拿著一支細小的梅花鏢，靠著佛龕把玩，道：「這就是你的殺手鐗了？還藏在懷中，要不是挨了這麼多頓打，還真找不到哪。」

丁一的臉色霎時間沉下來：「你耍我？」

「不敢不敢，」少年笑咪咪的：「只是我總不能在同一人身上栽兩次吧，有備而來而已。不是你的錯，你藏得已經極好。」

前生這人送了一碗藥過來，禾晏就瞎了。今生再見到他，夜宴上那杯酒似有蹊蹺。在袁寶鎮屋裡，丁一甚至給她換了香球。若非時常用毒的人，身上哪裡會隨身攜帶這麼些毒死人的東西。

有了先入為主的印象，她就格外留意這人。丁一的手指指尖發黑，像是常年在藥水中浸泡而過，皮膚皸裂。這是一雙用毒人的手，加之之前那一幫刺客的的心，想來這人也是走陰詭下作的路子，身上藏了淬了毒的暗器。匕首只是障眼法，真正的殺招，就是這淬了毒的梅花鏢。

與他近身打鬥，其實並不難，難在倘若將這人逼急了，使出殺手鐧，輕則重傷，重則沒命，禾晏可不敢拿命去賭。

她觀察丁一此人，十分自負。雖有匕首在身，卻習慣赤手空拳與她交手，是自信身手不弱於她。因此禾晏故意露出破綻，假裝體力不支，只是一個略有身手，但稍遜一籌的普通少年，果然，不過須臾，丁一就開始輕敵。

而她順利的摸走丁一的「殺招」。

丁一狠道：「我必要殺了你。」

「你以為你還有這個機會嗎？」禾晏打了個響指：「現在換你挨打了。」

兩道身影撲在一起，那看起來內力稍弱的少年，之前的確全是偽裝，她動作更快更猛，不過須臾，就將丁一手中的匕首踢飛，矮身避過他的大掌，頭也不回，反手前刺，匕首刺中了丁一的腰。

「你……」他不敢置信地瞪大眼睛。

禾晏一腳踢向他的膝蓋，丁一被踢的跪倒在前，禾晏揪起他的頭髮，道：「現在該我問話了。」

「禾如非為何要殺肖玨？你們是在為徐相做事？徐相許了你們什麼好處，禾如非究竟要做什麼？」

她說得又快又急，丁一愣了一下，慢慢地笑了。

「我不會說。」他道：「說了，你會立刻殺了我。你不如試試，有什麼辦法，能讓我開口。」

他的笑容甚至有幾分無賴。

這張臉上的神情，禾晏曾經看過許多遍，並不陌生。當初她在撫越軍裡時，但凡虜獲了敵人的人馬，一些俘虜會迅速投降叛變，另一些則是死士，寧死也不肯開口。無論怎麼言行逼供，都不會說話。到最後，反而會讓審犯人的人充滿挫敗。

丁一臉上的神情，就是這種「死豬不怕開水燙」的神情。他眼下說的好聽，並未將話說絕，看似留了一條生路，其實是在耍弄禾晏。若是尋常人，也就被蒙混過去，許會留他一條生路，日後待丁一的同黨得了機會，還會將他救走。

可禾晏不是尋常人，亦不會上這種當。

她看著丁一，突然道：「你方才一直問我是誰，你是想起了誰？」

丁一突然臉色一變，盯著她的臉沒有說話。

「你難道就不覺得奇怪嗎？你與我見面不過幾次，我何以知道你身上藏了帶毒暗器，提前準備提防。夜宴上那酒也是我出聲提醒，我怎麼會知道？」

丁一冷笑：「少裝神弄鬼。有本事就殺了我。」

「倘若我與你無仇，我定不會殺你，可我留著你有什麼用，我活著，本就是為了復仇。」

「諸天神佛作證，我可沒有說謊。」禾晏低笑，彷彿是為了迎合這詭異的氣氛，秋夜裡，突然響起一聲驚雷，閃電照亮了屋子，慈眉善目的佛像們注視著他們，像在圓一場多年前的因果。

「你曾餵了一碗藥給一個女人，那個女人瞎了。」少年輕聲開口。

「你猜我是不是那個女人。」她笑起來。

丁一掙扎道：「你是……」

話到一半，眼睛驀地瞪大，唇邊溢出一絲鮮血，眼中神采迅速消散。

梅花鏢刺進他的喉嚨，刺得極深，不過片刻，一命嗚呼。

禾晏站起身來，看著腳邊的人。丁一的屍體躺在金光閃閃的佛像中，彷彿諷刺。她低聲道：「換你自己死在這裡，看看能不能超生。」

她轉身走了出去。

丁一不能留，這麼個人，她連藏都不知往哪裡藏，若是肖珏知道，問起她何以探聽禾家的事，禾晏無法解釋。他既是死士，不肯吐露祕密，留著性命也無意義。況且，此人作惡多端，死不足惜。

死在這裡，是他最好的結局，要知道這院子鬧鬼，想來被人發現他的屍體，也要好幾日了。

外面驚雷陣陣，下起秋雨，禾晏跌跌撞撞的往屋子的方向去。

她雖以身作餌，誘著丁一放鬆警惕，但實則確實受了不少傷。如今身體不比前生，丁一也並非等閒之輩，她或許低估了禾如非的力量。背上的傷被雨一淋，血跡順著雨水流到院子裡，被飛快沖走。禾晏覺得渾身力氣都在消失。

這大概是她重生以來，最狼狽的一次了。好在她出門的時候，肖玨和飛奴不在，就這麼一小會兒功夫，想來他們也還未回來。她得迅速趕回去換好衣裳，裝作什麼都沒發生過。

屋子近在眼前，禾晏從窗戶跳進去，見屋裡黑漆漆的沒人，這才鬆了口氣。

她小聲嘀咕了一聲：「還好沒被發現。」

話音剛落，有人的聲音傳來。

「你未免高興得太早。」

「啪」的一聲，屋子裡頓時大亮，禾晏整個人都僵住了。

中間小幾前坐著一人，正把玩手中的火摺子，桌上燈火搖曳，那人秀眉俊目，衣衫整潔，側頭淡淡地看了她一眼：「回來了？」

竟是肖玨。

禾晏心頭哆嗦了一下，迅速回神，飛快開口：「舅舅！這是個誤會，我也是剛剛才發現自己看得見的，我在外頭遇到了刺客……」

她話沒說完，就見坐在小幾前的年輕男人已至眼前，拔劍朝她胸前刺來，禾晏慌忙伸手去擋，那劍尖卻並非是想要她性命，拐著個彎兒挑開她衣襟。

「嗤拉——」

染血的衣裳盡數化為碎片，少女的身子瑩白羸弱，自胸前一道白布層層包裹，彷彿含苞待放的骨朵。

禾晏的臉頓時漲得通紅。

肖玨自她背後環著，劍鞘抵著禾晏的脖子，呼吸相聞間，劍拔弩張。

「騙子現形了。」

他勾了勾唇角，彷彿當年批把樹下懶倦風流的白袍少年郎，聲音含著淡淡嘲諷，漠然笑道：「我該叫妳禾晏，還是禾大小姐？」

屋子裡的氣氛，剎那間凝固成冰。

本該是令人臉紅心跳的畫面，被眼前人說來，再無一絲曖昧，只有被看穿的窘迫和危險。

禾晏迅速令自己回神，看著他，屬於少年人程鯉素特有的「惶恐緊張」悉數褪去，露出如常笑意，道：「怎麼叫都行，都督高興就好。」

「城門校尉禾綏的女兒，竟會來投軍。」他似笑非笑的盯著禾晏的眼睛，「禾大小姐膽子很大。」

這人……禾晏心思一動，既是連禾綏的名字都知道了，顯然是在暗中調查自己，並非是因為在孫府露了餡。從朔京到這裡縱然快馬加鞭飛鴿傳書也要一月餘，肖玨老早就開始懷疑她？這是為何？

少年笑道：「沒想到都督這麼關注我，實在慚愧。」

禾晏的臉上沒有半分驚慌，縱是意外，也只是一閃而過。即便到現在，被人將衣裳挑開，揭穿身分，換了尋常女子，大抵要羞憤難當。這人倒好，一副滿不在乎的模樣，比男子都心大，或許正是如此，從京城到涼州，又在涼州衛待了這麼久，無一人發現她的女兒身。

肖玨拿到朔京傳來的密信時，簡直難以置信。城門校尉的確有一個叫禾晏的孩子，不過是女兒，不是兒子。他還有個小兒子叫禾雲生，半年前叫禾晏的女兒在春來江上的一尊船舫中被賊人所害，沉入江中，至今死不見屍。按時間來算，正是禾晏投軍的日子。

但一個女子出來投軍，可以堅持一日兩日不被人發現，半年以上都安然無恙，要麼就是周圍的人都是瞎子，要麼就是這人偽裝得太好。肖玨並非瞎子，仔細想想與禾晏相處的瞬間，便覺這人實在掩飾得極好。

生的清秀羸弱，身材瘦小，但人們卻不會將她與女子聯繫在一起。蓋因尋常女子哪有這般不拘小節的，更何況她的身手在涼州衛裡數一數二。

「來涼州衛是做什麼？」

禾晏腦子飛快轉動，答道：「在朔京犯事了，被人抓住就死路一條，走投無路才來投軍。」

「何事？」

這人到現在還不信她，明明什麼都已經查清楚了。禾晏嘆息：「有個大戶人家的公子覬覦我的美貌，將我擄到船上想要霸占為妻，不巧這時候有刺客來了，取了他性命。我一人留在船上可就是有嘴說不清，指不定旁人還以為我和刺客是一夥的。無奈之下，只能去投軍。」

「這話半真半假，禾晏說的很是誠懇。肖玨玩味的看著她：「覬覦妳的美貌？」

禾晏：「……」

這是什麼意思，看不起她嗎？禾晏自己對著鏡子看過，禾大小姐這張臉，絕對稱得上嬌美可人。

「畢竟不是人人都如都督眼光一般高的。」她皮笑肉不笑道。

肖玨點頭：「原來如此。」

禾晏這話半真半假，知道肖玨難糊弄，自己都沒想過他會這樣輕易相信，沒料到他竟沒有再繼續這個話頭了。

「妳深夜出行，是為何事？」他目光在禾晏身上掃過，血腥氣難以掩飾。將床上的褥子也染出一塊淡紅色。

這個人原來還知道自己受傷了，縱然如此，他也沒有任何憐惜，該質問的質問，現在連握著她脖頸的手都沒有挪開，在肖玨的眼中，男人女人大概沒有任何分別。

「我把袁寶鎮的侍衛殺了。」她道。

半晌，肖玨揚眉：「為何？」

「都督不在府裡的這幾日，袁寶鎮老是來見我，我總覺得他懷疑上了我。後來我偷聽到了他們談話，」頓了頓，禾晏才繼續道：「他們好像聽命於一個叫徐相的人，來取你性命。夜宴一事亦是他們準備。」

「妳說徐相？」肖珏抬眸看著她，秋水一般的眸子浮現起異樣情緒。

禾晏聳了聳肩：「是啊，你可以想想有沒有得罪過叫徐相的人。我今夜被冷醒了，醒來後你們都不在，窗戶開著，我關窗的時候發現有人掠過，那人將我故意引到孫府廢棄的偏院，就是袁寶鎮的侍衛。」

「他想利用我來牽絆你，大抵做人質吧。」禾晏搖頭：「但我又不是真的程鯉素，想來都督也不會為了我束手就擒，倘若都督為了以絕後患乾脆一箭射死我怎麼辦？想來想去我都不能落在他手裡，我與他好一番苦戰，終於將他殺掉了。」禾晏示意他看自己，「就成了現在這副模樣。」

雖她說的輕鬆，到底是受了傷，臉色已經不太好看，身上力氣也開始流失。

「能將袁寶鎮的侍衛殺了還活著，妳很有本事。」

「我也這麼認為，」禾晏勉強笑道：「那麼都督，我現在有資格進九旗營了吧？」

她真是毫不掩飾想進九旗營的渴望。

「妳認為自己能進九旗營？」肖珏反問。

「當然，而且我替你除去心腹大患，都督，你總該獎勵獎勵我。」

肖珏不怒反笑，鬆開鉗制禾晏的手，垂眸看她，嘲道：「明日送妳回朔京，就是我對妳的獎勵。」

「不行！」禾晏坐直了身子，這麼一動，便牽扯到了傷口，登時疼的「嘶」了一聲。她道：「我不能回朔京！我回到朔京，范家人不會放過我的，都督，你忍心讓一個好人蒙冤入獄嗎？」

「忍心。」

禾晏：「……你不能這麼做！」

「妳沒有資格與我講條件。」

禾晏說了這麼多話，已經覺得頭暈眼花，只怕自己再說下去就撐不住了。身上傷口都沒有處理，她道：「你會後悔的。」

「我為何後悔？」

「我既然都要被你送回朔京，便也不必掩飾身分。旁人都知道涼州衛裡來了一個女子，都會猜測到底是怎麼回事。」禾晏微微一笑，「我只能告訴他們，我與都督你的關係不一般。」

肖玨聞言，漫不經心道：「怎麼不一般？」

「不一般就不一般在……我知道都督腰上一寸，有粒紅痣。」

此話一出，屋子裡頓時寂靜下來，只有窗外細碎驚雷，和滴打在石地上的綿綿秋雨。

肖玨緩緩轉頭看她，眼裡慍色漸濃。

少年卻一副無賴模樣，嘴角噙著笑容，蒼白著一張臉道：「之前你洗澡的時候……我呀，眼力還不錯，一眼就看到了。要怪就怪我們都督實在風姿迷人，連腰上那顆紅痣都長得恰到好處，令人難以忘懷。」

普天之下竟還有這樣的女子？肖玨不可思議，但見禾晏說完這句話，似是實在支撐不住，腦袋一歪，暈過去了。

肖珏：「……」

門外響起飛奴的聲音：「少爺。」

肖珏道：「進來。」隨手扯過榻上的褥子扔到禾晏身上，將她蓋住。

飛奴進來，並未看向禾晏，只道：「在孫府偏院找到了袁寶鎮身邊侍衛的屍體，死於他自己的梅花鏢。」

肖珏道：「知道了。」如此說來，在這件事上，禾晏就沒有說謊。

屋子裡的血腥氣大到無法忽略，飛奴猶豫了一下，才問：「少爺，禾晏受傷了？」

得知禾晏身分是個女子時，飛奴亦是很驚訝。除了身材和長相，禾晏從頭到腳真是沒有一點肖似女子的地方。然而就是這麼個女子，殺掉了袁寶鎮的貼身侍衛，那個侍衛身手極佳，最厲害的是善於用毒。

「傷的不輕。」

「少爺現在打算如何處理她？」飛奴問。

肖珏頓了一下，道：「你現在出門找個醫女過來。」

飛奴微微詫異，肖珏這話的意思，是要救禾晏了。

「少爺已經確定了她不是徐相的人？」

「看樣子不像。」肖珏道：「徐敬甫輕視女人，但凡重要之事，定不會讓女子參加。朔京送來的密信裡，禾家與徐敬甫並無往來。不過，」他沉吟一下，「還是小心為上。」

飛奴點頭，「屬下這就去尋醫女。」

飛奴離開後，肖玨側身，看向床上的禾晏。

不太像是徐敬甫的人，不代表這個人就毫無疑點。一個十六歲的姑娘，生在城門校尉家，縱然自小習武，也不至於如此卓絕，涼州衛無人可敵。尋常人又豈能有這般心志，混跡在軍營中。要知道男兒家尚且有吃不了苦的，她卻未見抱怨。若只因范成一事來投軍，未免有些牽強。

何況她還心心念念想進九旗營。

雨水綿密下個不停，少女臉色慘白，歸來的時候便瞧見傷痕累累，尤其是背部的刀傷，極深極長，她卻至始自終都沒喊疼，就連眼下體力不支暈過去了，唇角也是翹著的，一副無賴少年的模樣。

世上還有這樣的女子。又厲害，又可惡。又狡猾，又無恥。

肖玨將窗戶關上，轉身離開了。

禾晏醒來的時候，天已經亮了。

她睡在平日裡睡的榻上，衣裳卻是重新被換過的。禾晏坐起身，下意識的撩開裡衣，但見腰間纏著白布條，昨夜與丁一交手的傷，已經被包紮好了。

仔細回憶，便想起昨夜發生過的事來。她記得當時自己與肖玨針鋒相對，以肖玨腰上紅痣來要脅對方，肖玨很生氣，然後她就不知道發生了何事，應當是暈倒了。不過眼下……她摸了摸腦袋，髮髻還在，衣裳也是男子的衣裳，她是女子這件事，還沒被其他人知道。

肖玨這是為暫時她保密了？

禾晏心裡鬆了口氣，看向身旁，並未有飛奴和肖玨的影子。

這兩人該不會是知道她是女子身分，乾脆將她丟在孫府不管了吧？

禾晏想要下床，一動，從懷中咕嚕嚕的滾出一個長頸小瓶，打開瓶塞，裡頭是一些黑色的藥丸。床邊還有張紙條，上頭寫著：醒來吃藥。

這字跡鋒利又遒勁，十分漂亮，禾晏一眼就認出這是肖玨的字跡。當年在賢昌館的時候，肖玨樣樣拔尖，就連寫過的文章都要掛在學館門口供人觀賞，這字跡禾晏印象頗深，她那時偷偷拓了幾份還想模仿來著，但因為實在寫不出肖玨的感覺便放棄了。

肖二公子留下字條要她吃藥，應當還算比較平和，暫時應當不會有事發生了。

禾晏心裡想著，突然又想起一事，上下打量了一番自己。倘若要保護自己女子身分不被揭穿，孫府的下人自然不能用，那這些衣裳是誰給她換的？又是誰替她包紮？肖玨定然不可能，那就是飛奴了？

雖然她從軍多年，對肌膚一事到底不如尋常女兒家那般看重，但想起來還是有些不自在。彷彿被人給占了便宜似的。

只是現在想這些也沒用，人家也是一片好心。她便下床穿上鞋子，打開門想出去瞧一瞧。

一出門，禾晏便覺得有些不對勁。

因為孫家夜宴上刺客一事，孫府的下人們平日裡不能接近禾晏他們住的屋子，但遠遠地還是有掃灑的丫鬟，但今日竟然一個也沒有。遠遠看過去，倒像是整座孫府空了似的。

肖玨就算要撂下她不管，這孫府整個府邸都空了又是怎麼回事？難道是發生什麼事了？禾晏一頭霧水，想了想，決計往外走。待她走過自己住的這間屋子，拐過花園，來到正院，便見許多穿著紅甲的兵士圍在正堂，丫鬟小廝們瑟瑟蹲成幾排，孫祥福父子被圍在中間，袁寶鎮站在一側，正在與肖玨對峙。

她不過是睡了一覺起來，怎麼就打上了？禾晏沉思著，對上肖玨看過來的目光。他眼神涼涼，莫名讓禾晏想起昨夜之事，一時尷尬莫名，想了想，便硬著頭皮，用獨屬於程鯉素的快樂語氣叫了一聲：「舅舅！」

劍拔弩張的氣氛頓時被他這聲「舅舅」暫且打斷了。所有人的目光都朝她看來。

袁寶鎮目光閃了閃：「程公子，你看得見了？」

禾晏這才記起自己沒綁布條，不過如今也不重要了，丁一已死，她又被肖玨揭穿女子的身分。看樣子肖玨也總算找到了行刺他之人，此刻正是算總帳的時機，她一個小人物是瞎子還是普通人，已經撼動不了大局。

禾晏撓了撓頭，懵然回答：「是嗎？好像是，我確實能看得見了，我果真是有上天庇佑的福德之人。」

這個謊說的，未免也太過敷衍，不過眼下自然也沒人敢來質問她。

袁寶鎮隱隱意識到了什麼，問道：「程公子可有見過我的侍衛？」

「不曾。」禾晏道：「難道袁御史的侍衛不見了？」

她笑咪咪的，讓人難以探尋心思，袁寶鎮心裡很不安。丁一昨夜出去後，一直到了今日早晨也沒有回來，一定是出事了。之前他與丁一有過爭執，丁一想要劫持程鯉素用來要脅肖玨，袁寶鎮卻覺得現在不是好時機。他們不歡而散，但丁一畢竟真正聽命之人是禾如非，他奈何不得。若是昨夜偷偷出去，定是為了程鯉素。

現在程鯉素好端端的站在這裡，甚至於連眼睛都無異樣，而丁一卻消失不見了，袁寶鎮心頭一沉，便覺得只怕不好了。而肖玨一大早令人將孫府團團圍住，更讓人不安。

這人做事，實在非常理可以推測。

沒有聽到袁寶鎮的回答，禾晏也不急，挪到肖玨身邊站好，先是討好的對肖玨笑了笑，隨即又低聲問身邊的飛奴：「飛奴大哥，這又是唱哪一出啊？」

飛奴瞧著禾晏如常的笑臉，對禾晏的沉著冷靜又高看了一籌。昨夜經過那麼大的事，分明身分已經被揭穿了，她竟然還能繼續若無其事的將戲唱下去，令人佩服。

飛奴還沒回答，那頭的孫祥福已經開口了，他臉色難看的要命，仍是勉強帶著笑容：「都督，您此舉是何意？可是我們孫府有什麼地方做的不周到，惹惱了都督？」

孫凌站在孫祥福身側，盯著肖玨的目光難掩恨意，他倒沒有說話，不過瞧著也是意氣難平。

「不錯，」袁寶鎮撫須沉吟道：「都督，您這是打哪裡來的兵？陛下如今嚴禁私屯兵馬，您若真對孫知縣有不滿，也不能用此方式洩憤。」

禾晏揚眉，這話誅心，一口氣給肖玨安了兩個罪名。一個私屯兵馬，一個公報私仇，好厲害的一張嘴。

肖玨聞言，彎了彎唇，道：「袁御史多慮了，這是我從夏陵郡借來的兵。私屯兵馬一罪，本帥擔當不起。汙蔑朝廷命官之罪，不知袁御史能否擔下？」

夏陵郡的兵？袁寶鎮身子一僵，這怎麼可能？那為首的紅衣兵士抱拳道：「某奉夏陵郡石郡守之命，特來協助都督御史查辦涼州知縣謀害官眷一案。」

謀害官眷？孫祥福一聽，下意識的喊冤，只呼號道：「都督冤枉！那府中的刺客真與我無關！我不知是怎麼回事，您，您可不能胡亂冤枉人！而且小公子眼睛現在也看得見了，您可不能因為生氣，就胡亂抓好人！下官冤枉，下官冤枉啊！」

他叫得慘烈，撕心裂肺，肖玨聞言卻只是一哂：「誰說官眷指的是程鯉素？」

不是程鯉素嗎？所有人，包括禾晏都愣了一下。

就在這時，自院外傳來女子清脆的聲音：「我才是那個被謀害的人！」

但見院子外又來兩人，一人正是肖玨的侍衛赤烏，另一人是個穿暖色襦裙的小姑娘，紮了一對雙髻，明眸皓齒，嫋嫋可愛，不是宋陶陶又是誰。

宋陶陶在赤烏的保護下走到肖玨這頭，對著孫祥福與孫凌罵道：「我乃內侍省副都司府上嫡女，你們竟然敢當街擄人，若非路上遇到肖二公子與程少爺相救，還不知會落到什麼下場。那萬花閣的人都已經被肖二公子的人給拿下，人證物證俱在，我看你們這回如何抵賴。

等我回到朔京，我就將此事告訴我爹爹，你們全都等著掉腦袋吧！」

這小姑娘看著甜甜的，說話卻極有氣勢。想來也是恨透了孫凌，若非孫凌，她也不會流落到萬花閣，吃了好些苦頭，指頭都險些給夾斷了。換句話說，若非那天夜裡禾晏偶然撞見將她救出來，這小姑娘眼下，只怕已經被孫凌糟蹋了。

孫祥福父子面如土色。

謀害官眷一事，若說的是肖玨與程鯉素，他們還能掙扎一下，畢竟刺客全都死了，沒有任何證據可以證明與他們有關。可誰知道肖玨劍走偏鋒，竟然找來這麼個小姑娘。誰又能想到，孫凌擄來的這個姑娘，竟是京官的女兒？

可這些年，孫凌做下的惡事又豈是這麼一件？那些被擄到孫府的姑娘裡，來自天南海北，亦有大戶人家或是官家金枝玉葉的女兒。只是一到涼州，就如針入大海，再也沒了出路。這裡被孫祥福父子一手遮天了這麼多年，早已沉沉不見天日。是貧苦人家的女兒還是錦衣玉食的千金，一旦到了這裡，沒有任何的區別。

禾晏盯著肖玨的背影，忍不住在心裡為他鼓掌。

肖二公子這幾日神龍見首不見尾，原來是搗鼓這件事去了。她當時還以為將宋陶陶接走，是為了保護宋陶陶，現在看來也不儘然。畢竟如果肖玨將宋陶陶帶在身邊，留在孫府，就算孫凌認出來，也不敢做什麼。他將宋陶陶送走，是為了不讓孫家父子懷疑，這不，到了現在，宋陶陶的出現，就成了給孫祥福定罪最重要的一根稻草。

「這……這都是一場誤會，都督，您聽我解釋……」孫祥福一腳踢向孫凌，孫凌被他踢得給跪下，孫祥福罵道：「不孝子，你捅出這麼大的簍子，現在怎麼辦？自己跟都督請罪！」

「孫知縣跪錯人了，」肖玨漫不經心道：「我並非監察御史。」他看向袁寶鎮，慢悠悠道：「袁御史來到涼州多日，連這裡頭的官司都不清楚，被人知道，參你一個瀆職之罪，到時候，恐怕你的老師都救不了你。」

袁寶鎮氣得幾欲吐血，看向肖玨，年輕的都督唇角含笑，目光悠然，其中包含的惡意鋪天蓋地。

他竟不是衝著自己來的，是衝著孫祥福來的。但這實則更惡劣，因為他的老師徐敬甫，要的絕不是眼下這個局面，什麼叫偷雞不成蝕把米，這已經不是一把米了，是將他的糧倉都給搬空了。

丁一失蹤了，他一個人，如何應付咄咄逼人的肖玨？

宋陶陶氣勢洶洶的看著孫家人，禾晏若有所思，只是一個宋陶陶的話，或許能治孫凌的罪，但孫祥福未必，上頭有人保的話，孫祥福也並非全無生路。

肖玨出手，會給人留一線餘地嗎？禾晏並不這麼認為。

「都督，您也聽聽我們解釋吧，下官真的冤枉啊！」孫祥福並著孫凌哭天嚎地。事關自己，袁寶鎮艱難開口：「都督，許是其中真有什麼誤會。」

肖玨似笑非笑的盯著他，半晌，點頭道：「去偏院。」

去偏院？去偏院幹什麼？

孫祥福父子兩聞言，登時臉色大變，幾欲暈倒。

紅甲兵士押著孫祥福父子，並著其餘人一道去了偏院。昨夜下了一場雨，院子地上的塵土被雨水沖刷的乾乾淨淨，本是靜謐清幽的畫面，卻生生溢出荒涼的淒慘。

禾晏側頭看了一下旁邊的屋子，屋門緊閉，想到昨夜那裡桌上桌下滿滿的佛像，不覺惡寒。

可是，肖玨帶他們來這裡作何？

袁寶鎮也不解：「都督是想……」

「掘地三尺，給我們袁大御史看看，地下有什麼。」他雖在笑，神情卻漠然，語氣十分平靜，吩咐兵士：「挖。」

兵士們得令，四處從孫府裡搜尋出鋤頭鐮刀，往下掘地。

孫祥福父子見此情景，似乎再也堅持不住，二人雙腿一軟，癱軟在地，面如死灰。

宋陶陶小聲問禾晏：「這地下有什麼啊。」

滿屋的佛像，門口貼著的符咒，荒院裡成長的過分繁茂的雜木野草，禾晏神色嚴肅起來，大概猜到了。她沒有說話，實在不知如何說起。

須臾，有人道：「都督，這裡有發現！」

是一具被涼席裹著的女屍，身量極小，看起來甚至不及宋陶陶大，穿著的衣裳已經腐爛了，露出白森森的骨頭，亦不知當初是如何的粉雕玉琢，可憐可愛。

「繼續。」肖玨道。

不多時，又有人道：「這裡有一具屍體！」

亦是一具女屍，頭髮長長，當是剛死不久，依稀可見眉目風情，生前動人風姿。

第三具，第四具，第五具……

到後來，無人說話了，只有默默掘土的聲音。空氣裡是死一般的寂靜。難以想像這偏院的地下，竟然容納的下這麼多具屍體。滿院子擺著的都是白布蓋著的死人，甚至無處可放，只得摞在一起。

荒涼的偏院地下，埋葬了無數紅顏枯骨，也許有溫柔靦腆的賣花女，亦有風情萬種的他人婦，在這裡，無論貧富，高低貴賤，統統化為泥濘，摞成了這樣一座面目全非的屍山。

這些都是被孫凌擄來霸占，繼而欺凌殺害的姑娘。她們生前遭逢大禍，死後亦不得安寧，惡人心虛之下，堆放無數佛像符咒，鎮壓她們，詛咒她們。

長明燈永遠搖曳，對於這些姑娘的一生，卻如永夜，再無光明。

禾晏深吸一口氣。

孫祥福父子做下的孽，天不蓋、地不載。神怒人棄，死有餘辜。

第三十五章　乘風

荒院雜木，泥土下掩蓋了無數白骨。

宋陶陶不敢再看，別過臉去，驚怒莫名。

最後一具屍體搬出，整個院子再無別的可以落腳的地方。饒是夏陵郡的紅甲士兵見過無數淒慘場面，見此情景，也忍不住心頭發寒。

「這……這……」袁寶鎮也說不出話來。

「袁御史想說什麼，」肖玨緩緩開口，「還是說在御史心中，這仍然是個誤會？」

「這要怎麼誤會？」不等袁寶鎮開口，禾晏搶先一步道：「這可是孫知縣自己的宅子，若說是有人瞞著孫知縣在此地埋葬女屍，一具兩具還好說，數十具乃至上百具都如此，也就不難奇怪為何會有刺客混入其中，孫家的大門大概是紙糊的吧，孫知縣養的這些家丁護衛，都是聾子瞎子不成？」

孫祥福汗如雨下，他不知肖玨是如何得知這地下的官司的，咬牙片刻，爭辯道：「這些不過是下官府上犯了事的家丁，被打死之後埋入此地，這……大戶人家常有此事。」

禾晏冷笑：「我亦來自大戶人家，大戶人家可沒有你這種殘暴行徑。若說是犯了事的家丁，煩請孫知縣拿出他們的身契，想來也記載到底是因何事而被責亡。另外這地上屍體竟全是女子……孫知縣，這全都是你府中婢子？你一個七品知縣，府中上百名婢子，說打死就打死，你可真是比陛下還要威風！」話到末尾，眸色並著音調一齊轉厲，令人難以招架。

此話一出，孫祥福連忙跪倒磕頭，大聲哭喊：「沒有！沒有！下官冤枉！下官冤枉！」他來來回回都是這麼幾句話，卻又說不出到底是為何冤枉，已然大勢已去。

禾晏心中餘怒未消，只覺得眼前這人著實可恨。昨夜她與丁一交手時，丁一曾說，那屋子裡的每一尊佛像都是一個死人，她當時只當是丁一嚇唬她的玩笑，如今看來，竟是真的。何其荒謬？

孫凌父子在涼州作惡多端，擄來無數女子，但凡稍有不順心，甚至只是看厭了，輕而易舉的奪取她們的生命。能埋在孫家後院的，已經算好的了，至少還有全屍。誰知道會不會有更可憐的，死了之後被扔到亂葬崗上，連屍體都被狼獸分吃乾淨，一絲痕跡也無。

這是何等的囂張，毫無人性！

宋陶陶心頭湧起陣陣涼意，如果不是那天夜裡，她遇到了禾晏，是不是她也就同這些女子一般，成為一抔黃土，藏在這暗無天日的地下腐爛，永遠沒有人發現。

她的眼眶紅了，恨聲道：「太可惡了，我們一定要為這些姑娘報仇！」剛說完，便感到自己胳膊被人捅了一下，側頭去看，禾晏正對她使了個眼色，示意她看袁寶鎮。

剎那間，宋陶陶明白了他的意思，轉而向袁寶鎮喊道：「袁伯伯，我此番受了這麼大罪，在這裡信任的人唯有您了，您可要為我做主啊！」

宋陶陶的父親曾是袁寶鎮上司，袁寶鎮自詡與宋家關係親近，自然不可能無視宋陶陶的話，便擦汗笑道：「那是自然。」

「都督，這具屍體有些不同。」一名紅衣甲士道。

他半蹲下身，撿了塊帕子將地上之人的臉擦拭乾淨，露出面容來。滿屋子的女屍中，這人是唯一的男子。當是剛死不久，神情驚恐。

「嘖，」說話的是肖玨，他站在原地，慢悠悠道：「看來袁御史的侍衛找到了。」

被挖出來的這具男屍，正是袁寶鎮一大早就遍尋不見的丁一。

禾晏：「……」

她昨夜殺了丁一後，實在沒心思給丁一收屍，拔腿就走了。只是後來被肖玨發現身分，與肖玨說了丁一死了而已。這當是肖玨讓人幹的，把丁一拖出來給埋了，眼下當著袁寶鎮的面挖出來，這一刻，禾晏都有一絲絲同情袁寶鎮了。

袁寶鎮嘴唇哆嗦，半晌說不出話來。

「御史侍衛忠肝義膽，發現孫家後院藏了不少女屍，被孫知縣滅口埋入地底。」肖玨似笑非笑的看著他：「袁御史，不為自己枉死的侍衛感到可惜麼？」

「你胡說！」孫凌咆哮著站起，被身邊的甲士按倒，他仍不死心地掙扎，大聲叫道：「我沒有殺他！這是汙蔑！我不知道他為何在這裡，我沒有殺他——」

他喊的嗓子都啞了，在寂靜的院子裡顯得格外刺耳，肖玨蹙眉，漠然道：「堵住他的嘴。」

兵士們拿破布塞進孫凌和孫祥福嘴裡，這下子，他們便只能發出「嗚嗚」的不甘聲音。

「袁御史，」肖珏看著他，淡淡笑道：「打算如何？」

袁寶鎮心中恨極，也知丁一絕不可能是孫祥福的人所殺，眼前這人已經知道了一切，可他無力反駁，只得從牙縫中擠出幾個字：「請都督指教。」

「孫祥福父子專橫權勢，貪贓搶掠，收刮民脂，魚肉鄉民。擄來良家女，以澤量屍。」他道：「如此窮凶極惡之徒，袁御史身為御史，肩負查糾百官之職，定不會姑息。此事我已告知夏陵郡郡守，會同袁御史一起將此事奏稟皇上。至於袁御史，」他視線凝著袁寶鎮，含著淡淡嘲意，「是明章面奏，還是密奏彈劾，本帥就不便插手了。」

袁寶鎮差點一口氣沒喘過來。

明明說著「本帥不便插手」，此事卻是他從頭到尾主導。縱然袁寶鎮還想做什麼，可夏陵郡那頭已經奏稟，他避無可避。孫祥福父子當初的舉薦人，正是徐相的門生。徐相門生遍布大魏，涼州知縣一案，面上無光的是徐相，並且，為了避嫌，新任知縣絕不會是徐相的人。

徐相就澈底失去了對涼州的控制，這要怎麼給肖珏找麻煩？

他此番回朔京，徐相定不會輕饒他。袁寶鎮只覺絕望。

肖珏轉而看向縮在一邊發抖的家丁婢子，淡道：「把你們知道的說出來，可免重罪。」

這便是要孫府的下人們揭發孫祥福父子之罪過了。

家丁們尚且有些猶豫，只怕孫祥福父子若是逃出生天回頭報復。婢子們卻喜出望外，紛紛上前應答。作為女子在孫家，並無半分出路。縱然有美貌有才華，溫柔解語，最好的也不過是作為禮物被送給上司，或許還能多活幾年。更多的，則是被孫凌父子玩膩了之後殺掉，成為一捧花泥。

女子在這裡活著猶如坐牢，誰也不知行刑的日子何時到來。如今陡然得了一線生機，紛紛恨不得孫祥福父子立刻喪命，再無翻身餘地。因此人人都說孫家父子所犯之罪，聽來令人不寒而慄，只覺的如此心狠手辣之人，竹罄南山，神怒鬼怨。

飛奴與夏陵郡的兵士頭子一同記載，孫祥福父子被押著跪倒在地，肖玨轉身往外走。

袁寶鎮還呆立在原地，突逢劇變，他身邊又無可商量可用之人，一時思緒紛亂，正不知所措之時，就見令他咬牙切齒之人氣定神閒地走過來，神情平靜。

與他擦身而過的瞬間，肖玨突然停下腳步，年輕的都督彎了彎唇，用只能兩人聽到的聲音低聲道：「袁御史想要我的命，我卻希望你活著。你活著，比你死了更讓徐敬甫難受。」

他複又站直身子，笑容帶著嘲意，平靜開口：「等回到朔京，替我向徐相問安。袁御史，一路順風。」

他轉身離開了。

身後，有人驚呼道：「袁御史！袁御史怎麼了？袁御史？」

袁寶鎮暈倒了，禾晏回頭去看，肖玨的身影消失在花牆外，再也看不到蹤跡。此事……至此塵埃落定。

知縣府被夏陵郡的兵士查封了，原先氣派的宅子，如今門口貼滿封條，燈籠被扯得亂七八糟，一片頹敗。宋陶陶在院子裡瞧見許多女屍，十分不適，禾晏安慰了她許久，總算是讓她平靜了下來。等宋陶陶覺出些睏意，伏在桌上小憩之時，禾晏與保護宋陶陶的赤烏打了聲招呼，去找肖玨。

她還有些疑惑沒有解開。

肖玨正與飛奴說話。

孫祥福父子作惡無數，婢子們紛紛揭發，都不必一一說來，光是眼下的這些，誰也保不住他們，他們犯下的罪孽，足夠死十次有餘。整個大魏都罕見這樣令人髮指的行徑。殘暴之人擁有了權力，對普通百姓來說，無異於滅頂之災。豺狼虎豹固然可怕，又哪裡及得上人心惡毒？

「舅舅！」禾晏站在門口喊道。

肖玨與飛奴的談話戛然而止，禾晏走進去，肖玨揚眉：「還叫我舅舅？」

禾晏：「……都督。」

說的像誰願意叫他舅舅似的，分明是他占了便宜，還這般不情不願。

「妳不去陪著宋大小姐，找我做什麼。」他問。

禾晏猶豫了一下，問：「你今日，處置了孫家父子，為何留下袁寶鎮。你明明知道，袁寶鎮才是想殺你之人。」

孫家父子固然可惡，死不足惜，但終究宴上刺殺肖玨之人，是袁寶鎮主使。丁一已經死了，袁寶鎮卻還能活著回到朔京，肖玨會這麼好心？

「我不在這裡殺他，是因為他回到朔京也會死。」肖玨看向窗外，「早晚而已。」

「其他人呢？」禾晏問：「涼州城裡孫家父子能一手遮天，定還有同黨。」擁護孫祥福的，孫祥福的人還盤踞在涼州，為何不一網打盡？

肖玨：「水至清則無魚，禾大小姐，妳太過天真了。」

飛奴沉默的立在一邊，彷彿沒有聽到他二人的對話。窗外的樹長得鬱鬱蔥蔥，這般華美的宅院，誰知道會埋葬這麼多的罪惡。

事實上，肖玨的目的，從來都不是袁寶鎮。

孫府的夜宴是鴻門宴，他早就知道了。袁寶鎮的出現，必有殺機，他也早就知道了。他此番來涼州城裡，根本就不是為了參與一場貓抓老鼠的遊戲，而是為了將這涼州城，握在掌心。

帶領新兵來駐守涼州，就是為了暫避鋒芒，避開徐敬甫的耳目。可徐老狗的門生滿大魏都是，舉國上下賣官鬻爵之風盛行，涼州衛的孫祥福，亦是其中一員。袁寶鎮奉徐敬甫之命前來，若是能殺掉肖玨為上，殺不掉肖玨，就與孫祥福暗通往來，孫祥福直接聽命朔京。要與涼州衛使絆子，輕而易舉。

蒼蠅就算殺不死巨象，一直在耳邊吵吵，也會令人心生厭惡。

夜宴風波的當晚，禾晏「瞎」了，之後的幾日肖玨人不見，旁人都以為他出府去了，丁一跟蹤他亦是，其實丁一跟蹤的是喬裝後的飛奴，真正的肖玨，一直都在孫府。

孫祥福作惡多端，與涼州許多大戶多有往來，大戶與孫祥福「上供」金銀，孫祥福保他們在涼州城「平順」。他也有打點上司下屬，面面俱到，做過的事送出的禮，都有帳冊一一記載。

肖珏找到了帳冊，偷梁換柱。在這裡，他還有別的發現。

孫凌這些年來害死過的姑娘，數不勝數，原先的都丟到了亂葬崗。近兩年不知是不是做過的惡事太多，心中有鬼，頻繁做噩夢，孫家人請了道士來看，說要將死在孫凌手中的女人埋在西北方，用佛像符咒鎮壓方可。

於是就有了後院裡的屍山與佛像。

肖珏本打算用宋陶陶治孫家父子的罪，有了這個發現，就算徐敬甫親自來保人，都保不住。

他這幾日，前幾日是確認地下之人，搜尋帳本，最後一日才是真正出府，出府也沒幹別的，帳冊上的人他挑了幾個，一一將冊子上相關記載謄抄一遍，送入各家府中。

涼州城的商戶巨紳，把柄都捏在他手中。日後新的涼州知縣上任，不管是不是徐敬甫的人，都將拿他無可奈何。

涼州城，從今日起，就是他的了。

袁寶鎮最錯的一件事，就是算錯了他的方向。夜宴上的刺殺一直沒被肖珏放在心上，他想要的，從來都只是涼州城。

只是陰差陽錯，禾晏的出現與古怪，吸引了袁寶鎮的全部注意力。從某種方面來說，禾晏也成了誘餌，只是這誘餌上帶著鉤子，將循著味道趕來的獵物豁了嘴，事情才會如此順利。

他沉默的時候，禾晏亦是在思索。

今日之事，肖玨早已料到了。她問：「你之所以放過袁寶鎮，是不是因為，袁寶鎮辦砸了差事，會被主人背棄責罰，那個主人就是徐相。」她頓了頓，問：「徐相，是否就是當今丞相徐敬甫？」

此話一出，連飛奴都忍不住驚訝地看了禾晏一眼。

她居然就這麼直接的說出來了，這話裡的意思便是她不認識徐敬甫，可誰知是不是在說謊？

「禾大小姐如此心繫朝廷，令尊可知道？」肖玨淡道。

他這麼回答，禾晏就知道，袁寶鎮嘴裡的徐相，果真就是徐敬甫。

「我爹雖然如今只是城門校尉，徐相是當今丞相，看似雲泥之別，可都督也知莫欺少年窮。我今年十六，打遍涼州衛，尚無敵手，」她大言不慚，「日後說不準建功立業，做的官比都督都大，一個徐相又如何？我還有個弟弟，比我還年幼。說句大逆不道的，我們如初升朝陽，徐相已是風燭殘年，等我與弟弟長到都督那麼大的年紀時，焉知世上還有沒有徐相這個人？」

飛奴被自己嗆得咳起來。

就憑禾晏這番話，十有八九也就不是徐敬甫的人了。徐敬甫能容忍這麼個大逆不道的玩意兒在手下？禾晏能活到現在，只怕全憑運氣。

肖玨聞言，哂笑一聲：「妳這樣不知死活，說不準活得不及徐敬甫長。」

禾晏心道，那肖玨可就猜錯了，她都已經比徐敬甫多活了一條命了，誰還管長不長。

「都督不必如此防備我，」禾晏看著他：「我與你有共同的敵人。」

「我不知，」他不鹹不淡的開口：「徐敬甫還會費神與一個城門校尉有糾葛。」

「城門校尉自然攀不上徐相了，不過狗咬了人，主子也該一同問責。」禾晏嘆道：「我的仇人是徐相的手下，其實也就相當於徐相了。」她笑：「我與都督同仇敵愾，應該是朋友，都督三番五次的懷疑我，讓人很傷心。」

肖玨瞥她一眼，她的樣子，可看不出來半分傷心。

「那妳要失望了，」他道：「我不交朋友，更不與騙子交朋友。」

禾晏：「……」

這人刀槍不入油鹽不進的？真恨不得與他打一架出氣。

「那都督，」禾晏忍著氣，問：「孫府院子裡的那些屍首怎麼辦？」

那些屍首，有時間久遠，已經辨不清面目只剩白骨的，有的尚且還能看出一二。全都堆在孫府也不是個辦法。

肖玨看著窗外的樹，樹影微微晃動，片刻後，他對飛奴道：「通知城裡百姓，過來認屍吧。」

涼州城百姓得知右軍都督帶人封了孫府大門，將孫家父子押下，人人拍手稱快。膽子大些的，跑到孫家門口吐口唾沫，破口大罵，膽子小些的怯怯的站在不遠處，待兵士經過，便扯著一人小心翼翼地問：「這位軍爺，孫知縣真的……真的被抓了啊？」

涼州黑了這麼多年，終於天亮了。

孫家父子認罪，總歸是一件好事。知縣府上哭聲震天，那些家裡丟了姑娘，或是知曉女兒被擄走卻無能為力的，聞此消息，紛紛登門來認屍。

女子的屍體鋪陳於院子，擺滿了前後三個院子。雖是秋日，但也發出陣陣異味。禾晏隨著飛奴一道過去，看見有被媳婦攙著的婆婆在屍體堆中找尋失蹤三年的女兒，亦有書生打扮的青年抱著新婚之夜便被擄走的妻子嚎啕大哭。

禾晏看到一個穿白布褂子的黝黑男人，正抱著一具女屍抽泣：「阿妹，阿妹！阿兄來了，阿兄帶妳回家……」聲音戚戚，令聞者落淚。

他懷裡的小姑娘身量細小，至多不過十二三歲，還是個孩子。若是家中頑皮些的，這個年紀，還喜歡捉蟋蟀鬥蛐蛐。如今小小的身體蜷縮成一團，再也難以看到過去活潑的身影，一朵花還未開放，就凋謝了。

滿院子的哭聲，滿院子的死別，禾晏抬頭看向天空，只覺得哭聲幾乎要衝破天空。世上最悲慘之事，莫過於此。

飛奴有些詫異地看了她一眼。

女兒家心軟，見不得如此場面。就如宋陶陶，早已躲進了屋裡，不忍再看。禾晏卻站在此地，她眸中也有傷感，卻到底沒有落淚。

生離死別，禾晏見的實在太多了。戰場上多少男兒，出去的時候是家中長子，妻子的丈夫，回來的時候便成了一抔黃土，人活在世上，少不了悲歡離合。

這些姑娘，活著的時候被欺凌，死了的時候被禁錮，悲慘了一生，到了如今，總算自由了，重新回到家人的懷抱。家人們永遠記得她們，也會為她們的遭遇而痛惜流淚。

那麼她呢？

禾晏怔怔地想，有沒有那麼一個人，是會為她的死亡而流淚的？會在無人的時候緬懷她，痛她所痛。她前生的家人親手送她上了黃泉，死了也要被利用，可曾有過一刻，得到家人真心？

「少爺。」飛奴的聲音打斷了禾晏的思緒，側頭一看，不知何時，肖玨出來了。

他問：「所有屍首可都找到了家人？」

飛奴搖頭：「還有二十三具無人認領。」

被擄到孫家的姑娘們，有些不乏如宋陶陶這般並非涼州人士的，天南海北，與家人一旦分離，就是永別。

「葬了吧。」

禾晏一怔，抬眼看向肖玨。

他長身玉立，站在滿院淒涼裡，如他腰間懸著的飲秋劍，鋒利，冷靜，令人安心。

「少爺，葬在何處？」飛奴問。

「涼州城外，有一處峰臺，名曰乘風。」肖玨看著遠處，似乎透過院裡的樹枝，看到了什麼，他神情平靜，語氣淡漠，卻在淡漠之中，含了一絲不易察覺的悲憫。他道：「這些女子生前身不由己，籠鳥池魚。葬在此處，願她們來生自由乘風，嘯傲湖山吧。」

那二十三具無人認領的女屍，最終如肖珏所說的，葬在了涼州城外的乘風臺。站在乘風臺往下看，山谷被雲霧遮繞，彷彿仙境。

棺木都是上好的棺木，用的是孫府庫房裡的銀子。孫家這些年斂財無數，竟在府中專門修繕了一座用來存放金銀珍寶的庫房。

因著這二十三人不知其姓名來歷，就連最後立的碑上都無字可刻，二十三具無字碑，二十三位年輕的姑娘長眠於此。若她們死後有知，坐在此地可看雲捲雲舒，若她們往生，就如肖珏所說，自由乘風，嘯傲湖山。

禾晏與宋陶陶站在不遠處，赤烏立在一邊，望著正蹲在地上燒紙錢的人們。下葬的時候，肖珏沒有過來。這些燒紙錢的百姓，許多都是過來找尋失蹤的女眷，最終卻沒能找到的親人。畢竟孫凌害死的姑娘中，更有許多連全屍都不曾留下，在亂葬崗的野地裡被狼犬分食了。

一位白髮蒼蒼的老婦人正在往鐵盆裡燒紙錢，她已經老得都快走不動了，這山路，還是她孫子背著她走上來的。她的小孫女四年前被孫凌擄走，再也沒有出現過，如今在孫凌院中的屍體中，亦沒有發現她小孫女的蹤跡。

老婦人顫巍巍道：「我給這些姑娘燒紙錢，以後有好心人看見大妞兒，就會給大妞兒燒紙錢……姑娘，妳走好哇……」

宋陶陶拿帕子拭去眼角淚水，道：「做女子太苦了，若有來生，我才不要做女子。」

「這和做不做女子無關，」禾晏瞧著漫天翻飛的紙錢，「身為女子，本就不是為了受苦，男子也是一樣，若是不滿命運，大可走一條不同的路。只是……」她看著這些無字碑，「對於她們來說，根本沒得選擇，這太殘酷了。」

宋陶陶看著她：「你與尋常男子很不一樣。」

「什麼？」

「若是尋常男子，大抵會說，妳們女子有什麼不好的，只需穿的華美坐在屋中，冷了有人添衣，出入有人伺候，不必在外拼殺，怎生身在福中不知福？」她學著男子粗聲粗氣的聲音，罷了不屑道：「做一隻寵物，難道就很好麼？把鳥關在籠子裡，還要鳥誇籠子好看，我看他們才是腦子有問題。」

禾晏失笑：「妳與尋常女子也很不一樣。」

「我本就不一樣，對了，」宋陶陶看向她，「我到現在還不知道你名字呢，你並非程鯉素，你是肖二公子的手下吧？」

「我叫禾晏，」禾晏道：「柴禾的禾，河清海晏的晏。」

「原來是禾大哥。」宋陶陶道：「你可以叫我陶陶。」

「這……」禾晏撓頭，未免太親密了些。雖說他們都是女子，可是旁人不知道，看在旁人眼裡，怕又要生出遐想。

「就這麼說定了。」宋陶陶道：「我已經與肖二公子說好，暫時跟你們一起去涼州衛，等肖二公子的人到了，就派人送我回朔京。所以接下來的日子，我可能要與你一直待在一起。」宋陶陶笑的眉眼彎彎，「我還沒去過衛所呢。」她又快樂起來，嘰嘰喳喳說個沒完。

「宋姑娘，」赤烏看了看遠處，「天色不早，屬下先送您下山。」

「走吧。」禾晏也道。

幾人往山下走去，背對著他們，乘風臺臺階處，草叢裡生長著叢叢白菊，微風吹來，吹得菊花微微點頭，彷彿嫋嫋婷婷的少女在對他們致謝。

不多時，再也看不見了。

下了山，回到他們居住的客棧，宋陶陶一頭紮進屋子裡沐浴去了。今日一直忙碌，方才燒紙錢落了不少紙灰在身上，當是沖洗乾淨。

孫府被封，自然不能回去住。便又住上了來時的客棧，客棧老闆知曉肖玨的真實身分，如今又讓孫祥福父子淪為階下囚，豈敢怠慢。一個客棧的掌櫃，殷勤的彷彿是哪戶人家的小廝，圍著禾晏幾人團團轉。

禾晏道：「無事無事，我自己來就好。」她取了一條帕子，直接進了屋子。

屋子裡飛奴正在收拾東西，見了她嚇了一跳，禾晏問：「飛奴大哥，你這是作何？」

飛奴木著一張臉道：「我與赤烏住一起。」

之前在孫府的時候，他們三人住一起，肖珏在裡屋，飛奴與禾晏在外，也沒覺得有什麼不妥。禾晏隨口道：「搬來搬去多麻煩。」

飛奴站定，不可思議地看著她：「妳是女子，怎能與我同處一室？」

禾晏：「……你也不必擺出一副不堪受辱的表情。」

飛奴沒說話，極快的收拾好包袱，彷彿她是什麼洪水猛獸，避之不及，立刻就走了。

屋子裡只剩下禾晏一個人。

她怔了片刻，搖頭笑了。大抵在肖珏主僕看來，她這般行徑很是出人意料，可前生在軍營裡混的久了，不過是與男子同住，又有何難？她一個姑娘家都不覺得害羞，也不知飛奴在彆扭個什麼勁。

禾晏走到榻前，發現桌上放著清水與乾淨的白布條，屋子裡還有沐浴的熱水，當是飛奴放的。她身上還有傷，這人和他主子一樣，有時候覺得不近人情，有時候倒也挺體貼。

屋子裡沒人，她便坐著解開衣裳，粗粗沐浴一番，昨日的傷痕她沒來得及細看，將陳舊的布條換下，才發現傷口不淺。

自然是很疼的，但也能忍。禾晏側過身看著鏡中的姑娘，原本白皙的肌膚上有了刀傷，定然不好看。

禾大小姐愛惜美貌，恨不得用瓊漿花露來嬌養，如今她剛來不久，就給人弄得面目全非，倘若真正的禾大小姐歸來，看到如此畫面，一定會氣到昏厥。

她已經很小心的保護自己了，但一旦決定了靠自己往外走，失去家族的庇護，就必然要受傷，人本就是在一次又一次的受傷中成長起來的，傷疤也終有一日會變成鎧甲。

女將的身體，永遠不可能如尋常姑娘那般無暇，陳年舊傷落在上頭，猶如畫紙被奇怪的刀劃的亂七八糟，談不上美麗，甚至稱得上恐怖。

哪個女孩子不愛美，縱然禾晏前生做男子做了十多年，但換回女兒裝，看著自己背上身上的刀疤，面對許之恒時，也會感到羞慚。她從不穿薄薄的紗衣，有一次許之恒送了她一件水芙色的石榴紗裙，肩頸處繡著石榴花，薄如蟬翼，她很喜歡，但一次也沒有穿，只因她當年戰場上被敵軍的箭矢刺進肩頭，拔箭而出時，留下永遠祛除不了的疤痕。

她也記得許之恒看著那些傷疤時候的眼神，雖未說什麼，卻刻意避開了目光。比直接說嫌棄更要來的令人受傷。

禾晏怔怔的看著銅鏡，傷疤這東西，為何在男子身上便是勳章，在女子身上就成了恥辱？這是何等不公平，不過是世人天經地義的以為，女子都以色侍人，就要時時刻刻保持顏色。

一派胡言。

禾晏低下頭，將藥膏細細的抹在傷口處，再用布條纏好，她做這些事做的得心應手，疼的時候，連眉頭都不皺一下，很快就好了。做完了這一切，她在屋子裡歇了片刻，才起身推門出去，到了肖玨房前。

屋子裡亮著燈，肖玨應當在裡面。禾晏敲了敲門：「都督？」

「進來。」

推門進去，肖二公子正將桌上的晚香琴收起來，不說這事禾晏還差點忘了，他此番到涼州城來，還修琴來著。說到修琴，禾晏就又想起自己當初喝醉酒，壓壞了他的琴。

「都督，」禾晏硬著頭皮開口，「您吃過飯了嗎？」

肖玨停下手中的動作：「有話直說。」

「我們是不是明日就要回衛所了？」禾晏問：「您打算如何處置我？」

如今肖玨已經知道她是女兒身了，萬一肖玨真要將她送回朔京該怎麼辦？好不容易如今有一點點禾如非的眉目，打死她都不要回去。

「妳希望我怎麼處置妳？」肖二公子在桌前坐下來，好整以暇地看著她。

禾晏也趕緊搬了個凳子坐在他身邊，認真的與他分析，「您如今也瞧見了我的能力，這次帶我來涼州，有刺客是我提醒的，幫您分散袁寶鎮注意力的也是我。最後殺了丁一，我細細算來，我為您出力，比飛奴大哥有過之而無不及。」

隔壁的飛奴打了個噴嚏。

「我這樣的人，做手下，數一數二，做心腹，善解人意。」禾晏毫無負擔的自誇，「涼州衛有了我，如虎添翼。都督，我以為，你可以將我放進九旗營，保管不會後悔。」

肖玨笑了，緩緩反問：「九旗營？」

「我知道都督是個爽快人，定然懷疑我非要進九旗營的目的。我也就直說了，因為尋常建功立業實在太慢，我聽聞在都督九旗營的，縱然日後身有殘缺，也可以當官。我們禾家就指著我光宗耀祖，我以為九旗營是個好去處。」

她這一番話說得坦蕩蕩，肖玨捧起桌上的茶抿了一口，不疾不徐道：「不必日後，我看妳現在就身有殘缺。」

禾晏：「……什麼？」難道肖玨看出來她是許大奶奶，前生是個瞎子了？

她正緊張著，就見這人指了指自己的腦子。

禾晏：「……」他自己才腦子有毛病呢！好端端的罵什麼人。

只是人在屋簷下不得不低頭，禾晏堆起一個笑：「都督難道不這麼認為嗎？」

肖玨盯著她，嗤道：「騙子，我們九旗營不收無能之輩。」

「無能之輩？」肖玨可以質疑她的人品，但不能質疑她的能力，禾晏拍桌：「你說誰？」

「丁一那種貨色，妳與他交手竟然受傷，」肖玨扯了一下嘴角，漂亮的眸子裡滿是譏誚：「不是無能之輩是什麼？」

「那是……那是……」那是因為禾大小姐身子孱弱，況且有了前生的教訓，她當然要謹慎行事了！

「要是換了飛奴大哥在這裡，他也會受傷！」

「妳可以把妳行騙的心思用在練功上，許會進步很多。」

這人如今與她相處的越熟，便越發的露出少年時期惡劣的一面。禾晏深吸一口氣，突然笑了。

「行，都督非要這麼說我也無所謂，對我有成見也無所謂，只是我突然間，很懷念起都督腰上的那顆紅痣來。」

肖珏平靜的神色陡然龜裂。

「這流言呢，本就傳著傳著就成了真的。我本是城門校尉的女兒，家族不盛，自己亦沒有什麼名氣。能夠與都督的名字傳在一處，是我的福氣。」禾晏站起身來，慢吞吞地道：「日後旁人說起我來，我也曾輝煌過，是都督深愛的女人，想想就覺得不虧。只是難為都督要與我這樣的人綁在一起，不過都督本就不在意旁人怎麼說，應當也是無所謂的吧。」

肖珏盯著她，目光如刀子，沉聲道：「什麼深愛的女人。」

禾晏笑咪咪的回答：「我如此優秀，涼州衛的人都認識我，一直敬佩我是世間難得好兒郎，陡然間發現我是女子，定然不肯相信。且會疑惑女子為何進軍營，那我只能說，自然是因為都督深愛我，捨不得與我分離，才將我藏在軍營中，連來涼州駐守都帶著。旁人聽了，只會羨慕我的好運氣，當然，也感嘆都督的情深如海。」

肖珏聞言，不怒反笑：「不知羞恥！」

禾晏手撐著桌子，飛快道：「我也不是不講道理之人，又不是讓都督走後門讓我進九旗營，只是希望都督給我一個機會證明自己罷了。我們一同回衛所，就當此事沒有發生過，也請都督拋下對我的成見，當我是個尋常小兵，對了，」她似乎想起了什麼，「我如今有傷在身，夜裡需要換藥，再與男子們住在一起多有不便，得麻煩都督為我單獨尋一間屋子，能在屋中沐浴的那種。」

肖珏冷冷開口：「妳休想。」

「那我就只好做都督深愛的女人了。」禾晏滿不在乎的轉過身去，「就算您將我塞進馬車送回朔京，我也能立刻傳的人盡皆知。唔，我看這客棧就很不錯，只要我尖叫一聲……」

肖珏扶額：「禾晏！」

禾晏笑裡藏刀：「誰叫我是個騙子呢。」

肖珏：「我答應妳。」

禾晏的臉變得比掌櫃三歲的小兒還快，撫著心口遺憾的開口：「做不成都督深愛的女人，有些失落。」

肖珏臉色鐵青：「滾出去！」

禾晏快樂的哼著口哨出去了。

第二日一早，飛奴與赤烏醒來出門的時候，發現禾晏竟比他們二人還要早。

大約是要回涼州衛，她還特意收拾了一番，挑了件程鯉素不常穿的衣裳，神清氣爽。她本就生得眉清目秀，若非飛奴知道她是女子，也要忍不住在心中贊一聲好個翩翩少年郎。

赤烏並不知禾晏的身分，抱胸遠遠看著，低聲問飛奴：「你說此人在涼州衛無人可敵？瞧這身板，不像啊。」

飛奴嘆息，心道不像的又豈止是這個。

正說著，宋陶陶從樓下上來，手裡握著一把紅棗，看見禾晏，便自然的伸出手，笑道：「禾大哥，這是掌櫃的送來的棗，很甜，你要不要嘗嘗？」

涼州盛產紅棗，個個又大又甜，紅彤彤的看著很是討喜，禾晏接過來，道：「多謝。」他們一對少年少女，站在此地賞心悅目，令人遐想。赤烏便捅了捅飛奴的胳膊，促狹道：「我瞧著怎麼有些不對勁兒，宋二小姐莫不是看中了禾晏？那程小公子怎麼辦？」

飛奴一言難盡地看著他：「……你瞎操什麼心！」

「這怎麼能叫瞎操心，程小公子是少爺的外甥，咱們當然要幫著程小公子了。要不我私下裡教訓教訓那小子，讓他離宋二小姐遠點？咱們程小公子心性純善，哪裡是禾晏的對手，你看你看，他對宋二小姐笑的那個樣，嘖嘖嘖，我都看不下去了。」

「你少說兩句吧，少爺最討厭搬弄是非之人，」飛奴道：「你我做好分內之事即可。」

赤烏還想說什麼，那邊的屋門開了，肖玨從裡走了出來。

「都督。」禾晏熱絡的與他打招呼。

肖玨彷彿沒有看到她似的，從她身邊經過，一個眼神都吝嗇給予，對飛奴道：「馬車可備好了？」

「都在樓下等著。」飛奴回答。

「出發吧。」他下樓去了。

赤烏與飛奴對視一眼，赤烏小聲詢問：「姓禾的是不是惹我們少爺生氣了？」

「做事吧。」飛奴沒有回答，跟著下樓了。

「肖二公子待人還是一如既往的冷酷。」宋陶陶倒是站在禾晏這邊，令禾晏頗為感動。小姑娘同情的對她道：「你在他手下做事，一定很難過。待我回到朔京，跟父親說說，看能不能在京城替你謀個一官半職。你如此身手品性，當是不難。」

「哈啊？」禾晏沒料到宋陶陶還有這個打算，便擺手道：「這就不必了，多謝宋姑娘好意，只是我在涼州衛挺好的，肖都督也並非不近人情之人，他挺好的，跟著他做事是我的榮幸。」

宋陶陶只當她在替肖玨說話，不以為然，「他哪裡值得你跟隨了？朔京的人都說他冷酷無情……」

雖然肖玨這個人脾氣不怎麼樣，禾晏卻也不好昧著良心罵他，只笑道：「他不好，可他不是想辦法讓欺負你的孫家父子遇到麻煩了嗎？他真不好，又何必管孫祥福府上那些挖出來無人認領的女屍，將她們安葬，請來僧人替她們超度。」

「可……」宋陶陶還要爭辯。

少年笑著摸了摸她的頭，溫聲道：「宋姑娘，妳現在年紀還小，並不知許多事不能看表面，許多人也要與他相處才知道品性。待你親切體貼的並不一定就是好人，妳覺得冷酷無情的惡人，或許也有不為人知的一面。」

宋陶陶愣住，沒等她想明白，禾晏已經樓下走去。頭上似乎還帶著少年掌心的餘溫，她臉一紅，連忙快步追上，嘴裡小聲嘟囔：「什麼年紀小，你也沒比我大多少嘛。」

到底沒有再繼續爭執了。

禾晏低頭笑了笑，耳邊又響起肖玨昨日裡對著那些可憐的姑娘們說出的話來。

「涼州城外，有一處峰臺，名曰乘風。這些女子生前身不由己，籠鳥池魚。葬在此處，願她們來生自由乘風，嘯傲湖山吧。」

他能理解那些女子的絕望，才會說得出這樣的話。

所以，她也就大度的原諒肖玨對她的無禮，不將他那些惡劣的行徑放在心上。

畢竟，這世上溫柔的人，實在是不多了。

她下樓，就看見肖玨正站在馬車前，便走過去，問：「都督，你與我共乘嗎？」

宋陶陶畢竟是個小姑娘，他們來的時候都是騎馬，回來的時候總不能讓宋陶陶也跟著一道騎，便令飛奴安排了兩輛馬車。

肖玨側頭看她。

禾晏解釋：「我總不能與宋姑娘坐一輛馬車，我們孤男寡女，被旁人看見了，宋姑娘的名聲還要不要了？」

肖玨：「所以？」

「所以我應當與都督一輛馬車吧。」禾晏笑嘻嘻地說完，就要往馬車上鑽，被肖玨拎著衣裳後領給拽下來。

若非禾晏抓了一把他的袖子，差點沒能站穩。

「妳是不把妳自己當女子，還是不把我當男子？」他揚眉：「騙子，妳恐怕入戲太深，所以我提醒妳。任務結束了，妳不必將自己當做程鯉素。」說罷，嫌棄地撣了撣剛剛被禾晏抓住的袖子。

赤烏從旁經過，恰好聽到了肖玨最後一句，立馬過來揪禾晏的衣服，將她往旁邊扯：「就是就是！還當自己是程小公子？怎麼這麼沒眼力勁兒，你過來，和我們一起騎馬！」

禾晏本就是玩笑話，也沒真的想要和肖玨共乘。便爽快的翻身上馬。

飛奴吩咐車夫道：「車上有姑娘，腳程莫要太快。」

禾晏一怔，不覺失笑。倒也不是她自作多情，只是她因與丁一交手受傷，騎馬也不能太過劇烈。

焉知這又是不是故意的呢？她本也是個姑娘。

赤烏道：「還等什麼，出發！」

——《女將星》（卷二）完——

——敬請期待《女將星》（卷三）——

高寶書版集團
gobooks.com.tw

YE 075
女將星（卷二）

作　　者　千山茶客
責任編輯　吳培禎
封面設計　張新御
內頁排版　賴姵均
企　　劃　何嘉雯

發 行 人　朱凱蕾
出　　版　英屬維京群島商高寶國際有限公司台灣分公司
　　　　　Global Group Holdings, Ltd.
地　　址　台北市內湖區洲子街88號3樓
網　　址　gobooks.com.tw
電　　話　(02) 27992788
電　　郵　readers@gobooks.com.tw（讀者服務部）
傳　　真　出版部(02) 27990909　行銷部 (02) 27993088
郵政劃撥　19394552
戶　　名　英屬維京群島商高寶國際有限公司台灣分公司
發　　行　英屬維京群島商高寶國際有限公司台灣分公司
法律顧問　永然聯合法律事務所
初　　版　2024年5月

本著作物由瀟湘書院（天津）文化發展有限公司授權出版。

國家圖書館出版品預行編目(CIP)資料

女將星/千山茶客著. -- 初版. -- 臺北市：英屬維京群島商高寶國際有限公司臺灣分公司, 2024.05
冊；　公分. --

ISBN 978-986-506-997-1(卷1：平裝). --
ISBN 978-986-506-998-8(卷2：平裝)

857.7　　113006987